Lea Catrina

WALDBAD

ARIS VERLAG

LEA CATRINA

WALDBAD

Bibliografische Information der Deutschen Nationalbibliothek:
Die Deutsche Nationalbibliothek verzeichnet diese Publikation
in der Deutschen Nationalbibliografie; detaillierte bibliografische
Daten sind im Internet über http://dnb.d-nb.de abrufbar.

Mit freundlicher Unterstützung

Kulturförderung Graubünden. Amt für Kultur
Promoziun da la cultura dal Grischun. Uffizi da cultura
Promozione della cultura dei Grigioni. Ufficio della cultura

GEMEINDE FLIMS

1. Auflage

(Ein Unternehmen der Redaktionsbüro.ch GmbH)
Schützenhausstrasse 80
CH-8424 Embrach
www.arisverlag.ch | www.redaktionsbüro.ch

Umschlaggestaltung und Satz: Lynn Grevenitz / kulturkonsulat.com
Umschlagmotiv: Lynn Grevenitz / kulturkonsulat.com (Midjourney)
Lektorat: Katrin Sutter / Paula Fricke / Elisabeth Blüml
Korrektorat: Red Pen Sprachdienstleistungen e.U.
Druck: CPI books GmbH, www.cpibooks.de
ISBN: 978-3-907238-37-0

Für meinen Sohn

«Noch nie habe ich ein wildes Tier gesehen,
das Mitleid mit sich selbst hatte.»
D.H.Lawrence

1. TEIL

MIT PFEIL UND BOGEN

Ich weiß schon lange, dass Glück nicht so gleichmäßig verteilt wird wie Luft. Die kühle Bergluft. Wer nach Waldbad kommt, erwartet mehr vom Leben, das habe ich mittlerweile verstanden. Die Leute haben diesen Blick, irgendwie ernst, zu ernst eigentlich, wenn man sich mal überlegt, dass die meisten hier Urlaub machen wollen. Fast so, als hätten sie Angst, zu spät zu kommen. Ist verrückt, wirklich. So verdammt ernst, dass ich lachen will. Aber mir ist gerade nicht nach Lachen. Hab wieder vergessen, das Fenster zu schließen, und jetzt ist hier alles nass. Nur gut, dass keiner da ist, der das sehen könnte. Ich nehme meinen Pulli vom Sessel und mache damit die Pfütze weg.

Jedenfalls ist Waldbad mein Zuhause. War es schon immer, schon seit dreißig Jahren. Die anderen sind weg, wollten beide nicht bleiben, obwohl sie mich hier großgezogen haben, genau so wenig, wie sie noch zusammen sein wollten. Aber ich bin hiergeblieben, zuerst bei meinen Großeltern, dann allein, hatte nie das Bedürfnis zu verschwinden und bin fest entschlossen hierzubleiben. Deswegen wohne ich jetzt bei Familie Müller, na ja, ich wohne im Keller von Familie Müller. Die Müllers sind ganz entspannt und selten oben. So selten, dass ich einen Schlüssel habe, um ab und zu nachzusehen, ob noch alles so ist, wie es sein soll. Darin bin ich gut, ist auch sonst mein Job, im Resort, also sicherstellen, dass alles so ist, wie es sein soll. Manchmal repariere ich auch was. Das tue ich auch bei den Müllers. Hier unten im Keller stört mich keiner. Und die Miete ist auch okay.

Aber zurück zu Waldbad. Waldbad ist ehrlich gesagt auch nur ein weiterer Ort auf diesem Planeten. Klar, wir haben die Berge, die Flüsse, den Wald und die Seen. Und wir haben die Sternwarte. Aber wir sind nicht das Zentrum des Universums, ist klar. Das Universum hat kein Zentrum. Ich wäre eigentlich gern Astronaut geworden. Eine Space Station fehlt uns hier noch. Trotzdem: In Waldbad fühle ich mich den Sternen am nächsten, absolut.

Heute reist die Truppe wieder an, deswegen muss ich mich beeilen, damit dann auch alles tippy-top ist. Sie kommen nicht zusammen, aber kommen immer alle am selben Tag, an denselben Freitagabenden und Samstagmorgen, deswegen Truppe, auch wenn sie nicht wissen, dass sie eine sind. Sie erwarten einen frisch gemähten Rasen und einen sauberen Pool. Ein freundliches Lächeln.

Ich lasse den Bodensauger auf den Grund des Pools sinken, sehe ihm zu, wie er langsam nach unten blubbert. Dann greife ich nach dem Kescher. Heute Morgen ist es warm, obwohl es die ganze Nacht lang geregnet hat. Herr Bandino, ich nenne ihn meistens nur Dino, steht auf dem Balkon der Lobby des Hotels und sieht zu mir herunter, einen lächerlichen kleinen Espresso in der Hand. Ich mag Espresso nicht, trinke meinen Kaffee lieber mit viel Milch und Zucker, nicht so winzig und fein. Er winkt und ruft etwas, ich nehme die Kopfhörer ab.

«Komm nachher gleich hoch!», ruft er mit leicht rotem Kopf. «Wir haben was zu besprechen.» Ich hab schon so eine Ahnung, was er mit mir besprechen will. Leider. Und ich muss ihm gleich erklären, dass es ein blöder Zufall und keine böse Absicht war. Ja, meine Neugier war schon immer ein Problem, das überrascht hier keinen mehr, am wenigsten mich. Dabei stelle ich nicht viele Fragen, auch wenn man das denken könnte, nein, ich bin eher neugierig auf eine ruhige Art, würde ich sagen. So, dass ich möglichst keinen störe. Außer eben, wenn so was wie gestern passiert. Ich hasse es, wenn schöne Morgen so anfangen.

Ich setze die Kopfhörer wieder auf und schalte auf dem Weg nach oben den Rasenmäh-Roboter ein.

Dino lässt mich in der Regel in Ruhe meine Arbeit machen, außer er braucht mich für irgendwas. Wenn er mich schon um diese Zeit antraben lässt, muss es eine dringende Sache sein, für ihn zumindest. Und wie gesagt, ich ahne, worum es geht. Deswegen lasse ich mir Zeit mit den Treppenstufen.

«Dieses Mal hast du den Vogel abgeschossen», sagt Dino und stellt sein Tässchen laut auf dem Holztisch ab. «Das hätte ins Auge gehen können, was dann?» Er richtet das leere affige Tässchen. «Du hast Glück, dass dich keiner gesehen hat.»

«Woher weißt du denn, dass ich es war?»

«Ich bitte dich.» Er greift nach etwas hinter sich und streckt mir einen Pfeil hin.

Zugegeben, die Wahrscheinlichkeit, dass es jemand anders war, ist ziemlich gering. Und ich weiß ja, dass ich es war. Es ist so: Das Leben hier verlangt manchmal, dass man sich etwas einfallen lässt, und ich hab nicht viel Kohle. Pfeil und Bogen machen alles etwas spannender, besonders nachts. Ich hab den Bogen gebraucht gekauft und angefangen, im Wald zu üben. Gleich da unten, versucht, den dicksten Baumstamm zu treffen. Wie gesagt, eigentlich nur nachts. Aber gestern bin ich früher runter und da waren ein paar Spaziergänger mit zu langen Stöcken. Sagen wir es so, ich war müde. Vielleicht wollte ich auch sehen, wie es ist, wenn mehr auf dem Spiel steht. Wer weiß das schon? Keiner wurde verletzt, garantiert nicht, und ich konnte mich rechtzeitig davonschleichen. Ich sage Dino, dass es ein blöder Zufall und keine Absicht war.

«Nicht mehr so nahe am Weg, Luan. Sonst nehme ich dir das Teil weg.»

Das dürfte er gar nicht. Er könnte mich melden oder so. Aber der Bogen gehört mir.

«Nicht mehr so nahe am Weg, geht klar», wiederhole ich. Dann ist es einen Moment lang still. Ich will nichts mehr sagen und Dino weiß wohl nicht mehr, was er sagen soll.

«Der Zaun ist gut geworden», meint er dann.

«Danke», sage ich. Wir sehen beide nach draußen zum neuen Zaun.

«Wir sollten trotzdem einen zweiten Anstrich machen.»

X

Das Dorf steht da mit einer Selbstverständlichkeit, um die ich es manchmal beneide. Als wäre alles so, wie es sein soll: berechenbar und immer schön gleich. Ich fahre mit meinem Skateboard an den Boutiquen vorbei und wie jedes Mal frage ich mich, wer in diesen Läden mit den halbleeren Schaufenstern einkauft. Es gibt sie schon länger als mich und ich war noch nie in einem drinnen. Keine Angst, das hier wird keine dieser abgedroschenen Autobiografien. Auch kein Manifest, falls es jetzt so klingen sollte. Ich gehe einfach mit offenen Augen durch die Welt, das ist alles. Der einzige Shop, in den ich gehe, ist der von Jeremia.

Sie haben wieder diese Waldbad-Plakate am Straßenrand aufgehängt. Darauf bunte Wanderer, verdreckte Biker und verdammt glückliche Familien am See. «So geht Leben», steht darunter. Als wäre das alles, was in Waldbad vor sich geht. Ganz ehrlich, wenn ich den Leuten manchmal so zusehe, hab ich eher das Gefühl, dass es darum geht, das eigene Leben zu überleben. Ich werde von einer Mutter auf ihrem E-Bike mit Kinderanhänger überholt. Die Winterplakate gefallen mir besser.

Als ich zurückkomme vom Supermarkt, sehe ich den Maserati von Nature Girl auf dem Parkplatz. Sie stellt das Auto lieber draußen hin. Nature Girl läuft meistens barfuß rum, zumindest, wenn sie hier ist. Hüpft morgens über die Wiese hinterm Haus und sammelt irgendwelche Blumen, Beeren oder was weiß ich. Einmal habe ich gesehen, wie sie zusammen mit ihrem Freund, mit dem sie nur Englisch spricht, und einer kleinen Schaufel am Waldrand hinterm Haus etwas gepflanzt hat. Ich wollte nachsehen, was es war, bin aber noch nicht dazu gekommen, irgendwie gibt es immer Wichtigeres. Würd gerne wissen, ob sie dieses Mal allein hier ist. Meistens kommt sie nämlich allein, Nature Girl. Sie kauft in den Boutiquen ein. Ja, richtig, ich hab sie schon oft mit mehr Taschen gesehen, als sie eigentlich tragen kann. Ihr auch schon damit geholfen. Da wurde sie rot. Als würde sie sich schämen. Keine Ahnung wofür und vor wem.

X

Ich öffne die Tür und steige hinunter in meine Bude. Im Vorratskeller nebenan durfte ich einen kleinen Gefrierschrank hinstellen, weil das Eisfach in meinem Kühlschrank gerade mal für eine Pizza reicht. Ich lege den Sack Cordon Bleus, den Brokkoli und die Kroketten hinein und bemerke einen Tannenzapfen in der untersten Schublade. Ach Johnny. Mein kleiner Bruder. Halbbruder, eigentlich. Manchmal lädt ihn meine Mutter hier ab. Sie lässt ihn dann bei mir und besucht ihre alten Freunde. Mein Glück, dass sie hier noch Freunde hat, sonst würde ich den kleinen Racker kaum noch zu Gesicht bekommen. Jon, das ist ein romanischer Name, das *J* spricht man wie ein *I*, mag es lieber, wenn ich ihn Johnny nenne. Johnny sammelt Tannenzapfen. Alles vom Waldboden eigentlich. Und dann versteckt er das Zeug bei mir, in den Schränken, Schuhen, Jacken. Fast so wie Nature Girl. Ich glaube, Johnny hatte mehr Glück als ich. Und das ist gut so. Zufrieden bin ich trotzdem.

In letzter Zeit sind die Kinder der Müllers – was sage ich da «Kinder», die sind so alt wie ich – jedenfalls sind sie öfter mal da. Die bringen dann auch ihre kleinen Kids, also die Enkel von Herr und Frau Müller, mit. Vielleicht hat auch eines von denen den Tannenzapfen da reingesteckt, denn Johnny war eigentlich schon eine ganze Weile nicht mehr hier. Er liebt Waldbad. Hier fühlt er sich wohl, das spürt man total, hier kennt er sich aus.

Die Luft hier draußen unter den Bäumen riecht nach Sommer. Er muss jeden Moment da sein. Heute Nachmittag hole ich die Sachen für meinen Job am See ab. Jup, kein Scherz, ich arbeite ab und zu als Bademeister. Schwimmen kann ich, so viel steht fest. Schwimmen muss jeder lernen, sonst geht man unter, so einfach ist das. War schon früher das Coolste, einen Sommerjob am See zu haben. Schon bevor die Leute nur hierherkamen, um Fotos zu machen. Alle an denselben Stellen, vor dem genau selben Hintergrund. Angefangen habe ich im Restaurant, dann durfte ich am Kiosk arbeiten, später bei der Tret- und Ruderbootsvermietung und jetzt, noch mal zehn Jahre später – Halleluja – und seit einer ziemlich gechillten Weiterbildung, bin ich Bademeister. Einer der Bademeister. Früher waren die mit Ruderbooten unterwegs, mittlerweile drehen wir auf Stand-up-Paddle-Boards unsere Runden. Das ist schneller, ein gutes Workout und macht auch sonst mehr Spaß. Ist nichts Seltsames daran, mehrere Jobs zu haben, finde ich. Da kann jeder denken, was er will. Aber klar, natürlich hatte ich das alles anders geplant, keine Frage.

«Wieso bleibst du eigentlich hier?», fragt Jeremia mich später in seinem Laden. Ihm gehört ein Snowboard- und Skateshop und er macht auch die Materialausgabe für die Saisonarbeiter. «Ich würde im Sommer verschwinden, wenn ich könnte.» Jeremia ist geschieden, hat zwei Kinder und teilt sich das Sorgerecht mit seiner Ex. Auch er will nicht wirklich verschwinden. Ich glaube, er will nur sein altes Leben zurück. «Hat sich so ergeben», sage ich. Wir wissen beide, dass ich arbeiten muss und nicht einfach so um die Welt fliegen kann. Abgesehen davon will ich das gar nicht.

Die Welt kann warten, dann lieber gleich zum Mond. «Gibst du mir ein Extra-Shirt? Keinen Bock, zweimal die Woche Wäsche zu machen.»

«Kommst du auch? Nächstes Mal?», fragt Jeremia, während er das vierte Shirt faltet.

«Denk schon. Wenn nicht wieder was dazwischenkommt.» Ich packe die Sachen in meinen Rucksack. «Vielleicht bringe ich dieses Mal jemanden mit», sage ich und Jeremia grinst unter seinem Bart.

X

Der Optiker ist schon da. Die Rollläden der Wohnung sind hochgezogen. Er ist oft einer der ersten der Truppe. Gestern Abend wurden die Lebensmittel geliefert, also die für den Optiker. Ich habe Dino damit geholfen. Grapefruitsaft scheint ihm wichtig zu sein. Ich mag ihn nicht, diesen Menschengeruch. Diesen süßlichen Menschengeruch, weiß nicht, wie ich ihn anders beschreiben soll. Klar, ich mag Menschen. Sehr sogar. Wer hier lebt, muss Menschen mögen, denn ganz ehrlich, manche machen es einem nicht gerade leicht. Leerstehende Wohnungen riechen anders. Auch den Geruch mag ich nicht. Irgendwie muffig und alt. Die Süße fehlt komplett. Jedenfalls haben wir gestern Abend noch gelüftet. Geputzt war schon. Nur etwa zehn Minuten, aber das reicht, wenn man die großen Fenster ganz aufmacht. Dino nennt es Sperrlüften. Das machen wir auch in den Hotelzimmern, nicht nur in den Wohnungen. Jedes Mal, wenn wir in der obersten Wohnung stehen, stellt Dino sich ans Fenster, stützt seine dicken Fäuste in die Hüfte und sagt: «Alles eine Frage der Perspektive.» Das Resort hier besteht aus einem kleinen Hotel und zwei Häusern mit Eigentumswohnungen – Ferienwohnungen, die Dino betreut. Und es bietet spezielle Services. Dino, der Rest und ich zusammen, wir betreuen das alles und machen eben so was wie lüften.

Jetzt steht der Optiker da und sieht zu mir runter auf die Garageneinfahrt. Ihm gehören anscheinend mehrere Geschäfte. Und ich glaube auch nicht, dass er noch arbeitet. Zumindest nicht so, wie man sich das vorstellt. Ich befreie die Rinne von den Blättern, Blüten und Nadeln, die sich immer darin verfangen. Ich kann jetzt nicht winken, das wäre seltsam, also hebe ich nur kurz die Hand, wie man das halt so macht, wenn man nicht weiß, was man machen soll, und warte gar nicht erst ab, was der Optiker tut. Er heißt René. Die Sonne brennt mir im Nacken, hier unten zwischen den Betonwänden der Einfahrt ist es windstill. Da fährt hinter mir ein Auto heran. Jedes Mal, wenn ich dieses Geräusch höre, das von Elektroautos, finde ich, das hört sich an wie ein Ufo. Nicht, dass ich je eines gesehen oder gehört hätte. Glaube ich wenigstens, sicher bin ich nicht. Ich stehe auf und trete zur Seite. Das müssen die Neuen sein. Ich kann nicht erkennen, ob hinten auch noch jemand sitzt.

Die Einkäufe des Optikers haben so gegen 400 Franken gekostet. Für ein einziges Wochenende, das muss man sich mal vorstellen. Das weiß ich nur, weil ich in die Tüten geschaut habe, als Dino die Wasserhähne in den beiden Badezimmern kurz aufgedreht hat. Vielleicht bleiben sie auch länger, was weiß ich. Dazu noch die gelieferten Blumen, die ich dann immer in Vasen stelle. Zwölf Rosen in die eine und noch mal zwölf in die andere. Aber ganz ehrlich, ich bin nicht traurig, wenn etwas übrigbleibt von all dem Zeug, das landet dann nämlich bei mir, weil ich oft derjenige bin, der nach der Abreise der Gäste die Kühlschränke leert und den Müll wegbringt. Ich verdiene in einem guten Monat so viel wie jemand an der Supermarktkasse, würde ich mal schätzen. Oft ist es etwas weniger. Davon lebe ich trotzdem ganz gut, hohe Ansprüche habe ich nicht, und kann sogar was zur Seite legen für Johnny. Ich weiß, dass meine Mutter das nicht macht. Die Miete ist 900, aber nur, weil ich den Müllers noch helfe. Meine übrigen Kosten habe ich auch im Griff, ein Budget, das ich sorgfältig ausgearbeitet habe, damit ich mir nicht dauernd den Kopf darüber zerbrechen muss. Klauen brauche ich also nichts, damit das klar ist. Anyway, ich bin mir nicht zu schade für die Reste anderer und da soll auch keiner blöd gucken.

Bald findet wieder ein Fest statt. Das hat Jeremia mit «nächstes Mal» gemeint. Nur was Kleines, wie wir es ab und zu machen. Ich gehöre zu so einem Verein. Eigentlich sind wir alle einfach Freunde und haben irgendwann angefangen, Partys zu organisieren, damit wir nicht zu schnell alt werden. Einen Namen haben wir nicht, für den Verein, mein ich. Manche nennen uns «Black Hole Society», hab ich mal gehört. BHS. Vielleicht hab auch ich uns den Namen gegeben, aber das ist so lange her. Jedenfalls: Wir treffen uns in der früheren Pfadfinderhütte, die liegt etwas außerhalb des Dorfes, dann stellen wir ein paar Feuerschalen und einen Grill hin, jede Menge Bier kalt und braten Burger. Und ich habe Jeremia zwar gesagt, dass ich wahrscheinlich jemanden mitbringe, nur habe ich keinen Plan, wer das sein könnte. Noch nicht.

X

Eine Woche später ist der Sommer da. Und wie. Die Sonne hat sich wohl gedacht, halbe Sachen mach ich nicht, wenn ich aufdrehe, dann richtig. «Wie ist es, du zu sein?», würde ich Ludwig gerne fragen. Aber eigentlich weiß ich das ziemlich genau. Ludwig ist ein anderer unserer Wohnungsbesitzer, noch einer der Truppe. Er ist ein netter Kerl, der immer zu lange in der Sonne sitzt, meistens mit seiner Frau anreist und manchmal ist seine Tochter dabei, die traurige, dünne Schauspielerin. Echt, so dünn, dass es den Menschen drumherum schon unangenehm ist. Sie lächelt immer so übertrieben breit, auch das ist mir unangenehm. Braucht sie gar nicht, find ich. Wie dem auch sei – der nette Kerl kommt lieber im Sommer als im Winter nach Waldbad. Sobald der erste Schnee da ist, zieht es ihn in den Süden, wo er wahrscheinlich weiter an seiner gut geölten Lederhaut arbeitet.

«Lass nur», sagt er und winkt ab, als ich ihm den Sonnenschirm öffnen will.

Er denkt immer noch, ich sei der Sohn von Dino, wahrscheinlich weil wir hier alle keine Uniform tragen, alles ganz entspannt ist, familiär, könnte man sagen. So soll es sein, gemäß Dino. Ich würde sowieso nicht noch eine Uniform tragen. Von denen habe ich schon genügend mit den Bademeistersachen und im Winter mit dem Snowboardlehrer-Outfit. Natürlich bleibe ich auch hier, wenn es schneit. Die meisten Betriebe gehören sowieso zur selben Organisation. Für mich ist das praktisch, auch wenn ich mit vielem nicht einverstanden bin, was hier läuft. Ich habe schon einiges hinter mir gelassen, so manchem in meinem Leben Adieu gesagt, aber Waldbad würde ich nie verlassen, auch wenn es manchmal schwer ist zu bleiben. Ich kann nicht sagen, welche Jahreszeit mir besser gefällt. Die Winterjobs sind aber eindeutig besser bezahlt. Nehme mal an, weil dann auch alles andere teurer wird in Waldbad. Ein paar Freunde von mir, Timo und Nellie, ziehen jeden Winter zu Timos Eltern, die auch hier wohnen, damit sie ihre eigene Wohnung untervermieten können. Ich wüsste nicht, wo ich hinsollte, und zu umständlich wär mir das auch. Ich will keine Fremden in meinem Zuhause. Die wissen nicht, was die Dinge wert sind, die da bei mir rumstehen.

Der nette Kerl, dem ich eben den Schirm richten wollte, heißt Ludwig Krämer mit ganzem Namen. Er ist Versicherungsberater, hat Dino gesagt. Seine Wohnung ist die mit dem kleinsten Balkon. Wahrscheinlich sitzt er deswegen immer hier unten und brutzelt vor sich hin. Im Pool schwimmen war er noch nie. Seine Frau sitzt lieber in der Lobby und trinkt Champagner. Natürlich erst nachmittags, wie es sich gehört, aber dann auch gerne mal eine ganze Flasche. Manchmal lädt sie andere Gäste zu sich an den Tisch ein, dann bestellt sie aber immer eine zweite Flasche. Sie heißt Evelina. Das sagt sie jedem laut und deutlich, wenn sie einem die Hand hinstreckt. «Eh-veh-lii-nah, hoch erfreut.» Das Krämer lässt sie weg. Die Schauspieltochter, auch schon etwas älter, hat eine eigene Wohnung im Haus nebenan.

Vielleicht sollte ich der Einfachheit halber mal kurz zusammenfassen, wer alles genau zur Truppe gehört, auch wenn gerade nicht alle da sind. Es sind nämlich einige und es dauert eine Weile, bis man sich alle Namen und Berufe merken kann. Aber eigentlich dauert es auch weniger lang, als man denken würde.

Also in dem einen Haus von unten nach oben: Die eine Parterre-Wohnung gehört einer Politikerin, sie heißt Rahel Wild und hat einen Dackel, der immer auf die Wiese kackt. Die Wohnung neben ihr, ebenfalls im Parterre, gehört Nature Girl, von der ich ehrlich gesagt nicht weiß, was sie beruflich macht oder wie sie an die Wohnung gekommen ist. Einen Stock höher sind die Krämers und auf demselben Stockwerk ein Schriftsteller, Emilio sonstnochwas, und angeblich seine Freundin. Oder Frau? Ich nenne sie «die Neuen», weil sie die Wohnung erst kürzlich gekauft haben und ich sie gerade das erste Mal gesehen habe. Ich habe keines seiner Bücher gelesen. Dafür braucht man Zeit und nichts zu tun und wenn es etwas ist, was mich wahnsinnig macht, ist es Arbeit, die liegen bleibt und vor sich hin rottet. Außerdem sind Bücher nicht gratis, weswegen ich gerne auch mal eines zweimal lese. Dreißig Franken für eine Geschichte, von der ich nicht mal weiß, ob sie mir gefällt? Wenn ein Buch gut ist, machen sie eh so was wie eine Serie draus. Und dafür habe ich eigentlich auch keine Zeit. Noch etwas, das ich nicht habe: einen Fernseher. Über Emilio ist der Sozialarbeiter auf einem ganzen Stockwerk. Na ja, eigentlich seine Eltern, beides erfolgreiche Regisseure, die meistens irgendwo anders sind, nur über die Festtage sind sie immer hier. Dann noch eine Woche im Herbst, sonst immer seltener. Die Blauenbachs. Und ganz oben dann eben René, der Optiker, mit seiner Family.

Ich richte alle Liegestühle parallel aus.

Dann im Haus nebenan, das etwas kleiner ist, im Parterre ein Werber und seine Frau. Mit denen habe ich kaum was zu tun. Dino meint außerdem, sie werden erst mal nicht mehr kommen, warum weiß ich nicht. Ach ja, er hat gesagt, der Werber hat sich ein Sabbatical genommen. Wie lange weiß ich nicht. Die Wohnung über der vom Werber und seiner Frau gehört der Schauspielerin, also eben der Tochter der Krämers, Jenny. Und ganz oben, dieses Haus hat nur drei Stockwerke, ist dann der Lungenspezialist, der immer zu laut Musik hört und damit die arme Jenny nervt. Das wär's. Woher sie alle kommen? Aus den Städten auf der anderen Seite der Schweiz. Bei den Stammgästen im Hotel fange ich jetzt nicht auch noch an, die wechseln ja logischerweise auch ständig.

«Sie habe ich hier schon öfter gesehen», sagt Ludwig. Er spricht nicht mit mir, wie ich bemerke, als ich mich umdrehe. Sondern mit Nature Girl. Sie sagt zwar Hallo, bleibt aber nicht bei Ludwig stehen, sondern legt ihr Tuch auf einen Liegestuhl im Schatten. Einer der Schirme klemmt und ich schaffe es nicht, das verdammte Teil zu schließen. Die meisten Leute kommen immer erst abends an den Pool. Es ist das erste heiße Wochenende und auch am See war heute schon einiges los. Die Eltern lassen die Zwerge mit den Schwimmflügeln immer zu weit hinausschwimmen. Und auf der anderen Seeseite hat sich einer beim Sprung vom Felsen den Fuß aufgeschlitzt. Hat wohl keiner den Startschuss für die Saison verpasst. Das müsste man auch mal meinen Armen und Beinen sagen, die tun jetzt schon weh.

«Luan, richtig?», höre ich eine Stimme hinter mir. «Kann ich helfen?»

Es ist der Optiker.

«Richtig», sage ich, da gibt der Schirm endlich nach. «Danke, passt schon.»

«Vielleicht können Sie mir helfen», kommt der Optiker nun einen Schritt näher. «Wir bekommen morgen Besuch und ich dachte, weil wir ziemlich viele Leute sein werden und es in unserer Wohnung dann doch etwas eng werden könnte, vielleicht könnte man da oben unter den Bäumen ein paar Tische hinstellen und draußen etwas machen.» Ich nicke. «Könnten Sie das für uns arrangieren? Das Catering ist schon bestellt, darum müssten Sie sich nicht kümmern. Vielleicht ein paar zusätzliche Getränke servieren. Und natürlich eingedeckt müsste der Tisch auch noch werden. Wie klingt das für Sie?»

«Klingt nett», sage ich und der Optiker lacht. «Ich rede mal mit dem Chef, aber ich nehme an, das ist möglich.» Dino wird nicht gefallen, dass der Optiker ein Catering bestellt hat, aber Nein sagen wird er trotzdem nicht.

«René», sagt er jetzt. Aber anstatt mir seine Hand hinzustrecken, legt er sie sich selbst auf die Brust.

«Natürlich, René, Sie müssen sich doch nicht vorstellen. Ich sortiere immer Ihre Magazine und die Post.»

«Ach Sie sind das.» Jetzt zeigt er mit der Hand, die gerade noch auf seiner Brust lag, auf mich. «Ich dachte immer, das macht der Chef.» Dazu fällt mir nichts ein, also sehe ich René ein wenig dabei zu, wie er selbst auch nicht weiß, was er als nächstes sagen soll. Dann fällt ihm doch noch was ein. «Dann kümmern Sie sich also um alles?», fragt er. «Sie müssen auch nichts anderes anziehen, das sind ganz entspannte Leute», sagt René.

«Da muss ich Sie enttäuschen, ich werde nicht da sein.»

«Ach nein? Arbeiten Sie nicht am Wochenende?» Jetzt hebt er seine Sonnenbrille.

«Doch, sicher. Aber morgen Abend bin ich schon auf einer anderen Party. Auch ganz entspannte Leute.» Wieder lacht René.

«Gut, gut», sagt er schließlich. «Sagen Sie mir einfach, ob das klappt. Am besten innerhalb der nächsten Stunde, anderthalb. Danach sind wir noch mal unterwegs.»

«Auf jeden Fall», versichere ich und da macht sich René auf den Weg zu Ludwig.

Ich stehe nicht auf Nature Girl, falls das jemand denkt. Außerdem hat sie ja schon einen Freund. Auch dieses Wochenende ist sie wieder allein gekommen und hat ihr Auto draußen stehen lassen. Sie liegt auf dem Liegestuhl, scrollt auf ihrem Handy und trinkt aus einer Glasflasche etwas, das aussieht wie selbstgebrauter Tee oder so. Vielleicht sollte ich sie trotzdem fragen, ob sie auch zur Party kommen will. Wie ich auf solche Gedanken komme. Bei uns gibt es keinen selbstgebrauten Eistee und alle tragen Schuhe, aber meine Neugier zwingt mich dazu, sie zu fragen. Eine blöde Idee Anfang der Saison. Da könnte der ganze Sommer super mühsam werden.

Ich lege den Kescher wieder weg, versehentlich etwas zu schwungvoll, und Nature Girl wird leider nass. Sie schreckt auf und sieht mich vorwurfsvoll an.

«Sorry, keine Absicht. Brauchst du ein Handtuch?»

«Alles okay», sagt sie, trocknet ihr Handy und legt sich wieder hin.

«Hier», strecke ich ihr doch eins hin. «Ich habe einen ganzen Stapel und teile gern.»

«Ich würde lieber darauf verzichten», sagt sie. «Das Wasser trocknet von allein, bin ja nicht aus Zucker. Und es gibt sicher sonst schon genug Wäsche jeden Tag.»

«Allerdings», stimme ich zu und lege das Tuch zurück. War ja klar, dass diese Nummer nicht zieht.

Vielleicht nun zu ein paar anderen Stammgästen. Na ja, sie sind keine Übernachtungsgäste, aber jeden Dienstag treffen sich die Astronomen der Sternwarte bei uns zum Kaffee. Wenigstens sind manche davon Astronomen, Toni zum Beispiel, der ist gefühlt schon seit immer dabei, andere sind einfach Ingenieure oder sonstige Mitarbeiter. Es sind auch nicht immer dieselben, die haben immer mal wieder jemand anderen dabei. Aber dass sie am Dienstag kommen, war angeblich schon immer so. Wenn sie da sind, mache ich Büroarbeiten, trage meine Stunden nach und schaue, was ich sonst noch tun kann. Diese Woche haben sie darüber gesprochen, dass die Venus-Forscher langsam sauer werden, weil sich alle nur für den Mars interessieren. Und ich dachte nur, sauer auf wen? Über die Lichter haben sie auch gesprochen.

«Wir sind nicht das Zentrum des Universums», sagte dann einer. Das sagen sie andauernd, ich ja auch. Ein anderer, derjenige, der immer die Zeitung verkleckert, meinte darauf: «Ja, wir sind nur diejenigen, die die Karte zeichnen.» Habe lange nichts Wahreres gehört, echt nicht. So viel Wahrheit muss man erst mal in zwei Sätze reinzwängen. Ich kann so was nicht, da höre ich lieber anderen zu und wiederhole halt manchmal, was sie sagen. Obwohl ich genau weiß, wie man Astronom wird. Hätte auch gewusst, wie man Astronaut wird. Daran ist die Sache nicht gescheitert. Ich bin weder zu groß, noch zu klein. Bin auch nicht farbenblind, sehe einwandfrei und auch sonst bin ich fit. Kein Asthma, kein Herzfehler. Im Kopf eigentlich auch. Sehr eloquent bin ich nicht. Das hat man mir oft gesagt, deswegen kenne ich dieses Wort auch so gut. Aber Wörter sind nur Wörter, das hat mit Intelligenz nichts zu tun, wenn sich etwas kompliziert anhört. Braucht es alles nicht. Es wäre vielleicht einfacher, wenn mit mir von Anfang an etwas nicht gestimmt hätte. Dann wäre ich erst gar nicht auf die blöde Idee gekommen. Aber ich nehme an, wer sich die Zukunft zu genau ausmalt, ist selbst schuld. Ich lebe im Jetzt, nehme die Dinge, wie sie sind, darin bin ich gut.

Dabei soll es bleiben.

X

Es ist spät und bei den meisten ist das Licht schon aus. Mag sein, dass es keinen Sinn macht, im Dunkeln mit Pfeil und Bogen zu schießen. Ich finde aber, das ist, wie wenn ein Raucher joggen geht. Das ist wie trainieren mit Gewichten. Außerdem geht um diese Zeit keiner spazieren. Sollte man eigentlich, besonders wenn die Sterne so hell leuchten wie heute. Wenn man nachts einen Pfeil abschießt und danach der Schusslinie folgt, weiß man trotzdem erst, wenn man am Ziel angekommen ist, ob man getroffen hat. Man hört es natürlich, klar. Aber der Wald ist voller Bäume und ob man den richtigen erwischt hat, kann man am Geräusch nicht erkennen.

IM MITTELMEER

Es gibt Orte, die sind nur bei schönem Wetter schön. Waldbad ist auch noch schön, wenn es wie aus Eimern gießt oder eigentlich bei jedem anderen Wetter auch. Mir gefällt es am besten, wenn sich der Nebel reinschleicht, wie heute, so ganz langsam über die Baumwipfel. Sieht dann fast so aus, als hätte jemand irgendwo in den Bergen ein Ventil geöffnet und jetzt fließt das alles hier runter. Ich weiß das zu schätzen, und wie. Dann ist der Skatepark meistens leer und ich kann in Ruhe meine Tricks üben, ohne Publikum. Dafür bin ich nicht gut genug, egal wie man's betrachtet. Der Campingplatz wächst langsam in den Skatepark hinein, verschmilzt bald mit dem alten Wohnblock, der hier noch steht und doch eigentlich schon längst abgerissen werden sollte. Hier ist noch das alte Waldbad und das finde ich gut so.

Jedenfalls drehe ich meine Runden und arbeite an meinem Treflip. Ich spüre, dass ich nicht genug geschlafen habe. Mir brummt der Schädel und ich kriege den Scoop einfach nicht richtig hin. Alles ist feucht. Aber ich gebe nicht auf, versuche es wieder und wieder. Da passiert, was dann meistens passiert, wenn ich nicht rechtzeitig aufgebe: Ich fliege so richtig auf die Fresse. Das Brett rollt von mir weg und ich sitze da, auf dem arschkalten Asphalt, schaue dem Brett beim Davonrollen zu und muss lachen.

«Du bist nicht sehr gut», sagt jemand aus dem Nebel. Ich stehe auf und gehe meinem Brett nach, in Richtung der Stimme, und jetzt sehe ich die Silhouette. Es ist Simon.

«Was du nicht sagst. Willst du mal?», frage ich.

«Haha», sagt er. Simon sitzt im Rollstuhl seit einem Snowboardunfall. Wie lange genau weiß ich nicht, aber ich hab ihn nie anders gesehen. Er ist der Einzige in ganz Waldbad, der im Rollstuhl sitzt, was schon Fluch genug ist. Noch dazu ist er ein Teenager und das ist mal richtig übel. Dann wohnt er noch hier unten, in einem Block ohne richtigen Lift. Direkt neben dem bunten Skatepark, auf dem sich Jungs und Mädels aus aller Welt tummeln und sich Knie und Ellbogen kaputt hauen. Simon hat wohl auch nicht so viel Glück. «Ich würde das im Handumdrehen können, was du da versuchst», sagt er.

«Würdest du nicht», sage ich. «Dich würde es genauso hinschmeißen wie mich.»

«Niemals. Ich wäre wahrscheinlich Profi, hätte Sponsoren, coole Klamotten und würde ganz sicher nicht hier meine Tricks üben, sondern irgendwo anders auf der Welt.»

«Klar würdest du», sage ich. «Gleich nachdem du dir von Mama dein Aua hast wegpusten lassen und sie dir ein paar süße Pflaster aufgeklebt hat.»

Er nimmt mir das Brett aus der Hand, legt es vor sich auf den Boden, fährt etwas zurück und dann, plötzlich, fährt er auf das Brett drauf.

«Kannst du das?», grinst er.

X

Zwei Hotelgäste haben Liegestühle verschoben, sie mit Strandtüchern reserviert. Auch zwei Sonnenschirme haben sie abgezwackt und bei sich hingestellt. Dino will, dass ich alles so lasse. Er macht sich nichts draus, wenn die Leute ihr Revier markieren, solange sie einander in Ruhe lassen. Ich seh das ganz ähnlich, wie man sich denken kann. Aber die anderen Gäste bekommen einen dicken Hals. Schauen immer wieder sauer zu den beiden Platzhirschen rüber, richtig angepisst sind sie. Aber sagen tun sie natürlich nichts. Gibt ja auch genügend andere Liegestühle da.

Ich beobachte das Ganze von oben unter den Bäumen, wo ich gerade die Tische für das Dinner des Optikers – René, wer sich erinnert – aufstelle. Er sieht vom Fenster aus zu, dieses Mal winkt er und ich winke zurück, Daumen hoch, zeigt er, da mach ich dann nicht mehr mit. Der Schriftsteller steht auf seinem Balkon, merke ich jetzt, und sieht ebenfalls zu mir runter. Hab fast das Gefühl, ich müsste noch irgendwelche Kunststücke machen. Immerhin winkt er nicht. Steht nur da in seinem Morgenmantel, trinkt seinen Kaffee und freut sich wahrscheinlich auf seinen Schiss danach, so verkniffen wie der dreinschaut. Wie dem auch sei, heute muss ich erst später an den See.

Als ich mich wieder umdrehe, sehe ich eine Gruppe von Mädels, sie tragen irgendwas an den Pool runter, jede ihr eigenes Bündel. Es sind die Holländerinnen. Zwei Familien sind gestern angereist und bleiben eine Woche im Hotel, glaube ich. Es macht mir meistens nichts aus, dass man hier mittlerweile so viele Fremdsprachen und fast nur noch Dialekte aus anderen Regionen hört. Was soll man sich auch darüber aufregen, die Dinge sind ja nicht von allein so geworden. Heilige Scheiße, ich dachte wirklich, ich hätte schon alles gesehen. Sind das Flossen? Die Mädels streifen sich etwas über, das aussieht wie Flossen. Glitzernde, bunte Meerjungfrau-Flossen? Da fliegt mir fast eine Fliege in den Mund. Sie schwingen sich über den Poolrand ins Wasser, kichern vor sich hin und die anderen Gäste sehen sie genau so doof an wie ich wohl gerade. Das muss ich erstmal verdauen. Meerjungfrauen in Waldbad. Immerhin starren René und Emilio nun nicht mehr mich an.

«Luan», sagt Dino hinter mir. «Würdest du gleich noch bei Jenny vorbeisehen?»

«Jenny? Die ist doch gar nicht da.»

«Angeblich doch», sagt Dino. «Hat Probleme mit der Badewanne – der Abfluss.»

«Schon wieder?»

«Was siehst du mich an? Du bist der Experte. Oder muss ich jemand anderes holen?»

Nein, muss er nicht. Ich kümmere mich darum, wie immer. Ja, genau, Klempner habe ich ursprünglich gelernt. Danach mich über die ganzen Hürden gekämpft, dass ich endlich hätte studieren können. Physik, Chemie, Medizin, so was hätte ich machen müssen. Aber es ist anders gekommen und das ist okay. Die Welt lässt einen schon wissen, wer man zu sein hat oder eben nicht. Ja, diese Idee wurde mir dann doch ziemlich schnell ausgetrieben. Jetzt bin ich auch ein Mann der Leute, nur halt auf andere Art, ist doch auch okay.

Ich wusste gar nicht, dass sie da ist. Sie war die ganze Zwischensaison lang nie hier, hat wahrscheinlich irgendwo was Aufregendes gedreht. Wieder einen dieser verrückten Streifen, in denen sie dann früher oder später blutüberströmt rumrennt. Die Leute mögen das wohl. Ich klingle immer zuerst, so gehört sich das. Die ist doch nicht da, sage ich mir und hole den Schlüssel hervor. Wir haben Schlüssel zu allen Wohnungen und Zimmern und da will ich die Türklinke runterdrücken, als sie in genau dem Moment von innen daran zieht. Ich falle ihr fast entgegen, so schnell geht das.

«Ich bin da», sagt sie. «Geduldig sind Sie ja nicht gerade.» Wo sie recht hat.

Ich glaube, sie ist noch dünner geworden. Ihre Schlüsselbeine stechen hervor, als könnte man sie daran hochheben. Sie sich einfach unter die Arme klemmen. Schon verrückt, der menschliche Körper. Wie sich das wohl anfühlt, so dünn zu sein?

«Sorry, ich hätte ja gewartet, aber ich muss gleich zu einem anderen Job und bin tatsächlich ein bisschen in Eile.» Woher kann man denn eigentlich auch wissen, wie sich etwas anfühlen soll? Im eigenen Körper, meine ich. Vergleiche hat man ja nicht.

«Wenigstens sind Sie jetzt hier», sagt sie und fährt sich durch die Haare. Sie trägt einen Anzug und ich frage mich, wohin sie damit will. «Die Badewanne, sie zickt wieder rum. Das Wasser läuft nicht ab.»

Jenny hat dicke Vorhänge vor ihren Fenstern. Sie mag wohl nicht zu viel Licht, das kann ich gut verstehen. Manchmal scheint die Sonne einfach zu doll und zu lange. Den im Bad muss ich trotzdem zur Seite schieben, damit ich was sehen kann. Um diese Tageszeit das Licht anzumachen, wäre seltsam.

«Ist gleich erledigt», sage ich und Jenny verlässt das Bad. Auch bei der Arbeit brauche ich nicht dauernd Publikum, ist doch wohl verständlich. Jetzt höre ich, wie sie telefoniert. Sie spricht leise und wird dann plötzlich lauter. Ich schließe die Badezimmertür.

Als ich fertig bin, liegt Jenny auf der Couch und starrt die Decke an. Die Wohnung hat drei Zimmer, einen Kamin, ein großes Wohnzimmer mit offener Küche, so nennt man das doch, und sie hat einen riesigen Balkon, auf dem eine Hängematte fehlt, finde ich. Jenny ist ein ganzes Stück älter als ich. Wahrscheinlich so vierzig, würd ich schätzen. Ist bei Frauen immer schwer, wegen der ganzen Schminke, der Haare und so. Wenigstens trägt sie keine dieser falschen Wimpern, an denen man wahrscheinlich kaum vorbeisieht.

«Fließt wieder ab», sage ich.

«Gut», sagt Jenny. «Sagen Sie mal, wissen Sie vielleicht, ob Matthias da ist? Der Sozialarbeiter, Sie wissen schon, der von nebenan?»

«Natürlich weiß ich, wer Matthias ist. Und seine Eltern.» Matthias, der Sohn der beiden berühmten Regisseure.

«Natürlich», setzt sie sich jetzt auf. «Und?»

«Er kommt erst nächstes Wochenende, habe ich gehört.»

Dann legt sie sich wieder hin.

«Wie gehen Sie mit Ablehnung um, Luan?»

«Bitte?»

«Entschuldigen Sie, das war eine blöde Frage.»

«Blöde Fragen gibt es nicht», sage ich und ich weiß, dass das so ungefähr die blödeste Antwort ist, die man auf so was geben kann, aber mir fällt sonst gerade nichts ein.

«Also?», sagt sie. «Was tun Sie, wenn Sie jemand zurückweist?»

«Ich denke ganz einfach nicht darüber nach. Mache irgendwas, was Spaß macht, allein oder mit meinen Freunden oder so, und versuche, die Sache zu vergessen.»

«Das ist keine Hilfe.»

Na, die hat ja Nerven. Ich stehe noch einen Moment lang da und warte, ob noch was kommt, aber scheint nicht der Fall zu sein.

«Also dann», sage ich. «Falls noch was ist, wissen Sie, wo Sie mich finden.»

«Tut mir leid, das war nicht nett.»

Ich bleibe noch mal stehen.

«Manchmal sage ich mir auch einfach, dass nichts wirklich ernst ist. Nicht mal die Erde spielt im großen Ganzen eine Rolle, wieso also wir? Oder diese Sache, die Sie da offensichtlich runterzieht.»

«Das ist düster», meint sie und setzt sich auf.

«Find ich nicht. Aber Sie werden schon was finden, was Ihnen hilft», antworte ich und will gehen. Bin schon spät dran.

«Nicht jeder kann nachts mit Pfeil und Bogen durch die Wälder ziehen», sagt sie gerade, als ich die Tür öffne. Ich entscheide mich, so zu tun, als hätte ich das nicht gehört.

Wasser macht, dass die Leute sich reich fühlen, oder nicht? Das muss es sein. Klar, der See ist schön. Die meisten Seen sind schön und man setzt sich gerne ans Wasser, geht baden oder keine Ahnung, aber das allein ist es nicht. Ich glaube, die Leute mögen es, sich hier auf die Wiese zu legen oder auf der Terrasse des Restaurants zu sitzen, weil es sich anfühlt, als würde ihnen in dem

Moment ein Stück dieser hübschen Pfütze gehören. Nur darum geht es doch. Nicht einfach genießen und gehen, klar, die Leute gibt es auch, aber nein, eigentlich geht es mehr ums Habenwollen. Und dann fühlt man sich reich. Weil es so verdammt schön ist. Da muss keiner was anderes behaupten. Ich gleite auf dem Stand-up-Paddle-Board über das türkisblaue Wasser und sehe die Fische unter mir und fühle mich reicher als die anderen. Es ist unser See. Früher kannte ich hier jeden. Und jeder hatte seinen Platz, man wusste immer, wo alle sind. Liegewiese links oder rechts, auf den Steinen oder beim Bootssteg, bei der Treppe oder hinten in der kleinen Bucht. Platz war immer genügend da und der Sommer in Waldbad war ruhig. Jetzt kostet eine Portion Chicken Nuggets mit Pommes zwanzig Franken, Ketchup und Mayo extra. Würde gerne wissen, was das für edle Hühner sind. Paniert und frittiert schmeckt doch eh alles gleich, wenn man mich fragt, das ist ja gerade der Punkt.

Die Sonne geht langsam hinter dem Wald unter und ein Teil des Sees liegt bereits im Schatten, als ich noch mal eine Kontrollrunde mache. Wenige bleiche, rosarote Köpfe bewegen sich über das dunkle Wasser. Jetzt ist es unter mir fast schwarz. Wenn im Paradies etwas düster ist, dann wohl so richtig.

«Bis später!», ruft mir jemand zu. Es ist Gian. Er fliegt in zwei Wochen für den Rest des Sommers nach Costa Rica, wie es viele andere auch tun. Irgendwo weg, wo es günstiger ist und man mehr Leben für sein Geld bekommt.

«Ja, bis später», rufe ich zurück. «Alles klar bei dir? Hab dich gar nicht gesehen.»

«Erst grad gekommen. Nur schnell abkühlen», sagt Gian.

Die meisten Waldbader kommen erst abends an den See oder frühmorgens. Viele kommen gar nicht mehr, sagen, es sei nicht mehr wie früher. Stimmt vielleicht, aber eigentlich auch nicht. Der See ist immer noch derselbe, nur die Menschen haben sich verändert, allesamt. Nur nachts würde ich niemals an den See.

«Dann sauf bloß nicht ab, meine Schicht ist fertig», sage ich.

Gian geht an unseren Platz, an dem wir immer waren. Unter den Tannen, wo es etwas steiler ist und man nicht über andere steigen muss. Wo die Steine von der Sonne aufgeheizt sind. Das ist perfekt, wenn man wieder aus dem Wasser steigt. Und alles trocknet schneller.

«Bis später», rufen wir einander noch mal zu.

X

Ich ziehe mich um für den Grillabend mit meiner Crew, die, von der ich schon erzählt habe. Müsste hier mal wieder aufräumen, aber das kann warten. Nur zwei Dinge sind hier richtig wichtig und die sind an ihrem Platz, das überprüfe ich regelmäßig. Es ist so, ich hab da mal was gefunden, im Wald, in der Nähe der Höhle. Und ich bin ziemlich sicher, dass es nicht einfach ein Stein ist. Wollte schon lange mal die Astronomen fragen, was sie davon halten. Aber ich weiß, wie das läuft. Die werden mich entweder nicht ernst nehmen und denken, ich sei bescheuert, oder sie denken, ich sei bescheuert und merke nicht, wie wertvoll dieses Stück Stein eigentlich ist. Also habe ich es bisher für mich behalten, hier unten in meinem kleinen Versteck. Vielleicht wüssten die

Astronomen auch nicht mehr als ich und da will ich lieber nichts riskieren. Und die andere Sache behalte ich noch eine Weile für mich. Sie ist kein bisschen weniger crazy, so viel kann ich sagen.

Heute Abend gehe ich besser zu Fuß, lasse das Skateboard und auch das Fahrrad, das ein Gast mal hier vergessen hat und ich seither manchmal benutze, zu Hause. Weit ist es nicht und ich kann den Weg dahin nutzen, um mal nachzudenken. Tue ich manchmal, wie man vielleicht schon gemerkt hat. Tun wir doch hoffentlich alle, sonst ist es zu still im Kopf.

Ich biege um die Ecke, hinter der das Haus der Müllers liegt, und gehe am Hotel und den Wohnungen vorbei, wie immer. Es gibt vielleicht Leute, die nicht gerne so nahe am Arbeitsplatz wohnen, aber für mich macht alles andere keinen Sinn. Außerdem ist es die schönste Ecke des Dorfes, wenn man mich fragt. Danach kommt eine Weile nichts und das ist das Beste daran. Jedenfalls biege ich um die Ecke und ich könnte schwören, dass mich jemand beobachtet. So was spürt man. Da räuspert sich jemand hinter mir. Verdammt, schon wieder? Warum müssen sich die Leute immer so anschleichen? Ist doch echt unheimlich. Dieses Mal ist da kein Nebel und ich sehe direkt, als ich mich umdrehe, dass es Jenny ist, die sich an mich rangehängt hat.

«Kein Pfeil und Bogen?», fragt sie. «Wo gehst du hin?»

«Nein, heute nicht», sage ich. «Sie sollten die Leute nicht so beobachten, das ist creepy.»

«Oh bitte, können wir aufhören mit diesem Siezen? Ich heiße Jenny.»

«Jenny», wiederhole ich. «Klingt fast wie Johnny.»

Jenny runzelt ihre ansonst sehr glatte Stirn. Sie trägt keinen Anzug mehr, sondern eine Jeans, die wahrscheinlich über den Bauchnabel ragt, und ein Shirt, in dem sie in einer Stunde frieren wird, aber geht mich ja nichts an.

«Also, wo gehst du hin?», fragt sie noch mal.

Das muss ich ihr nicht sagen, ich arbeite jetzt nicht, aber dann tue ich es trotzdem.

«Ich treffe ein paar Freunde.»

«Kann ich mitkommen?», fragt sie schneller, als ich meine Gedanken ordnen kann.

«Mitkommen? Du willst mitkommen? Wieso denn das? Hast du nichts anderes vor?»

«Vergiss es», sagt sie dann und reißt einen Grashalm aus. Was der nun dafür kann, weiß ich auch nicht. Eigentlich hatte ich ja gesagt, dass ich jemanden mitbringe, geht mir da durch den Kopf. An Jenny hatte ich dabei aber nicht gedacht. Meine Kumpels ziehen mich immer damit auf, dass ich einen großen Bogen um Frauen mache. Was kann ich dafür, wenn die alle mehr von mir wollen, als ich bieten kann? Solche Geschichten enden dann halt nicht gut, ist klar. In der Angelegenheit hatte ich auch noch kein Glück, sagen wir's so. Immer mal wieder was für die Saison und dann verschwinden die meisten. Und die, die hierbleiben, wollen was anderes. Damit hatte ich nun oft genug Ärger. Sie wollen etwas Ernstes, etwas Echtes. Echt bin ich definitiv. Was das andere angeht: Was soll das eigentlich heissen? Jedenfalls, dann bring ich halt Jenny mit. Halte damit wenigstens meine Ansage, was auch nicht ganz unwichtig ist, wenn ich ehrlich bin.

«Na gut», sage ich also. «Aber es gibt Burger.»

«Wieso siehst du mich so an?», fragt Jenny auf diese Information. Das weiß ich auch nicht, deshalb zucke ich nur mit den Schultern. «Ich bin keine Veganerin», fährt sie fort.

«Es gibt auch vegane Burger», sage ich da, um das klarzustellen.

«Gehen wir jetzt, oder was?», meint Jenny und geht an mir vorbei.

Sie haben schon Feuer gemacht, ich kann es von Weitem sehen. Viele Leute scheinen nicht da zu sein, aber das ist mir ganz recht. Es war ein langer, anstrengender Tag. Alles, was ich jetzt will, ist ein Burger und ein paar Kalte. Was Jenny will, ist mir immer noch ein Rätsel. Viel haben wir nicht geredet auf dem Weg hierher. Ich habe sie gefragt, ob das Wasser in der Badewanne wieder abfließt. Sie meinte, ja. Und dann habe ich sie noch gefragt, was es mit dem Anzug auf sich hatte. Ob sie was Wichtiges vorhatte. Man zieht sich so was ja nicht an, um auf der Couch zu chillen. Geht mich nichts an, aber ich bin sicher, dass sie was vorhatte, und dann kann ich jetzt nicht so tun, als würde mich das nicht interessieren. Jenny sagt nur, dass sie ein Meeting im Grand Hotel hatte, das dann aber in letzter Minute doch noch abgesagt wurde. So was nervt, das verstehe ich. Mehr hat sie dann nicht mehr erzählt.

«Das Hotel geht eh Konkurs», habe ich dann gesagt.

«Sag so was nicht», meinte sie dann. «Das ist mein Lieblingshotel. Ich geh da immer in das Spa.»

Es ist schon fast dunkel, als wir bei der Pfadfinderhütte ankommen, und Jenny reibt sich die Arme, als würde das was bringen.

«Luan, Don Juan, schön dich zu sehen», sagt Gian, der uns als erster entdeckt. «Wen hast du denn da mitgebracht?»

«Jenny», streckt sie ihm die Hand hin, worauf Gian seine Arme öffnet und Jenny sich dann doch auf eine lockere Umarmung einlässt.

«Hallo Jenny, willkommen bei unserem bescheidenen Get-Together. Was trinkst du?»

Und da ist Jenny auch schon weg, mit Gian unterwegs zum Brunnen.

«Wer ist das denn?», fragt nun auch Timo, während er mir ein Bier reicht und auf die Schulter klopft.

«Jenny», sage ich.

«Ja, das habe ich gehört. Aber was macht sie hier?» Auch Nellie, seine Freundin, hat sich dazugesellt und will mehr wissen. Sie ist schwanger, hat schon einen richtig runden Bauch und stützt sich die Hände in den Rücken. Wenigstens nehme ich an, sie stützt sich deswegen die Hände in den Rücken. Sie schaut nämlich ganz schön kritisch zu Jenny rüber, als die wieder auf uns zukommt.

«Jenny ist Schauspielerin», sage ich schnell. Aber das hätte ich wohl nicht sagen sollen, denn jetzt macht sie so ein Gesicht. Sollte man doch stolz drauf sein, wenn man so was von sich sagen kann, find ich. Bei uns im Hotel gehen immer mal wieder Schauspieler ein und aus und die machen kein Geheimnis draus. Können gar nicht genug davon bekommen, über ihre «Projekte» zu sprechen. Jenny tickt da irgendwie anders.

«Hätte ich dich in letzter Zeit in etwas sehen können?», fragt Timo.

«Etwas, das man kennt», fügt Nellie hinzu.

Jenny nimmt einen Schluck ihres Drinks.

«Im Mittelmeer», sagt sie dann. «Da war ich neulich.»

«Ist das ein Film? Oder eine Serie?», fragt Timo. «Kommt mir irgendwie bekannt vor.»

«Es ist das Mittelmeer», sagt Jenny und Nellie lacht.

«Du bist ja witzig», sagt Nellie. «Ich mag es auch nicht, wenn die Leute mich ausfragen.»

«Wann ist es soweit?», fragt Jenny da und deutet mit der Bierflasche auf Nellies Bauch.

«Dauert noch eine Weile.»

Da kommt auch Roman dazu. Er stand am Grill, den er jetzt auch jetzt nur ungern aus dem Blick lässt. Grillen ist seine Spezialität, das macht er das ganze Jahr über. Keiner kann das besser, das schwör ich. Auch er arbeitet manchmal für dieselbe Organisation wie ich, aber nur nebenbei. Eigentlich ist er Architekt.

«Zum Glück haben wir noch ein wenig Zeit», sagt Timo.

«Ja, wie läuft es eigentlich mit der Suche?», fragt Roman. Timo und Nellie suchen eine neue Wohnung, damit sie Platz haben für das Baby.

«Scheiße läuft es», sagt Nellie. «Zweieinhalb Tausend im Monat für 70 Quadratmeter, das ist doch verrückt.»

«Das ist echt viel», stimmt Roman zu. «Ich habe euch im Hinterkopf, falls ich was höre, aber im Moment gibt es da nicht viel.»

«Ich finde eigentlich, dass das ganz fair klingt», sagt Jenny da. Und jetzt kann ich auch nichts mehr tun. Da mache ich lieber einen Schritt zurück und schaue zu.

«Fair?», sagt Timo. «Das sind Zürcher Preise.»

«Der Preis ist ja das eine, aber wie Roman sagt, es gibt einfach auch nichts, selbst wenn wir mehr bezahlen könnten», sagt Nellie. «Fair finde ich das nicht.»

«Ich denke nur, wenn der Markt nun mal so ist, dann muss man sonst halt woanders schauen. Es gibt ja auch noch andere Orte als Waldbad.» Da kann ich ihr direkt dabei zusehen, wie sie merkt, dass sie was Falsches gesagt hat. «Sorry, das kam jetzt irgendwie falsch rüber.» Jup, Jenny, das war nicht gut.

«Mann, hab ich einen Hunger», sage ich laut. «Dauert das noch lange?»

«Wo wohnst du denn, wenn ich fragen darf? Wenn du hier bist, meine ich», sagt Gian.

«Ich habe eine Ferienwohnung, da hinten am Waldrand, bei Luan.» Alle nicken und versuchen zu verbergen, was sie denken, wenn ich das richtig einordne. «Meine Eltern hatten da schon eine Wohnung und ich habe dann die im Haus nebenan gekauft vor ein paar Jahren.»

«Soso, gekauft», sagt Timo. «Das ist doch schön.»

«Ja, war eine günstige Gelegenheit und wie gesagt, meine Eltern haben ihre Wohnung schon superlange, ich bin quasi hier aufgewachsen.»

«Aufgewachsen?», frage ich. «Dein Ernst?» Dann nimmt Gian mich zur Seite. «Entschuldigt uns kurz», wirft er in die Runde, schiebt mich weg. Es war die dümmste Idee ever, Jenny mitzunehmen. Da muss Gian nichts mehr sagen. Tut er aber doch.

«Deine Begleitung hat es ja ganz schön in sich», meint er.

«Aufgewachsen?», sage ich erneut.

«Das hörst du doch sicher nicht zum ersten Mal», sagt Gian. «Sag mal, ich habe da auch was gehört und wollte mit dir darüber sprechen.» Keine Ahnung, worum es jetzt gehen könnte. «Du streifst nachts durch den Wald?»

Ach das.

«Wer erzählt das?», frage ich. «Und wenn auch, na und?»

«Luan, alles okay bei dir?» Wir stoppen und Gian will, dass ich ihm in die Augen sehe. So was kann ich ja nicht ausstehen. Besorgte Gesichter. Besonders Gians Gesicht. Ja, Gian, ich kann dich schon schockieren, aber das willst du nicht. Lass uns Freunde bleiben, denke ich. Keine Lust, hier für verrückt erklärt zu werden.

«Alles bestens», sage ich. «Hab nur tagsüber keine Zeit zum Bogenschießen. Dann mach ich das halt nachts. Ist doch nichts dabei.»

«Bogenschießen. Du gehst Bogenschießen?»

«Gibt's jetzt endlich was zu essen, oder was?»

Gian schaut auf den Boden und schüttelt eine Zigarette aus der zerknitterten Packung.

«Klar, geh schon mal vor. Ich rufe Roman.»

Eigentlich ist nicht alles okay, wie man sich schon denken kann. Ich habe es nur noch nicht erzählt, weil ich noch keinen Plan für die Geschichte habe. Wie ich das am besten sage, ohne dass hier gleich alles hochgeht. Ich habe es noch niemandem erzählt. Vielleicht hätte ich das tun sollen, aber manchmal habe ich diese verquere Idee, dass sich gewisse Probleme von selbst lösen. Das tun sie natürlich nicht.

Es geht um die Lichter. Ich habe sie gesehen und ich weiß, dass ich nicht der Einzige war, denn, wie schon gesagt, haben auch die Astronomen darüber gesprochen. Sie haben gesagt: «Phänomen, Himmelserscheinung», oder so was und sonst noch ein paar Wörter. Ich habe ihnen angesehen, dass sie nicht wissen, was das war. Die Lichter waren über dem Wald. In der Nähe des Sees, ungefähr dort, wo es eine große Lücke gibt, keine Bäume stehen, nicht weit von unserer Höhle, der von mir und den Jungs. Ich wollte nie weiter in den Wald hinein, aber na ja, meine Neugier wieder. Sie lässt mich nicht in Ruhe. Mit Pfeil und Bogen fühle ich mich sicherer, dachte ich, auch wenn ich nicht immer treffe. Vielleicht macht das keinen Sinn, aber das tun die Lichter auch nicht. Ich frage mich die ganze Zeit, wann sie wieder auftauchen.

BIENE MAJA

Jenny hat zwei Burger gegessen und sitzt jetzt mit Nellie auf der Bank hinter dem Pfadfinderhäuschen. Roman hat ihr seine Jacke gegeben, weil sie friert, logo. Nachts ist es hier immer kalt. Ich sitze mit Gian, Timo, Roman und Jeremia, der auch noch dazu gekommen ist, am Feuer. Seine neue Freundin war auch kurz hier, ist aber wieder gegangen, weil sie wohl morgen früh raus muss. Das müssen wir doch alle, oder nicht? Wer kann denn schon noch in Ruhe ausschlafen, so wie die Dinge sind? Würde gerne wissen, worüber die Mädels sprechen. Wir sprechen über nichts, stochern im Feuer rum, machen Witze, reden über längst vergangene Zeiten und dann sprechen wir doch noch über Romans Pläne, wie er das Haus seiner Großeltern, das er vor Kurzem übernommen hat, umbauen will. Na ja, geerbt klingt so einfach. Sein Vater hat darum gekämpft wie ein Tier, weil sein Bruder, Romans Onkel, das Haus an den Meistbietenden verkaufen wollte anstatt an seinen Neffen. Zwei Jahre lang haben sie einander das Leben zur Hölle gemacht deswegen, bis Romans Vater fast an einer Magenblutung gestorben wäre und wohl endlich jemand die Reißleine gezogen hat. Und Roman konnte das Haus kaufen, auch wenn es teurer war, als er es sich eigentlich leisten kann. Jetzt fallen ihm langsam die Haare aus, ist mir aufgefallen. Weiß nicht, ob es was damit zu tun hat oder nicht, aber er trägt eh immer ein Cap, wen interessiert es also? Aber er ist froh. Hat damals gesagt, wenn dieses Haus auch noch an irgendeinen Zürcher verkauft wird, zieht er von Waldbad weg. Dann kann er den anderen Einheimischen nicht mehr in die Augen sehen, weil seine Familie dann genau das Gleiche gemacht hat wie so viele andere. Alles fürs Geld. Gerade noch mal gut gegangen, könnte man also sagen.

Roman will einen Hot Tub draußen und er will eine große Küche, die Wand durchbrechen, einen großen Grill und ein großes Dachfenster im Schlafzimmer. Das wär was, denke ich da, ja so ein großes Loch in der Decke, durch das man die Sterne sehen kann, bevor man wegnickt. So was will ich auch mal. Meine Großeltern sind lange tot und das Erbe längst aufgeteilt und für die offenen Schulden meiner Eltern, Tante und meines Onkels aufgebraucht. Die sind nun alle pensioniert oder steuern der Pensionierung entgegen und haben ausgesorgt. Haben vielleicht auch Dachfenster, das weiß ich nicht, durch die sie denselben Himmel anschauen wie ich, draußen, wenn mir danach ist.

Nellie ist sauer. Das kann ich von hier aus sehen. Sie spricht zwar mit Jenny, aber schaut die ganze Zeit woanders hin. Nellie will nett sein, ist es aber oft nicht. Und Jenny merkt das offensichtlich. Sie steht auf und kommt zum Feuer. Nellie ihr hinterher, hält sich den Bauch.

«Ich würde dann mal los», sagt Jenny und streift sich Romans Jacke ab.

«Schon okay, bring die ein anderes Mal», sagt Roman. Ich nehme Jenny nicht noch mal mit, aber werde Roman seine Jacke schon bringen.

«Du solltest heute bei Luan schlafen», sagt Nellie plötzlich zu Timo.

«Bei mir?», sehe ich sie fragend an.

«Hä, wieso das? Was ist los, Babe?», fragt auch Timo und steht auf.

Das tut jetzt vielleicht nichts zur Sache, aber Nellie arbeitet in der Therme. Die liegt gleich hinter Waldbad und man streitet sich seit immer darüber, ob sie nun zu Waldbad oder zum nächsten Ort gehört. Sie liegt genau auf der Grenze. Und nein, Waldbad heißt nicht wegen der Therme Waldbad. Der Ort hieß schon vorher so, auch wenn manche Leute, die hier durchkommen, sich gerne was anderes erzählen. Würde ja auch Sinn machen. Warum Waldbad so heißt, weiß ich auch nicht. Orte brauchen einen Namen, nicht wahr? Es hat da angeblich ziemlich gekracht in der Belegschaft der Therme, habe ich gehört. Ob Nellie deswegen so schlecht drauf ist?

«Du weißt, wieso», sagt sie und stößt Timo von sich weg. «Ich hab genau gesehen, wie viel du getrunken hast, und ich brauche keinen nach Alkohol stinkenden Mann neben mir im Bett.»

Sie organisiert auch Waldbäder. Waldbaden in Waldbad, das muss sich erstmal einer ausdenken. Also so richtig, wie man das so kennt, mit Bäumen umarmen und allem Drum und Dran. Kräuter sammeln, auf dem Boden liegen und mit so spirituellen Anwandlungen. Auch wenn man sich das jetzt gerade schwer bei ihr vorstellen kann, so wie sie hier steht und Timo ansieht.

«Das waren doch nur ein paar Bier», sagt Timo und zeigt auf die zwei leeren Flaschen, die neben ihm stehen.

«Luan, nimmst du ihn mit?»

«Klar», sage ich da, aber nur weil ich vor Nellie Angst habe.

«Babe», sagt Timo noch mal und versucht, sie am Gehen zu hindern. Aber Nellie scheint an ihrer Entscheidung nicht zu zweifeln und verschwindet schneller, als ich es ihr zugetraut hätte. Ohne zurückzusehen noch dazu. Timo setzt sich wieder und Jeremia reicht ihm noch ein Bier.

«Sind bestimmt die Hormone», sagt Jenny. «Ich gehe dann auch mal. Danke für den schönen Abend.»

«Findest du alleine zurück?», frage ich. Nicht, weil ich sie begleiten will, so was soll keiner denken, nein, ich sag das mehr, weil man das halt so sagt und sonst keiner was sagt.

«Ich denke schon», sagt sie und verdreht die Augen, was echt unnötig ist. Dann geht auch Jenny. Sie sieht zurück und winkt noch mal, die Jungs heben ihr Bier.

«Was war das denn?», fragt Roman. «Was ist mit Nellie los? Habt ihr gestritten, oder was?»

«Sie ist gestresst», sagt Timo. «Ist alles gerade etwas schwierig. Schon okay, sie hat in letzter Zeit öfter mal solche Anfälle. Aber hey», er stößt gegen mein Bein, «keine Angst, du musst mich nicht mitnehmen. Ich lasse ihr ein paar Stunden und gehe dann nach Hause. Wenn ich die ganze Nacht wegbleibe, ist sie erst recht sauer.»

«Was ist mit wieheisstsienochmal?», fragt Roman und macht eine Bewegung, als würde er seine Jacke anziehen. «Woher kennst du die?»

«Ich kenne die nicht. Nicht wirklich. Sie ist mir nachgelaufen und wollte mitkommen. Wieso, weiß ich auch nicht.»

«Dann läuft da also nichts?»

«Ich glaube, sie beobachtet mich», sage ich. Ist mir eben eingefallen. Ich glaube, das tut sie wirklich. Vielleicht ist sie auch einfach eine Nachteule, noch jemand, der nicht schlafen kann.

«Wie kommst du denn darauf?», fragt Gian.

«Nur so ein Gefühl.»

X

Wenn ich zur Sternwarte gehe, lege ich mich immer auf die Wiese davor. Ich weiß schon, dass ich hier nicht mehr sehe, als, sagen wir, da drüben, hundert Meter weiter oder auch dort unten, wo es drumherum auch dunkel ist. Aber es gibt ja einen Grund, warum die Sternwarte hier steht, oder nicht? Warum man sie genau in dieser Höhe und an diesem Ort gebaut hat. Ich lege mich also hin und schaue in den Himmel, mehr mache ich nicht und trotzdem fühle ich mich besser, jedes Mal, wenn ich hier war.

Der Lieferwagen mit den Meeresfrüchten fährt mich fast über den Haufen, als ich im Morgengrauen über die Straße gehen will. Weit weg vom Meer. Die Leute wollen halt, was die Leute wollen. Und ich will, nachdem ich über die Straße gegangen und lebendig angekommen bin, dann doch noch in den Skatepark. Schlafen kann ich später, spätestens heute Abend, hoffe ich zumindest. Ich frage mich, wann das aufhört, wann ich endlich mal wieder in Ruhe ein Auge zukriege. Jetzt, wo das alte Grand Hotel bald schließen wird, taucht der Hummer-Mann vielleicht etwas seltener hier auf, aber wahrscheinlich nicht. Ist aber vielleicht auch nur ein Gerücht, das mit der Schließung. Ich wüsste, was funktionieren würde. Die Leute wollen diesen alten Luxus nicht mehr. Allgemein scheinen sie keine Hotels mehr zu wollen. In den letzten fünfzehn Jahren sind hier fünf Hotels verschwunden. Verkauft, abgerissen und in Zweitwohnungen umgebaut und dann wieder verkauft. Wie das halt so läuft. Nur gut, dass es Dinos Betrieb noch gibt. Stellung halten, das ist wichtig. Die Leute, die dort schon ein- und ausgegangen sind, da könnte ich Geschichten erzählen. Geschichten, die mir keiner glauben würde, mal wieder. Ist ja auch nicht mein Job, Geschichten zu erzählen, mein ich. So was reißt man nicht einfach ab, ist, was ich sagen will.

Auf dem Parkplatz kommt mir der Kutscher mit seinen Pferden entgegen. Er spannt sie immer schon frühmorgens ein, dreht eine Runde im Dorf, um die Touristen zu inspirieren, so funktioniert das. Wenigstens hat mir Dino das so erklärt. Denn die erste Kutschfahrt ist immer leer und da fragt man sich schon, was das soll. Dachte immer, vielleicht müssen die Pferde sich warmlaufen oder er geht irgendwo jemanden abholen. Könnte ja sein.

«Nimmst du mich mit?», frage ich in dem Moment und lache, weil ich wohl doch ziemlich erledigt bin und nicht mehr weiß, was genau aus meinem Mund kommt.

«Wohin musst du denn?», fragt er.

«War nur 'n Scherz.»

«Wenn du mir einen Kaffee besorgst, nehm ich dich mit. Hab meinen zu Hause vergessen.»

Also hole ich dem Kutscher einen heißen Kaffee, mir selbst auch, und er fährt mich tatsächlich zum Skatepark. Die Pferde blasen Luft durch die Nasen, nein, Nüstern, glaub ich, was weiß ich, und ich denke, soeben hatte ich richtig Glück, oder nicht? Gleich zweimal. Schaut mich an, ich bin mit der Kutsche unterwegs. Na, da staunt ihr nicht schlecht, was? Aber kaum einer sieht uns. Der Gegenverkehr rast an uns vorbei und die Autofahrer hinter uns sind nur genervt und überholen zu schnell. Nicht mal der Kutscher dreht sich zu mir um, sondern liest Nachrichten auf seinem Handy, schlürft seinen Kaffee und schnäuzt sich die Nase. Noch etwas, was ich nicht habe. Ein Taschentuch. So eines aus Stoff mit Initialen und allem. Eigentlich eklig, sich das wieder in die Hose zu stecken mit all dem Rotz. Aber wenn mir einer eins schenken würde, hätte ich trotzdem was zu feiern. Absolut.

Simon ist heute nicht da. Seine Familie wohnt im ersten Stock und ich sehe zum Fenster hoch, aber auch da ist er nicht. Da frage ich mich, was so ein Rollstuhlfahrer wohl unternimmt. Darf man sich das fragen? Wahrscheinlich das gleiche Zeug, wie alle anderen auch. Einkaufen, arbeiten, sich den Sack reiben, wenns juckt, wie der Kutscher, und zu viel auf dem Handy rumscrollen. Vielleicht hat er auch Arzttermine oder Therapie. Ich kannte mal einen mit einem schiefen Rücken, der musste dauernd in Therapie, zweimal die Woche. Hat ihn übelst genervt, weil er eine ganze Weile deswegen nicht Snowboarden durfte, und ich glaube, das war alles, was er wollte. Hoffentlich geht es ihm heute besser, denk ich da. Man kann da ja mittlerweile so einiges machen. Ob man bei Simon noch was machen kann?

X

Zwei Gestalten stehen am Pool. Na ja, sie stehen nicht direkt, sie machen Thai Chi mit dem Rücken zu mir und ich habe nicht vor, sie zu stören. Die beiden kenn ich nicht. Wahrscheinlich neue Gäste, spielt ja auch keine Rolle.

Ich lasse nur schnell den Bodensauger sinken, den Rasenmäher lasse ich später seine Runden drehen. Reicht schon, wenn er sich immer in den Liegestühlen verheddert, ein Unfall mit zwei geistig abwesenden Gästen muss da jetzt nicht auch noch sein. Ich warte damit, bis die Arbeiter kommen, was bald soweit sein sollte. Sie stopfen die Löcher hinten auf dem Anwesen, schneiden die Sträucher und entfernen das Unterholz. Das machen sie jedes Jahr, immer dieselben zwei Typen. Wer will nicht an einem Ort leben, wo alles einen Rhythmus hat? Wo man sich wiedertrifft? Eigentlich sollte ich die Tische unter den Bäumen von der Party des Optikers wegräumen, aber ich warte damit noch bis zum Nachmittag, dann können die Jungs da im Schatten Pause machen. Ist doch schöner.

Zum Titelsong von «CSI: Miami» setze ich die neuen Plastikkerzen zusammen, die Dinos Frau bestellt hat. Sie will sie auf den Tischen haben, weil sie sagt, die anderen produzieren zu viel schlechte Luft. Dino schaut sich die Serie dauernd an, sitzt hinten im Büro und denkt, dass es keiner mitkriegt. Aber die Tür schließt nicht mehr richtig und weil der Titelsong immer lauter ist als der Rest, weiß jeder, was er gerade tut. Neulich hatten wir eine, die jeden Morgen gesungen hat. Sie dachte, es sei eine gute

Idee, draußen zu singen, im Morgengrauen, ganz leise. Weil man es ja auch so schlecht hört, wenn sonst nichts zu hören ist, außer Kuhglocken und ab und zu ein Alphorn, kein Witz. Und die Touristen lieben sie, diese kitschige Geräuschkulisse. Ich irgendwie auch, warum auch nicht? Nur manchmal nervt es, wenn man gerade nicht in der Stimmung ist. Genau wie der seltsame Gesang der Frau, den keiner bestellt hat. Man hat ihn bis zu den Müllers gehört, bis zu mir runter in den Keller. Als ich endlich mal gecheckt habe, dass da eine singt. Dachte, ich hätte sonst was im Kopf und bilde mir die Sache ein. Irgendwelche Chorlieder würde ich mal sagen, so mit ganz hoher Stimme. Nach einer Stunde war der Spuk jeweils vorbei.

Jedenfalls war ich heute vorm Skaten nur kurz zu Hause und habe gesehen, dass die Müllers mal wieder da sind. Alle Müllers, die jungen und die alten. Müssen gestern Abend angereist sein. Hätte ich das gewusst, hätte ich die «Biene Maja» versteckt. Roman hat sie neulich umgefahren, so was passiert halt, und ich habe sie dann mit nach Hause genommen, in den Hauseingang gestellt, dass sie die Bullen nicht sehen. Obwohl die eigentlich nie hier runter an den Waldrand kommen. Es sei denn, es kommt wieder ein Jäger auf die Idee, außerhalb der Jagdsaison durch die Wälder zu streifen, wie letztes Jahr, als schon der erste Schnee lag.

Aber jetzt ist es Sommer und schon wieder verdammt heiß. In der Lobby können wir die Vorhänge nicht zuziehen oder die Rollläden runterlassen, das sähe ja aus. Nur der Durchzug hilft ein wenig gegen die Hitze, die schon ziemlich stur versucht, sich hier breitzumachen.

Der Lärm der Arbeiter hat auch die letzten Gäste geweckt, da muss ich schmunzeln. Aber irgendwann müssen auch diese Dinge mal gemacht werden und wenn es so heiß wird wie heute, kann man nicht zu lange damit warten. Das macht kein Körper mit, egal wie fit man ist, da darf man nicht dumm sein. Ich schiebe das Kerzenzeugs etwas zur Seite, sodass die Gäste, die nun in den Speisesaal eilen, um sich die Bäuche vollzuschlagen, mich nicht sehen können. Und Dino hat seine Serie ausgemacht, ha, da muss die Auflösung wohl noch eine Weile warten, was, alter Mann?

Meine Mittagspause halte ich kurz, damit ich rechtzeitig beim nächsten Job sein kann. Ich setze mich zu den Arbeitern an die Tische unter den Bäumen. Bringe ihnen noch was Kaltes zu trinken, eine Cola und eine Cola light. Wir schweigen zusammen und essen jeder sein Sandwich. Da sehe ich aus dem Augenwinkel, wie der Optiker angeschlichen kommt. Er hat diesen eiligen, steifen Schritt drauf, trägt nur seine blaue Badehose. Was der wohl will? Er stellt sich vor den Tisch und spricht den älteren der Arbeiter an.

«Hallo, ich bin René», sagt er.

«Hallo», sagen die Arbeiter und ich muss ein wenig lachen, ob ich will oder nicht.

«Ich habe mir eine neue Kommode bestellt, die soeben geliefert worden ist», sagt er dann. «Der Lieferant hat sie aber einfach da vorne hingestellt, anstatt sie in die Wohnung zu bringen. Könntet ihr mir damit helfen?»

«Klar», sagt der jüngere der Arbeiter ohne zu zögern. «Wir kommen gleich.»

«Super», sagt der Optiker und grinst ganz selig unter seiner getönten Brille. Und ich denke nur, der hat auch gar keinen Plan, was die Jungs eh schon den ganzen Tag leisten müssen. Dann sollen sie in der Mittagspause noch Möbel schleppen?

«Nett von euch», sage ich dann, als René wieder davongestiefelt ist.

«Ist doch keine Sache», sagt der ältere der Arbeiter. «So was passiert uns dauernd.»

«Ja», stimmt der jüngere zu. «Dauernd. Die Leute brauchen dauernd mit irgendwas Hilfe.»

«Was du nicht sagst.»

Nach dem Essen verstaue ich die Tische und sehe den Arbeitern dabei zu, wie sie die Kommode hinter dem Optiker her ins Haus tragen. Wie ihnen der Schweiß runterläuft und René mit seinen Badelatschen an der Türschwelle hängenbleibt und es ihn fast hinhaut. Da kommt Nature Girl mit ihren Taschen und muss auch noch da rein, ganz ungeduldig. Trägt sogar Schuhe, wenn sie einkaufen geht, sieh mal einer an. Ob sie ihre schmutzigen Fußsohlen wäscht, bevor sie in die Schuhe steigt? Die Putzfrau ist jedes Mal genervt von dem ganzen Dreck, den sie wegmachen muss. «Warum trägt nicht Schuhe?», sagt sie dann. Das verstehe sie nicht. Und ich auch nicht. Vor allem würde ich dauernd auf ne Biene oder so was treten. Ganz bestimmt. Und das, obwohl ich aufpasse, keine Insekten zu zertreten, keine Blumen und nichts. Aber hier ist ganz schön viel Luftverkehr und die kleinen Dinger machen halt auch zwischendurch mal Pause und sitzen am Boden.

Heute Nachmittag helfe ich Jeremia beim Auspacken der neuen Ware. Er hat noch niemand Passenden gefunden, der ihn diesen Sommer im Shop unterstützen kann, hat nur eine Aushilfe, die das Geld nicht braucht und lieber am See chillt oder sich mit Freundinnen zum Kaffee trifft, dort drüben bei der Talstation. Jetzt sitzt sie auch da, ich kann sie von hier aus sehen. Sie ist nicht von hier und hat Jeremia kennengelernt, na ja, sagen wir mal, auf eine Weise, die nicht besonders kreativ ist. Wie kann man dauernd nichts tun? Bleibt mehr Arbeit für mich, darüber will ich mich nicht beklagen.

«Spät geworden gestern», sagt Jeremia und lässt sich auf den Sessel neben der Umkleidekabine fallen. «Aber war nice, mal wieder zusammenzusitzen. Und eigentlich auch ganz entspannt, nachdem die Mädels weg waren.» Jeremia mag Frauen, besonders jene, die keinen Stress machen. Jemand wie Nellie wäre nichts für ihn. Nicht weil sie Stress macht, nein, weil sie keinen Mann braucht. Eigentlich. Und Jeremia braucht eine Frau, die einen Mann braucht. Da ist er ziemlich berechenbar. Deswegen sucht er sich immer die falschen aus, nämlich diejenigen, die eifersüchtig sind, ihm auf der Tasche liegen oder keine Persönlichkeit haben. Sorry, aber ist so. Nur seine Ex war cool. Die, mit der er die Kids hat. Seither war da aber leider nichts Gutes mehr dabei, die Aushilfe eingeschlossen.

«Die bauen doch am Dorfeingang. Haben sie da schon mal geschaut?»

«Das sind Eigentumswohnungen, keine Mietwohnungen.»

«Am Anfang braucht das Baby sowieso nicht viel Platz. So sehr eilt das doch nicht», meint er.

«Ich kenne Leute, die seit Jahren suchen», sag ich. Und das stimmt. Freunde, die in der Stadt nicht weit von hier wohnen und seit drei Jahren eine Wohnung in Waldbad suchen, die beide voll verdienen, so richtig gute Löhne, und trotzdem nichts finden. So ist das. «Wenigstens haben sie ein Zuhause und sonst können sie immer noch zu Timos Eltern ziehen, machen sie ja im Winter sowieso.»

«Alptraum», sagt Jeremia.

«Was davon?»

«Bei den Eltern wohnen? Niemals, mein Lieber.»

Er nimmt eines der neuen Caps aus der Schachtel, die neben ihm steht, und setzt es sich auf. Jeremia hat diesen Laden mit einem anderen Kumpel zusammen eröffnet. Den haben wir aber leider unterwegs verloren, geriet in eine Lawine und als man ihn endlich gefunden hatte, war es zu spät. Das geht schneller, als man denkt, so unter dem schweren Schnee, und das Ausbuddeln dauert eine Ewigkeit. Man hat nur eine Chance, wenn man direkt die richtige Stelle findet.

Seither hängt da dieses Bild von ihm. Nicht mit ihm drauf, nein, ein Bild, das er gemalt hat. Mann, konnte der malen. Graffiti Style. Seine Murals sind im ganzen Dorf verteilt. Manche sogar im Wald auf alten Brunnen, Felsen. Was für eine Verschwendung, denkt man da. Ich jedenfalls denke das jedes Mal, wenn ich mir dieses Bild ansehe. Hat im Kinderheim gearbeitet. Viele vergessen, dass es in Waldbad auch ein Kinderheim gibt, aber er war immer da und hat sich cooles Zeug für die Kleinen einfallen lassen. Ich war nie mehr da, seit er nicht mehr hier ist. Wir haben seine Asche auf dem Berg verstreut. Nur den einsamen

Grabstein, der im Wald steht, hat er nicht besprayt. Keiner weiß so recht, zu wem der gehört. Oder anders gesagt, jeder erzählt eine andere Geschichte darüber, denn es steht leider nichts drauf. Gar nichts. Wegen dieses Kumpels habe ich immer noch Lokalverbot in der alten Pizzeria. Konnte es nicht lassen und wollte die Herrentoilette verschönern, ohne den Wirt zu fragen. Ich war dummerweise dabei und hab auch gar nicht versucht, es ihm auszureden. Wollte den Wirt noch davon überzeugen, dass das eine super Sache ist, aber das sah der anders. Es gibt eine neue und eine alte Pizzeria. Die alte ist leider viel besser und günstiger. Irgendwann schließen wir schon noch Frieden. Vielleicht sollte ich wieder mal da reinschauen.

Gleich sollen Jeremias Kinder vorbeikommen. Er hat sie die ganze nächste Woche und ich seh ihm an, wie sehr er sich freut. Alle zehn Minuten geht er zum Eingang und schaut die Straße runter, in die Richtung, aus der er sie erwartet. Sie sind drei und vier Jahre alt, glaub ich. Lustige Zwerge. Würde ihm die Woche gerne mehr helfen mit der Arbeit, aber der Wetterbericht ist ziemlich gut, da muss ich wohl öfter an den See. Und wenn das Wetter gut ist, kommen auch mehr Gäste, ist klar, und die Truppe wird wohl auch wieder auftauchen. Heute ist Sonntag, normalerweise fahren die Ludwigs und Renés und Jennys und wie sie alle heißen am Montagmorgen los, wegen des Verkehrs.

«Was habt ihr die Woche vor?», frage ich. Jeremia steht wieder in der Tür.

«Das werden mir die zwei schon sagen», meint er und grinst zufrieden. «Weiß nicht. Spaghetti essen, auf den Spielplatz, mal baden, vielleicht mal auf den Pumptrack, so was halt. Mal sehen, ob ich die nette Lady dazu bewegen kann, ein paar Schichten zu übernehmen, vielleicht frage ich auch meinen Bruder, ich glaube, der hat Ferien.» Jeremias Bruder wohnt nicht mehr hier, ist mit seiner Frau in die Stadt gezogen, wegen des Jobs. Er kommt natürlich trotzdem in jeder freien Minute hier hoch. «Sonst mache ich den Laden halt ein bisschen zu, was soll's?» Auf den Pumptrack gehe ich auch gerne mit Johnny. Oder auf die Piste. Der Junge hat nicht alle Tassen im Schrank, im besten Sinne. Das ist eh das Beste hier, an meinem Leben, wenn ich das so sagen darf. Das ist doch was wert. Dass alles ein bisschen durchgeknallt ist, drüber. Ich brauche immer mal wieder was anderes, was, das sich nicht tot anfühlt. Und zwischendurch ein bisschen Sinnlosigkeit, damit ich den Sinn wiederfinde. Für mich hört sich das logisch und gut an, auch wenn ich das nie laut sagen würde, ganz bestimmt nicht. Manchmal, wenn ich in einer der höheren Wohnungen oder Zimmer bin oder einen ruhigen Moment in der Lobby habe, stehe ich einfach am Fenster und schaue in den Wald, schaue den Vögeln zu, wie sie durch die Luft gleiten, stelle sicher, dass mir niemand zusieht, breite meine Arme aus und mache mit beim Schweben. Zumindest stelle ich es mir vor, das ist gar nicht so schwer. Und voll beruhigend.

«Würd dir gerne mehr helfen, aber du weißt ja, wie's ist», sage ich.

Jeremia bezahlt mich in Klamotten, die ich dann manchmal verkaufe. Wobei die Leute auf diesen Onlineplattformen langsam echt Allüren haben. Zugegeben, ich würde auch nie so viel Geld für eine zu bunte Jacke oder ein simples T-Shirt ausgeben, vor allem nicht jedes Jahr. In meiner Bude reicht der Platz nicht.

Außerdem braucht man für einen Arsch und einen Schädel nicht zehn Hosen und zwanzig Caps. Deswegen habe ich mittlerweile ein Dauerguthaben bei Jeremia, das fühlt sich nicht schlecht an.

Die Kids kommen um die Ecke und ich muss langsam mal los.

X

Normalerweise habe ich nicht viel mit den Müllers zu tun. Wir sagen Hallo, ich helfe ihnen mit ihrem Zeugs und bezahle pünktlich meine Miete. Sie kommen, wie es ihnen gefällt, und wenn sie hier sind, höre ich nicht viel. Umso eigenartiger, dass mich Herr Müller Senior heute direkt an der Tür abfängt. Er lacht mir von Weitem entgegen und winkt. Diese Winkerei immer.

«Lange nicht gesehen», sagt er. «Wir waren auf den Seychellen, sind erst seit ein paar Tagen wieder da und dachten, wir kommen mal wieder hoch.»

«Ist doch schön», sage ich. «Wie war der Urlaub?»

«Herrlich wie immer.» Ich will an ihm vorbeigehen, da legt er mir eine Hand auf die Schulter. «Sag mal, Luan, hättest du Lust, heute mit uns zu Abend zu essen?» Na, das ist mal was Neues, denke ich. Hatten wir noch nicht.

«Ihre Familie ist doch auch da», sage ich, als wollte ich sagen, du hast doch schon Gesellschaft, was willst du mit mir? Und eigentlich sind das auch ganz schön viele Leute an einem Tisch, wenn ich mir das so vorstelle. Nicht sicher, ob ich Lust darauf habe. «Ich wollte mir nur schnell was machen und dann wieder los.»

«Es gibt da etwas, das ich gerne mit dir besprechen würde», sagt Herr Müller nun und das Lachen ist etwas flacher geworden.

So wie wenn man sich ein bisschen dazu zwingen muss, weil man eigentlich was anderes denkt. Das kann ich sehen, mache ich selbst oft. Aber na ja, ich bin neugierig, also nicke ich, seine Hand immer noch auf meiner Schulter. «Gut», sagt er. «Der Aperitif sollte gleich fertig sein. Komm hoch, wenn's dir passt.»

Manchmal hat man so ein Gefühl, dass gleich was kommt, das sich nicht mehr rückgängig machen lässt. Dagegen habe ich meistens nichts, so ist das Leben, oder nicht? Physik mag ja relativ sein, aber die Realität ist es selten, das weiß ich. Jedenfalls habe ich gerade dieses Gefühl, als ich die Biene Maja bei mir in die Ecke stelle, meinen Rucksack ablege und überlege, ob ich noch duschen soll. Wahrscheinlich ist dafür keine Zeit, will ja nicht unhöflich sein. Das Gefühl klebt an mir wie das Shirt an meinem Rücken. Ich nehme eines der neuen Shirts aus dem Rucksack, fühlt sich nach einem gebührenden Anlass für was Überteuertes an, lege etwas mehr Deo auf und habe keinerlei Lust auf das, was jetzt kommt.

Wir sitzen alle an dem langen Tisch und mir ist leicht schwindlig vom Apérol Spritz, der runtergeht wie nichts. Links von mir sitzt Herr Müllers Tochter, rechts von mir ihr Mann. Die Kids haben den Tisch schon verlassen und rennen durch den Garten. Die alten Müllers sitzen uns gegenüber. Ich versuche, das geschmolzene Vanilleeis von dem kleinen Teller zu löffeln, ohne ihn anzuheben. Das soll man angeblich nicht machen, habe ich mal wo aufgeschnappt. Ich löffle und löffle und Herr Müller räuspert sich.

«Sorry», sage ich und lege den Löffel ab. Will ihn zuerst neben den Teller legen, aber dann würde das Tischtuch dreckig, also lege ich ihn doch auf den Tellerrand, von dem er abrutscht und dann mitten auf dem Teller in der übriggebliebenen Vanillepfütze landet, verdammt.

«Nichts zu entschuldigen», sagt Herr Müller. Und dann räuspert er sich wieder und ich hab wieder dieses Gefühl.

«Also», sage ich. «Ich weiß, Sie wollten mit mir sprechen, aber ich sollte gleich wieder los. Hab noch Arbeit.» Ich will meinen Stuhl zurückschieben.

«Gibst du uns noch eine Minute?», fragt er.

«Wir wollten schon länger mit dir reden», sagt nun Frau Müller, «aber wie du weißt, waren wir noch eine Weile weg. Umso besser, dass es jetzt geklappt hat.» Dann sieht sie zu Herrn Müller, der sich noch mal mit der Stoffserviette den Mund abwischt, sich noch mal räuspert. Alter, denke ich, jetzt spuck's schon aus.

«Die Sache ist die, Luan. Du kennst ja meine Kinder. Meine Tochter, meinen Sohn. Ist zwar heute nicht da, aber den hast du auch schon oft gesehen.»

«Klar. Der Wandervogel», lache ich. Sein Sohn hält sich für den nächsten Ueli Steck.

«Genau, genau der», sagt Herr Müller. «Und du weißt, wie gerne sie hier sind.»

«Das nehme ich an.»

«Frau Müller und ich wollen uns da langsam etwas zurückziehen und der jüngeren Generation dieses schöne Bijou überlassen. Sie sollen es nutzen, um hier Ferien zu machen oder die Wochenenden zu verbringen mit den Kindern, so wie wir das immer getan haben.»

«Uns gefällt es hier wirklich sehr», sagt der Mann der Tochter. «Ein wunderschöner Ort.»

Das kann nicht die Sache sein, die Herr Müller ansprechen wollte. Dafür musste er mir kein Steak auftischen.

«Und weil ich halt zwei Kinder habe», spricht er weiter, «und beide gerne hier sind mit ihren Kindern, wollen sie das Haus in Zukunft intensiver nutzen. Es vom Platz her etwas umstrukturieren. Für uns zwei ist das Haus zu groß geworden.»

«Klingt sinnvoll», sage ich und überlege, ob ich mir noch mal vom Wein nehmen darf, während wir hier plaudern. Mein Mund ist staubtrocken. «Ich kann weiter die Blumen gießen, die Post reinbringen und so weiter, kein Ding.»

«Das wird nicht nötig sein», sagt Herr Müller.

«Verstehe, ist für mich auch okay.»

«Ich bin so froh, dass du das verstehst», sagt die Tochter und schenkt mir noch mal ein, als sie bemerkt, was ich vorhabe. «Wir hatten schon Angst.»

«Angst wovor?», frage ich und nehme einen Schluck. Jetzt sehen sich alle an.

«Die Kinder werden halt auch nicht kleiner», sagt jetzt der Mann der Tochter und dreht an seinem Wasserglas. «Irgendwann wollen sie alle ihre eigenen Zimmer und wir unsere Ruhe.»

«Und das ist auch richtig so», sagt Herr Müller. «Das ist der Lauf der Dinge. Aber selbstverständlich eilt es nicht, Luan.»

Bingo, da kommt auch bei mir an, was die nette Gesellschaft mir hier verklickern will. Das Gefühl, mein verdammtes Gefühl, war mal wieder genau richtig.

Sie wollen, dass ich ausziehe.

CHYPRE

Was für eine dämliche Aussage ist das eigentlich? Natürlich werden die Kinder nicht kleiner. Wer sagt denn so was? Sie meinen, dass ich noch bis zum Ende der Saison bleiben kann. Bis zum Ende der Scheiß Saison. Und dann was? Wo soll ich bitte hin? Ich bin so wütend, dass ich vergessen habe, wo ich gerade noch hinwollte. Panik, würde ich sagen, nackte Panik, anders lässt sich das nicht beschreiben. Ich gehe vom Haus der Müllers auf den Waldweg, der gleich dahinter beginnt, gehe ein paar Schritte und setze mich dort auf eine leere Bank. Die Kinder werden nicht kleiner. «Wichser», sage ich laut.

«Wer?», fragt jemand von links. Bitte die nicht auch noch. «Dino hat gesagt, er hat gesehen, wie du hier runter bist», sagt Jenny.

«Toll, du hast mich gefunden.»

«Alles okay?»

«Was brauchst du?», frage ich. «Läuft das Wasser wieder nicht ab? Ist eine Glühbirne kaputt?»

«Nein, aber ich höre ein seltsames Geräusch. Seit ein paar Tagen wird es immer lauter.»

«Ein Geräusch also.»

«Ja, so ein Brummen.» Sie versucht, das Geräusch nachzumachen, die große Schauspielerin steht vor mir und gibt diese seltsamen Laute von sich, die klingen, als würde sie das Beatboxen üben. «Kannst du mal vorbeikommen? Es macht mich wahnsinnig. Konnte letzte Nacht nicht schlafen und heute ist es noch lauter.»

«Ich war erst gerade bei dir. Da habe ich nichts gehört.»

«Du wusstest ja auch nicht, wie es sich anhört. Man hört es nur, wenn man ganz leise ist», sagt sie. «Und wenn man weiß, worauf man achten muss.»

Das hört die bestimmt nur in ihrem Kopf. So was kann man sich durchaus einbilden. Man kann sich ganze Menschen einbilden, ganze Leben. Aber was soll's. Was könnte ich jetzt Besseres tun, als mit der verrückten Jenny still in ihrer Wohnung nach einem Geräusch zu suchen?

Jenny schließt die Fenster. Ich höre nichts. Sie sagt, ich solle mich auf die Couch setzen und eine Weile still sein. Sie setzt sich neben mich und ich finde, wir sehen aus wie zwei Verrückte. Schließlich stehe ich auf und gehe durch die Wohnung. Gehe in die Küche. Jenny folgt mir.

«Hörst du es?» fragt sie. Ich zucke mit den Schultern. «Das bilde ich mir doch nicht ein? Ich habe schon versucht, es aufzuzeichnen, aber man hört es nicht mal auf dem Aufnahmegerät.»

Jetzt höre ich es doch. Es klingt wirklich wie ein Brummen.

«Ich glaube, es kommt von oben», sage ich. Und Jenny ist beruhigt, dass ich nicht mehr denke, sie spinne.

«Von oben denkst du?», fragt sie und drückt ein Ohr gegen die Wand neben ihr.

«Ist er da? Der Professor?», frage ich. Der Lungenspezialist, dem die obere Wohnung gehört, ist nicht jedes Wochenende da. «Ich rufe ihn an und schaue, ob ich rein darf. Mal checken, was da los ist.»

«Ich kenne ihn kaum, wir sprechen nie miteinander», sagt Jenny.

Während Jenny weiter in der Wohnung hin und her geht, klingle ich beim Professor durch. Man würde denken, dass er die meiste Zeit des Tages mit wichtigen Patiententerminen, mit Operationen oder so was verbringt, macht er vielleicht auch, trotzdem ruft er mich schon wenige Minuten später zurück und sagt, ich darf rein, aber nur ich.

Jenny wartet draußen vor der Tür. Anders als die anderen der Truppe nimmt der Professor nur wenige unserer Serviceangebote in Anspruch. Eigentlich nur eines: Er schickt immer jemanden von uns, um Souvenirs oder Geschenke für ihn einzukaufen. Er sagt nie, für wen sie sind, was das Ganze nicht einfacher macht, gibt uns nur ein Budget und eine Zahl, wie viele er braucht. Meistens gehen wir in dieselben drei Läden und besorgen immer wieder die gleichen Klassiker: Nusstorte, Käse, manchmal Seife oder sonst was, ein Gutschein oder so. Wir führen eine Liste, auf der steht, was wir schon alles gekauft haben, was gut war, was nicht. Das ist alles. Mehr braucht der Professor nicht. Ich habe auch eine Liste, eine Liste, die immer länger wird.

Ich mache ein paar Schritte in die Wohnung, lichtdurchflutet, er macht die Läden nie runter. Keiner da. Da erinnere ich mich an die Müllers, an das blöde Lächeln, das mir wohl dabei helfen sollte, die News zu schlucken. So eine Wohnung müsste man haben. An bester Lage, im obersten Stock, Platz für vier, und keiner ist da. Lange muss ich nicht suchen. Und von der Wut angetrieben, finde ich schnell heraus, woher der Lärm kommt. Das nie enden wollende Brummen, das immer lauter geworden ist über die letzten paar heißen Tage: Der Lungenspezialist hat den Kühlschrank nicht ganz geschlossen.

Ich schließe den Kühlschrank und haue noch mal ordentlich dagegen. Dann gehe ich raus und will nur noch weg, gehe mit richtig großen, wütenden Schritten an Jenny vorbei.

«Erledigt», sage ich nur. Hab jetzt keinen Bock mehr auf Smalltalk. Mir reicht's. Ich gehe die Treppe runter und Jenny rennt mir hinterher.

«Wirklich? Was war's denn?», will sie wissen. Die soll jetzt mal zufrieden sein, hab meinen Job gemacht und jetzt ist auch gut. «Sag schon!» Ruhe wird sie wohl nicht geben.

«Es war der verdammte Kühlschrank», sage ich also und hoffe, dass sie jetzt einfach nach Hause in ihre schnieke Wohnung geht und die Stille genießt. Die Dunkelheit.

«Der Kühlschrank», wiederholt sie stattdessen und rennt mir weiter hinterher. «Was ist los? Warum hast du's plötzlich so eilig?»

«Die Kinder werden nicht kleiner», sage ich.

«Die Kinder? Welche Kinder?» Ich will nur nach Hause. Endlich nach Hause.

«DIE KINDER WERDEN NICHT KLEINER!», schreie ich nun. Ich schreie es dreimal.

Und Jenny bleibt endlich stehen.

Ich stehe ebenfalls und höre meinen Körper laut atmen.

«Was ist denn hier los?», fragt plötzlich jemand. Es ist der Parfümeur. Ein Stammgast des Hotels, der immer, wortwörtlich überall, rumschnüffelt. Er kommt zusammen mit dem Schriftsteller auf uns zu. «Alles okay bei Ihnen?», fragt er Jenny, die mich immer noch etwas leer ansieht.

«Alles bestens», sagt sie dann. «Bereite mich nur auf eine Rolle vor und Luan hilft mir dabei.»

«Sicher?», fragt nun der Schriftsteller.

«Was für eine Rolle?», will der Parfümeur wissen.

«Eine ziemlich intensive», sagt Jenny. «Luan hat mich gesehen, wie ich Probleme damit hatte, mich reinzufinden und hat seine Hilfe angeboten.» Keine Ahnung, wovon sie da spricht, aber ich bin froh, wenn ich keinen Ärger von Dino bekomme. Das ist das Letzte, was ich jetzt gebrauchen kann. Noch mehr Zeug, das auseinanderfällt. Die beiden Männer sehen mich an und wissen genau, das kann man nicht verbergen, dass irgendwas an Jennys Geschichte nicht stimmt. Das wissen wir alle und wir entscheiden jetzt gerade zusammen, dass wir keinen Bock haben, die Sache weiter aufzublasen. «Wohin sind Sie denn unterwegs?», fragt Jenny schließlich.

Der Parfümeur trägt einen Strohhut, der mich dermaßen ablenkt, dass ich ihm fast nicht dabei zuhören kann bei dem, was er erzählt. Irgendwas von Duftsuche. Chypre, er ist ein Experte für Chypre, was auch immer das sein soll, und meint, dass es auf das richtige Eichenmoos ankommt und dass er danach nun auf der Suche ist. «Eichenmoos», wiederholt Jenny. «Ich mag Chypre-Düfte auch sehr.»

«Das kann ich riechen», sagt der Experte. «Die Silage dieses Duftes ist allerdings etwas enttäuschend, finden Sie nicht?»

«Für Eichen sind Sie hier nicht im richtigen Tal», sage ich. Der Parfümeur stutzt und kippt seinen Kopf zur Seite.

«Eichenmoos wächst nicht nur auf Eichen», meint er. «Aber das wussten Sie bereits. Sie sehen aus wie jemand, der sich hier im Wald auskennt. Vielleicht könnten Sie mir helfen?»

Natürlich könnte ich ihm helfen. Helfen ist irgendwie alles, was ich tue, oder nicht? Ich bin zum Helfen da: Luan, der Helfer. Und ja, er hat recht, ich könnte ihm helfen. Ich weiß, wo Eichenmoos wächst. Ich weiß es, weil Nellie auch schon danach gesucht hat, und da hab ich ihr geholfen. Luan, der Helfer. Der Schriftsteller steht übrigens nur daneben und ist so dermaßen an der Unterhaltung interessiert, ohne ein Wort zu sagen, dass es echt unangenehm ist. Sag halt was, denk ich da, und guck nicht nur so doof!

«Ich suche öfters Eichenmoos und andere Flechten für eine Freundin», rücke ich da raus. «Sie macht Waldbäder und braucht das Zeug für irgendein Gemisch, so Kosmetikzeugs.»

«Waldbäder in Waldbad», sagt da Emilio, der angeblich allseits bekannte Autor, «das ist genial.»

«Stimmt», sagt Jenny. «Davon hat sie mir erzählt, also von den Waldbädern.»

«Wann finden die statt?», fragt der Parfümeur, der sich ja echt dafür zu interessieren scheint. Ich überlege kurz und da habe ich eine Idee. Manchmal habe ich Ideen, aber sie sind selten gut, wenn ich ehrlich bin. Diese hier könnte was sein.

«Ich kann das für Sie organisieren», sage ich. Denn ich hab mir in diesen paar Sekunden Folgendes überlegt: Wieso die Leute zur Therme schicken? Ich kann so was selbst organisieren, hier für die Gäste und die Wohnungstruppe. Vielleicht schaut da ja noch was für mich raus. Nellie macht sicher mit. Sie hat sowieso die Schnauze voll von den Thermen-Leuten im Moment und abgesehen davon, mag Nellie alles, was gegen irgendein System geht. Das war schon immer so.

«Nur für ihn oder können sich da auch andere anmelden?», will der Schriftsteller wissen.

«Da würde ich auch kommen», sagt Jenny.

«Klar, da können sich alle hier vom Resort anmelden», sage ich etwas gar spontan. Können sie bestimmt, das krieg ich schon hin. Und wenn nicht, ist auch egal, dann improvisier ich halt. «Exklusiv», sage ich, ein ganz beliebtes Wort.

«Luan kennt sich super aus im Wald», fügt Jenny an. Irgendwie hab ich das Gefühl, dass sie damit mehr sagen will, als sie eigentlich sagt, aber das machen Frauen gerne. Da falle ich nicht drauf rein.

«Ich bin die nächsten drei Wochen hier», sagt der Parfümeur.

«Ich bin nächstes und übernächstes Wochenende auch wieder da», sagt Emilio. «Meine Frau kommt wahrscheinlich nicht. Bin gerade in einer schwierigen Schreibphase und da ist man nicht die beste Gesellschaft. Auch alles sehr intensiv», sagt er zu Jenny.

«Moment», sage ich. «Etwas Vorlaufzeit brauche ich schon.»

«Wissen Sie, ob Matthias nächstes Wochenende auch kommt?», fragt sie Emilio.

Was hat sie bloß mit diesem Matthias?

«Soweit ich weiß, arbeiten seine Eltern gerade an einem Projekt, das in Portugal gefilmt wird. Noch so eine romantische Komödie mit Mystery-Faktor.»

«Ich hab dir doch schon gesagt, dass er wahrscheinlich kommt», sage ich.

«Haben Sie auch schon mit seinen Eltern gearbeitet?», fragt Emilio.

«Bisher nicht», sagt Jenny.

«Wer sind diese Leute?», fragt der Parfümeur. «Müsste man die kennen?»

«Cornelia und Rufus Blauenbach.»

«Ach, die von den Plakaten im Foyer?»

«Genau die», sagt Emilio. «Wie dem auch sei, ich muss jetzt weiter. Sie melden sich wegen der anderen Sache?»

«Hier, meine Kontaktdaten», reicht mir der Parfümeur seine Karte.

«Ich werde mir was ganz Besonderes für Sie ausdenken», sage ich und das habe ich fest vor.

X

Morgen fahren alle wieder zurück in die Stadt. Oder sollte ich sagen: heute. Es ist zwei Uhr morgens, zumindest war es so spät, als ich das letzte Mal auf mein Handy geschaut habe. Jetzt schaue ich zum Pfeil hoch. Natürlich ist es kein Pfeil, sondern irgendein Sternbild. Und so sehr ich vom Universum fasziniert bin: Die offiziellen Namen der Sternbilder interessieren mich nicht. Wenn ich den Pfeil sehe, weiß ich, dass alles halb so wild ist. Dass alles gut wird. Ich will ja hier nicht sentimental werden und wie gesagt, das autobiografische Zeug wollen wir lieber weglassen. Nur so viel: Mein Vater ist Erfinder. Und das klingt jetzt viel aufregender, als es eigentlich ist, da sollte man mich mal fragen. Zum Beispiel hat er eine windbetriebene Kaffeemühle erfunden. Dahin ist wohl auch unser ganzes Geld geflossen, nehm ich an. In seine Ideen. Ich hab ihn früher immer zu den Erfindermessen begleitet. Man könnte sagen, auch er geht mit offenen Augen durch die Welt, absolut, aber halt nur auf andere Weise. Das, was er sieht, reicht ihm nicht. Sein Kopf funktioniert da anders. Zugegeben, er hat auch ein paar coole Dinge hervorgetüftelt. Unter anderem ein Gerät, eine kleine Box, mit der man angeblich was ganz Verrücktes machen kann. Wenn stimmt, was er sagt, ist das die andere wertvolle Sache, die mir gehört, neben dem Stück Meteorit. Jedenfalls hat mein Vater mir den Pfeil mal gezeigt. Er hat gesagt: «Guck mal, das sieht aus wie ein Pfeil», und irgendwie denke ich seither, dass es Glück bringt, wenn ich ihn anschaue. So wie gerade. Eine bessere Erklärung gibt es dafür leider nicht. Jetzt lebt er wie gesagt woanders, kommt aber auch regelmäßig als Gast hier ins Hotel. Das lässt er sich nicht nehmen. Manchmal kommt er auch dann, wenn meine Mutter da ist, und wir sitzen alle gemeinsam am Tisch bei Raclette oder Fondue. Auch im Sommer. Käse hat immer Saison, aber das weiß jeder. Man muss sich nur darauf einlassen, schon wird's zur Tradition. Wenigstens hätte es zur Tradition werden können, wenn wir nicht damit aufgehört hätten.

Heute hab ich schon einiges an Taschentüchern hier im Wald zusammengelesen. Ich versteh nicht, warum die Leute nicht einfach die Toiletten benutzen. Die waren früher ganz praktisch und ich find sie auch jetzt noch besser, als mir von Brennnesseln umzingelt mit einem parfümierten Kleenex den Arsch abzuwischen und dabei den Wald zu verschmutzen. So schnell bauen sich die Dinger nämlich nicht ab. Dafür stinken die Abfalleimer nach Hundescheiße.

Was ich jetzt tun werde? Wegen der ganzen Wohnsache? Ja, da tänzle ich gerade drumherum, zugegeben. Zuerst muss ich mal meine Wut loswerden. Deswegen bin ich jetzt hier, wo ich auch sonst immer hingehe, wenn ich nicht schlafen kann. Und dann brauch ich Glück. Eine ordentliche Portion Glück. Das sollte man erfinden: eine Maschine, bei der man Glück bestellen kann. Oder zumindest vorhersagen, damit man weiß, ob man's überhaupt versuchen soll. Eigentlich war klar, dass die Sache irgendwann ein Ende finden würde. Solche Arrangements haben ein Ablaufdatum, ganz einfach, weil das Leben sich da immer was überlegt, um einen wieder vor die Tür zu setzen. Es soll ja nicht zu gemütlich werden, damit hab ich Erfahrung. Von anderen abhängig sein ist eigentlich nicht mein Ding. Irgendwas wird sich finden, daran muss ich glauben. Sonst zelte ich hier im Wald. Ich wüsste sogar, wo ich das tun könnte, ohne dass mich jemand findet. Im Winter wäre das wohl zu kalt und ich glaub nicht, dass Johnny mich hier besuchen würde. Außerdem hab ich kein Zelt. Noch was für meine Liste. Meine Liste von Dingen, die ich nicht besitze. Ein bisschen Zeit bleibt ja noch. Wenn ich muss, kann auch ich kreativ werden, so viel verspreche ich schon mal.

Ich bleibe stehen, ziehe einen Pfeil und ziele auf eine schmale Kiefer, die ich gerade noch erkennen kann. Ich folge dem Pfeil, gehe weiter in den Wald hinein, denn nach Hause will ich nicht. Die Stille und die Dunkelheit machen, dass ich mich hellwach fühle. Jedes Knacken, jedes Rascheln – ein kleiner Kick. Anstatt runter zum See gehe ich in die Höhe, marschiere den Hang in großen Schritten hinauf und atme richtig laut, weil ich denke, dass das alles Böse fernhält. Nicht alles muss Sinn machen, solange es hilft, nicht wahr? Wie fühlen sich wohl die Menschen, die an die Hölle glauben? Daran glaub ich nämlich nicht, hab ich noch nie. Und jetzt sehe ich was, bin aber nicht sicher, was es ist. Ein Tier, ein totes Tier. Es muss tot sein, denn es bewegt sich nicht und ich habe so laut geatmet und habe so laute Schritte gemacht, dass es sicher abgehauen wäre. Ich sehe es nur, weil hier der Mond durch die Tannen scheint. Ich sehe das Fell. Jetzt näher zu gehen, ist wahrscheinlich dumm.

Wir sollen erwachsen werden und uns unsere Träume erfüllen. Darum geht es doch, oder nicht? Was ich noch nie verstanden habe, ist, warum man Träume hat, die dann so weit weg sind. Da ist besser, wenn man eine Art Limiter hat, der sicherstellt, dass man nicht zu groß denkt, nicht zu viel will. Dass man einfach zufrieden ist mit dem, was da ist, erreichbar ist. Verdammt, ich war zufrieden. Das war immer mein Ding. Zufrieden sein mit dem, was ist. Mehr ist da ja auch nicht. Ich hab immer gewusst, dass da kein Platz ist für große Träume, keine Sekunde. Einfach gedacht, so ist es halt und gut ist es trotzdem. Aber jetzt bin ich nervös. Echt nervös. Echt jetzt, Luan? Du wohnst im Keller einer reichen Familie, gießt deren Blumen und spülst deren Toiletten und Waschbecken alle paar Tage, damit sich keine Ränder oder Abortfliegen bilden. Und sogar da wirst du rausgeschmissen. Nicht gut genug, nicht mehr gebraucht. Ich krieg das schon hin. Ich hab es noch immer hingekriegt. Mich kriegt man hier nicht weg. Ich gehöre hierher und da kann keiner was dagegen tun. Nicht mal die Müllers. Die Scheiß Müllers mit ihren SUVs und E-Bikes und Green Eggs und On-Schuhen und den lottrigen Billigmöbeln in ihrer Millionenhütte, weil ist ja nur das Ferienhaus. Ja echt, scheiß auf die Müllers. Sie werden nie hierhergehören. Niemals. Wer kauft sich einen grasgrünen Porsche? Echt jetzt.

Es ist ein Wolf. Da liegt ernsthaft ein toter Wolf. Bevor ich noch näher gehe, bleibe ich noch mal stehen und drehe mich um, schaue, ob ich etwas oder jemanden sehe. Wonach ich suche, weiß ich nicht, woher auch? Ich sehe nur diesen toten Wolf. Ich habe schon gehört, dass ein Rudel in der Gegend ist, aber doch viel höher oben, besonders im Sommer. Und jetzt liegt einer hier, nur ein paar Meter von mir entfernt. Ich sehe keinen Pfeil, da bin ich schon mal echt froh, das wärs ja noch. Einen Wolf mit Pfeil erschossen, weil ich so schlecht im Bogenschießen bin. Nein, der Wolf ist nicht durch meinen Pfeil gestorben.

Sondern durch eine Kugel.

X

Ich wurde schon immer angezogen von allem, was ich nicht verstehe. Fand ich normal, wissen zu wollen, was man nicht weiß. Dino sagt, dass der Lungenspezialist sich ein Alphorn hat liefern lassen, und er will nicht, dass ich es runtertrage, weil er wohl denkt, dass ich es ramponieren könnte. Dabei passiert mir so was nie. Ich habe in all den Jahren hier nie was kaputt gemacht, garantiert nicht. Nur ein einziges Mal ist mir eine Axt ausgerutscht und ich hätte sie fast in mein Bein gehackt, aber das wäre ja dann nur mein Bein gewesen. Ja, nicht mal mich selbst habe ich verletzt, außer die üblichen Schrammen.

«Nein, Luan, das kann der selbst machen», sagt Dino. Geht also doch nicht um mich. «So große Lieferungen, wo soll ich das jetzt zwischenlagern? Ist ja nicht sein Problem, ist jetzt meins.» Er lässt sich einen Espresso raus. Dino trinkt immer Espresso, wenn er gestresst ist. Auch das verstehe ich nicht und er selbst wohl auch nicht, sonst würde er nicht immer halbvolle Tassen überall rumstehen lassen. «Und wehe, der kann nicht gut spielen», sagt Dino. «Ich brauche hier nicht noch mehr Hobbymusikanten-Gedudel den ganzen Tag.»

«Ja, in letzter Zeit ist wirklich ganz schön viel Gedudel», sage ich. Und da hab ich noch eine Idee. Warum frage ich nicht einfach Dino, ob ich am Ende der Saison in ein Zimmer ziehen darf? Das Hotel ist dann sowieso für eine gewisse Zeit zu, das macht sicher niemandem etwas aus. Aber nicht heute und nicht jetzt. Jetzt reisen nämlich die Meerjungfrauen ab.

Sie quatschen weiter auf Holländisch und ich verstehe jedes dritte oder vierte Wort, was eigentlich ganz schön viel ist, und kann mir denken, worum es geht. Sie sprechen wohl darüber, was sie den Rest des Tages noch unternehmen wollen. Irgendwas mit Aussicht, glaub ich. Meine Aussicht beschränkt sich gerade auf die Koffer und Taschen der Mädels, die ich jetzt zum Mietauto trage, den Mädels hinterher. Diese Flossen sind schwerer, als man denken würde. Wie schön es sein muss, zwischendurch Meerjungfrau zu sein, wenn einem danach ist. Na ja, da muss jetzt keiner lachen, ich will ja keine Meerjungfrau sein. Ich meine nur, ich könnte mir auch ein Kostüm zulegen, einen Anzug, irgendwas. Aber vielleicht ist das auch bescheuert. Irgendwann sagt dir mal jemand, wer und was du bist, und dann wird es schwieriger, so was überzuziehen, find ich. Da bleib ich wohl besser bei meinen Bademeister-Sachen. Heute Nachmittag bin ich wieder am See, eigentlich schon in einer Stunde. Es soll 35 Grad heiß werden. Die Leute werden durchdrehen, das tun sie immer bei dieser Hitze. Trinken zu wenig, essen zu viel, manche trinken zu viel, aber erst später am Tag, und dann schwimmen sie raus aufs Wasser, das immer kälter wird, je tiefer der See wird, und dann bekommen sie einen Wadenkrampf oder merken, dass sie nicht mehr können. Wenn sie schlau sind, steuern sie ein Floß an, ruhen sich aus und legen sich kurz in die Sonne, bevor sie sich auf den Rückweg machen. Und wenn sie richtig schlau sind, dann überschätzen sie sich gar nicht erst, sodass ich sie nicht abschleppen muss. Aber das mach ich natürlich gern. Alle sagen sie dasselbe, wenn sie an meinem Stand-up-Paddle-Board hängen: «Das ist mir noch nie passiert.» Und ich sage dann: «Dafür bin ich hier», was ja auch stimmt. Da fühlt man sich schon kurz, als würde man was Gutes tun, nicht wahr?

Aber zurück zu den Meerjungfrauen. Ihre gebräunte Haut leuchtet und sie riechen gut. So richtig gut. Na ja, die meisten Frauen riechen irgendwie gut. Vielleicht ist es das ganze Haarspray. Damit verkleben sie immer die Badezimmerablage. Auch darüber schimpft die Putzfrau, zu Recht, wie ich finde. Warum auch all dieses Zeugs rumsprühen? In einem Zimmer waren mal die hellen Polstermöbel plötzlich leicht gebräunt. «Selbstbräuner», meinte die Putzfrau damals. Was soll man dazu sagen?

Ist doch egal, ob man braun oder blass ist, oder nicht? Jenny ist extrem blass und ich find, das sieht gar nicht mal so schlecht aus. Nature Girl ist ziemlich braun, aber auch fleckig, und irgendwie frag ich mich, ob sie sich die Haare kämmt. Wahrscheinlich schon, aber halt anders. Sie macht alles ein wenig anders. Keine Ahnung, warum mich das jetzt beschäftigt. Vielleicht, weil eine der Meerjungfrauen gerade die Haare zusammenbindet. Davor schwingt sie sie noch einmal ordentlich durch die Gegend und erwischt mich fast am Kopf. Pass doch auf, verdammt, denk ich. Kokosnuss, sie riecht natürlich nach Kokosnuss, wie fast alles im Sommer, auch wenn wir hier in den Alpen sind.

Als ich zurück zum Hoteleingang gehe, kommt mir Herr Müller entgegen. Herr Müller, der den Müll wegbringt, was eigentlich mein Job ist.

«Hätten Sie doch was gesagt», sage ich also. Aber Herr Müller lächelt nur.

«Nein, nein, Luan, das musst du nicht mehr machen, aber danke.»

«Sicher?», frage ich noch mal nach. Herr Müller schwitzt und ich denke, ganz ehrlich, es wäre besser, wenn ich anstatt dieses alten Mannes die volle Mülltüte zur Entsorgung hochtragen würde. Hat er jetzt plötzlich ein schlechtes Gewissen, oder was? Denkt er, dass es mir hilft, wenn er mir meine Jobs wegnimmt? Wenigstens heißt das, dass die Müllers ebenfalls abreisen. Dann sind sie also nur gekommen, um mir in aller Feierlichkeit gemeinsam die großen News zu verklickern. Cool, da fühle ich mich ja gleich viel besser.

«Sicher», sagt er und sieht mir dabei nicht in die Augen, was schon okay ist. Was gibt es denn da noch zu sagen? Er würde es nur seltsam machen, wenn er jetzt noch mehr von seinem Schulterklopfen und seinem mitleidigen oder, nein, eher entschuldigenden Lächeln auspacken würde. Ich krieg das schon hin. Ich brauch die Müllers nicht. Und sie mich offensichtlich auch nicht mehr. Aber noch eine Sache, die mich eigentlich schon die ganze Zeit nervt und die ich noch nie irgendjemandem gegenüber erwähnt habe. Gerade fühle ich mich danach, also los: Herr Müller hat diese richtig mühsame Angewohnheit, jeden Buchstaben in einem Wort zu betonen. Er sagt zum Beispiel TaGliatelle oder SoGn Gion. Zugegeben, das sind keine deutschen Wörter, aber diese Gs sind verdammt noch mal still. Genau wie das K bei I know. Ich glaube, das macht er extra. Weil er einfach nicht muss. Er muss nicht richtig sprechen können, kann den Leuten seinen breitesten Akzent um die Ohren hauen und sie respektieren ihn trotzdem, denken deswegen nicht, dass er dumm ist, nein, sie denken nur, er muss etwas Besonderes sein, mehr als andere, er hat es nicht nötig. Er kann sprechen, wie er will, er kann sein, wer er will. Und das Schlimmste: Sein Enkel heißt Laurin. Keiner in der Familie spricht den Namen richtig aus. Alle sagen sie LAUrin, dabei weiß jedes Kind und ich auch, dass die Betonung auf der zweiten Silbe liegen sollte. Genau wie bei Luan. Ich hab es satt, LUan genannt zu werden. So ist das und jetzt bin ich auch fertig. Wie gesagt, ich mag Menschen. Ich mag auch die Müllers. Aber heilige Scheiße, das nervt.

X

«Schlechtes Wetter», sagt der Chef am See, als ich mein Zeugs verstaue. «Nächste Woche regnet es ununterbrochen.» Er steht hinter mir mit seinem Tablet, auf dem er die Schichtplanung macht.

«Huh», sage ich und hoffe, dass er mich trotzdem irgendwo einteilt. «Echt die ganze Woche?»

«Die ganze Woche», wiederholt er, «aber das kann sich ja noch ändern.» Dann sage ich nichts, ist immer gut, wenn man in so Situationen erst mal die Klappe hält, ziehe meine Schuhe an und schließe die Schuppentür. Der Chef sieht immer noch aufs Display und tut, als würde er nachdenken. Spuck's aus, denke ich. Ich weiß, dass es bei schlechtem Wetter keine Arbeit gibt. Aber er wartet darauf, dass ich es sage. Also gut.

«In dem Fall braucht ihr mich nächste Woche nicht?»

Jetzt sieht er zu mir hoch, steckt sich einen Stift hinters Ohr. Ich frag mich, wo der jetzt herkommt, der rote Stift.

«Sieht aktuell nicht danach aus», meint er, «aber falls sich was ändert, weißt du ja, dann melden wir uns.»

«Geht klar», sage ich und ich weiß, dass mir damit eine ganze Woche Kohle fehlen wird. Kein Drama, ich hab Rücklagen, so eine Woche bringt mich nicht um. Und ich werde es schon schaffen, die leeren Stunden mit was zu füllen. Schwer zu glauben, dass das Wetter dermaßen umschlagen wird. Von tropischer Hitze zu herbstlichem Regen. Temperatursturz, was? Soll mir jetzt keiner mit Klimaerwärmung kommen, darüber will ich nicht sprechen, sonst werd ich sauer. Die Leute sprechen immer nur von der Klimaerwärmung, wenn das Wetter nicht macht, was ihnen am besten passt. An all den anderen Tagen sagt keiner was. Und dann immer dieses Getue, während man zwei Wohnungen oder Häuser in Anspruch nimmt, zwei Autos fährt und zweimal im Jahr auf irgendeine Insel fliegt. Sich nicht die Mühe macht, den Müll sauber zu trennen. Ja, Herr Müller, ich sehe alles. Wenn es zu heiß ist, wenn es zu kalt ist, wenn es zu nass ist, wenn es zu trocken ist, nur dann sagen wir was. Aber alles Dazwischen geht vergessen. Aber was weiß ich schon? Ich beschäftige mich damit ehrlich gesagt auch nicht so, wie man das vielleicht sollte. Na, ganz einfach, weil wenn ich den Leuten zusehe, was sie so tun, ich mich frage, ob wir uns alle nur selbst verarschen, mich eingeschlossen, dazu stehe ich. Irgendjemandem wird schon was einfallen, oder? Es gibt genug schlaue Menschen, die unsere Probleme für uns lösen. Sorry, ich weiß nicht, was heute mit mir los ist. Ich schreibe jetzt Gian, ob er Zeit hat für ein Feierabendbier, und dann plane ich meine nächsten Schritte, keine Ausreden, Kopf voran, nur so geht's weiter, denn ganz offensichtlich lässt das Glück auf sich warten und meine Zeit hier läuft ab.

ZWISCHENFALL

Noch hat sich die Hitze nicht verzogen, aber frühmorgens lässt es sich aushalten, deswegen bin ich mal wieder, man darf gerne raten, im Skatepark, wo sonst. Letzte Nacht bin ich nicht raus. Ich saß lange auf Gians Terrasse, wir haben seinen neuen Schrank noch zusammengebaut, irgendwann dazwischen, und ein paar Bier getrunken, bis er keins mehr hatte. Gian meint, es wird sich schon was finden. Aber Gian hat gut reden, er muss sich keine Sorgen machen, was mich für ihn freut. Sehr sogar. Er hat sogar eine Berghütte. Also habe ich so gesagt, wenn ich dann nichts habe, kann ich doch da hin. Er hat gelacht und dann aber schnell gemerkt, dass ich das voll ernst meine, so ernst wie sonst was.

«Du kannst zwei Wochen da hin, falls du wirklich nichts findest, klar», hat er dann endlich gesagt. «Aber danach brauchen wir sie wieder. Außerdem ist das illegal, mein Lieber, das weißt du. Eine Hütte ist kein Wohnsitz.»

«Und was ist mit der Garage?», habe ich dann gefragt. Gian hat eine riesige Garage, mit Couch und allem. Er hat sie von seinen Eltern gemietet als Hobbyraum, arbeitet darin an seinen Decks und Boards und an seiner Musik. Seine Eltern lassen ihr Auto draußen stehen, in einem Unterstand, den Gian und ich zusammen mit den anderen Jungs für sie gebaut haben.

«Das geht nicht, Luan», war seine Antwort. «Ich fliege in ein paar Tagen und wenn du willst, kannst du den Rest des Sommers hier wohnen, komme erst im September zurück.»

«Bis September bin ich versorgt», habe ich gesagt, was vielleicht dumm war, ich hätte zwei Monate Miete sparen und den Müllers den Rücken zukehren können, aber das will ich gar nicht. Die sollen mein Gesicht noch eine Weile sehen.

«Was ist mit den Wohnungen, die da gebaut werden, die am Dorfeingang?», fragt Gian. «Sieht aus, als würde es damit ziemlich schnell vorangehen.»

«Warst du mal auf der Website?», frage ich.

«So teuer?», fragt Gian. «Ich dachte, die sind als Erstwohnungen ausgeschrieben.»

«Ja, mag sein. Nur nicht für Leute wie mich.»

Gian holt sein Handy hervor. Scrollt eine Weile rum, zieht die Augenbrauen hoch, dann legt er das Handy wieder auf den Glastisch.

«Wie sieht's denn aus mit Arbeit bei dir?», fragt Gian. «Läuft?»

«Alles wie immer», sage ich. Gian will, dass ich mir einen anderen Job suche, schon klar. Einen normalen Job, weil mehr dabei rausschauen sollte, da hat er schon recht. Ganz ehrlich, auch wenn ich tausend oder sogar tausendfünfhundert Franken mehr im Monat verdienen sollte, kann ich mir damit keine dieser Wohnungen leisten, also warum sollte ich alles aufgeben?

Meine Eltern hatten kein Haus. Wir haben in einer Wohnung gelebt in einem der wenigen Mehrfamilienhäuser, die es damals in Waldbad gab. Es steht sogar noch, wurde aber umgebaut in Zweitwohnsitze, was sonst, schon vor einer ganzen Weile. Gians Eltern hatten schon immer ein Haus und eben diese Garage, die jetzt sein Hobbyraum ist, so nennt man das doch? Sie hatten schon immer eine Berghütte, in der wir manchmal die Wochenenden verbrachten. Gian hat's gut getroffen, was das angeht. Wenn ich jetzt so darüber nachdenke, weiß ich gar nicht, was seine Eltern arbeiten oder gearbeitet haben. Weiß man das von seinen Kumpels? Ich weiß nur, dass sein Vater einen Bürojob hatte, weil er auch zu Hause ein Büro hatte. Und dass er an den Wochenenden immer da war. Gian machte nach der Schule ein Zwischenjahr, auch daran erinnere ich mich, weil ich sauer war. Ein Jahr lang nicht arbeiten und rumreisen, was denkt der sich? Wie soll das gehen? So was habe ich nie gemacht und wollte ich auch nie machen. Ich wollte arbeiten. Und ich hatte auch als Einziger immer etwas auf dem Konto, was vielleicht komisch klingt. Aber ich habe früh gewusst, dass ich sparen muss, das musste mir keiner sagen. Schon von Anfang an hat auf dem Papier alles gegen mich gesprochen, wie man sich denken kann. Ideen hatte ich immer schon. Immerhin. Daran hat sich nie was geändert und das kann nicht jeder von sich behaupten.

Dann haben wir noch ein letztes Bier getrunken, jeder eine Schüssel Pasta verdrückt und aus welchen Gründen auch immer konnte ich zum ersten Mal seit einer Ewigkeit richtig gut pennen, wer hätte das gedacht? Vielleicht weil ich wusste, was ich zu tun habe. Auf zum Mond! Nein, Scherz. Ich fühlte eher so was wie: Passt mal auf. Diesen Luan kennt ihr noch nicht.

Jedenfalls bin ich jetzt im Skatepark und dieses Gefühl hat sich zumindest teilweise verzogen. Mag auch daran liegen, dass ich dauernd hinfalle. Simon ist wieder nicht da. Wo bleibt der Kerl? Diese nervtötende Stimme, die mir sagt, dass ich nichts kann? Macht nur halb so viel Spaß ohne ihn. Vielleicht ist er noch nicht wach. Ich versuche meinen Trick weiter und weiter, vergesse alles um mich herum, genieße die Leere in meinem Kopf, während meine Oberschenkel brennen und die Schienbeine schmerzen. So geht Leben, haha. Dahinter sollte mal jemand ein Fragzeichen setzen, oder nicht? Auch hier hängt eines dieser Waldbad-Plakate und strahlt mich an. «Na, Luan, was läuft bei dir falsch?», fragt es. «Ist doch alles ganz einfach. Lehn dich zurück und genieße. Lass dich fallen.»

Und da haut es mich noch mal hin, aber so richtig. Ich schlage mir den Kopf an und das Blut rinnt mir über die Hände, als ich nach der Wunde taste.

«Fängst du jetzt an zu heulen?», fragt jemand aus dem Fenster. Ich drehe mich um und sehe hoch. Da ist er ja, der Klugscheißer.

«Wieso kommst du nicht runter?», frage ich.

«Komm besser hoch, du Niete, dann gebe ich dir ein buntes Pflaster.» Dann schließt er das Fenster wieder, öffnet es noch mal. «Heute noch.»

Simon öffnet die Tür, dreht sich mit seinem Rollstuhl und fährt vor mir im Flur weg. Er winkt, dass ich ihm folgen soll, was ich natürlich mache. Aber nicht, ohne mich erst mal in der Wohnung umzusehen, das würde jeder tun. Ich frag mich, mit wem er hier lebt. Wahrscheinlich mit seinen Eltern, wenn ich mir die Dekoration so ansehe. Geschwister? Hat er Geschwister? Sein

Zimmer muss das da sein, ganz hinten, auf der Tür steht «Was guckst du?». Und ich höre auf, mich umzusehen. Simon kommt aus dem Badezimmer und fährt einen Raum weiter. Ich folge ihm in die Küche und setze mich auf einen der zwei Stühle. Er reicht mir ein Handtuch. «Mach mal das ganze Blut weg, das will keiner sehen.» Dann verschwindet er wieder. Ich halte es unter den Wasserhahn. Der Wasserhahn wackelt.

«Habt ihr eine Hausapotheke?», frage ich, da kommt er schon wieder um die Ecke mit der Hausapotheke auf dem Schoß.

«Was denkst du denn, natürlich haben wir das, bei all der Action, die hier abgeht.»

«Ich mache das besser selbst», sage ich. «Wo ist das Bad?» Simon zeigt auf die Tür gegenüber der Küche.

«Das sollte wahrscheinlich jemand nähen», meint er noch.

«Danke», sage ich. «Steri-Strips reichen, kein Problem.» Ich wasche das Blut ab.

«Wenn du meinst», sagt Simon und nimmt sich eine Cola aus dem Kühlschrank. Ich desinfiziere die Wunde, klebe die Pflaster drauf, dann mache ich das Blut im Waschbecken weg.

«Und du hast deine Skater-Karriere schon aufgegeben oder warum bleibst du hier oben?», frage ich, als ich zurück in die Küche komme.

Simon stellt eine Cola vor mir auf den kleinen Tisch.

«Zucker hilft gegen Aua-Aua.» Ich stelle keine weiteren Fragen und nehme einen Schluck. Simon fährt zum Fenster und öffnet den Vorhang.

«Ich glaube, du hast einen Fleck hinterlassen, kann ihn von hier aus sehen.» Dann kommt er wieder zu mir und parkt den

Rollstuhl auf der Seite des Tischs, hebt sich auf den anderen Stuhl, was eine Weile dauert. Aber ich glaube, er will nicht, dass ich ihm helfe. Warum bleibt er nicht einfach im Rollstuhl sitzen? Sieht voll anstrengend aus, was er da tut, bis er endlich sitzt und sich mit der Hand über die Stirn streicht.

«Der Rollstuhllift ist kaputt, falls du's nicht gemerkt hast.»

«Blöd für dich», sage ich. Simon lacht.

«Ja, ziemlich blöd. Sie wollten ihn schon vor Tagen reparieren, aber immer kommt was dazwischen.»

«Und da sitzt du jetzt einfach hier rum und wartest, oder was?» Kurz denke ich, dass ich zu weit gegangen bin. Aber Simon schüttelt nur den Kopf. «Sag mal, habt ihr irgendwo Werkzeug?»

«Ein Zimmer weiter, oben im Schrank», sagt er. Ich gehe raus, ein Zimmer weiter ist so was wie ein Büro, oder ein Magazin, so würde ich es nennen. Nehme mal an, von Simons Vater.

«Wo sind deine Eltern?», frage ich.

«Arbeiten.»

«Geschwister?»

«Hast du Geschwister?», fragt er.

«Johnny», sage ich, als ich wieder in der Küche stehe. «Ein kleiner Halbbruder.»

«Halb ist nicht ganz», sagt Simon. «Was machst du da?»

«Der Wasserhahn ist locker», sage ich. «Und halb ist mehr als das, was du hast.»

«Meine Eltern wollten wohl nicht noch ein Projekt.»

Ich nehme noch einen Schluck Cola und Simon sieht auf die Tischplatte. Da habe ich wieder eine Idee.

«Was, wenn ich dich runtertrage?»

Er sieht zu mir hoch, sein Gesicht hat irgendwie keinen Ausdruck, keine Ahnung, was er denkt.

«Das schaffst du nicht», sagt er.

«Wie viel wiegst du? 60 Kilo?» Ich stehe auf und gehe zu seinem Stuhl. «Darf ich mal?»

«Spinnst du?»

«Was? Will nur mal testen.»

«Wenn du meinst», sagt er und ich ziehe den Stuhl samt Simon raus, dann fahre ich mit einem Arm unter seine Oberschenkel, mit dem anderen unter seine Arme und hebe ihn hoch.

«Geht doch», lache ich. «Von dir könnte ich zwei tragen. Wo ist der Wohnungsschlüssel?»

«Warte», sagt er.

«Ist keiner da, versprochen», sage ich.

Dann gehen wir los, ab durch den Flur, die Treppen hinunter, langsam, Simon sieht mich dabei nicht an und ich ihn auch nicht. Erst nachdem ich ihn draußen auf der Bank abgesetzt habe, sagt er: «Bequem ist anders», und ich gehe noch mal hoch seinen Rollstuhl holen, das sperrige Teil.

X

Jenny spricht mit Dino. Von hier aus höre ich nicht, worum's geht, und ich überlege noch mal, ob ich wirklich zu den beiden hin soll, weil Dino mir gleich irgendwas auftragen wird. Was okay ist, aber nicht vor Jenny. Vor Jenny muss das nicht sein. Sie sieht dieses Mal nicht wütend aus und auch etwas weniger blass irgendwie. Natürlich will ich wissen, worüber sie sprechen, und jetzt haben sie mich eh schon entdeckt, also los geht's. Ich gehe auf sie zu und beide sehen mich an, als hätten sie auf mich gewartet, was seltsam ist, weil ich definitiv nicht hier sein müsste, noch nicht. Heute muss ich Dino erst abends helfen, das haben wir so ausgemacht, weil der Rest der Truppe abgereist ist, das Hotel fast leer und wir ein paar laute Dinge erledigen müssen. Ich dachte, auch Jenny wäre längst weg, gestern mit den anderen gegangen, wie immer, zurück ins schicke Stadtleben, wo sie hingehört, oder nicht? Na, wie dem auch sei, sie wollen wohl was von mir.

«Danke», sagt Jenny, als ich näherkomme. «Ich kann endlich wieder schlafen.» Verstehe gar nicht, was sie meint, was sie wohl meinem Gesicht ansieht. «Der Lärm? Der Kühlschrank?»

«Ach, das», sage ich.

«Ja, das», sagt Dino. «Du warst in der Wohnung von Herrn Widmer?»

«Nur um nachzusehen, was los ist. Habe vorher angerufen und gefragt, ob ich rein darf.»

Dino sieht mich trotzdem vorwurfsvoll an. Wir sind ja dauernd in den Wohnungen der Anwohner, um ihnen das harte Leben angenehmer zu machen, also verstehe ich nicht, warum er jetzt so guckt.

«Was ist mit deinem Kopf passiert?», fragt Jenny.

«Wo hast du ihn denn angerufen?», fragt Dino.

«Auf seinem Handy», sage ich. «Ist gleich rangegangen.»

«Das ist ja praktisch», sagt Dino.

«Warst du beim Arzt? Tut es sehr weh?», spricht Jenny dazwischen und kommt näher. Ich mache einen Schritt zurück.

«Ja, hat mich auch überrascht, aber so konnten wir die Sache gleich klären», sage ich.

«Ich bin wahnsinnig froh und noch mal danke, Luan, das war superlieb von dir.»

«Der gute Luan», sagt Dino und verschränkt die Arme.

«Nicht der Rede wert», antworte ich und frage Dino was anderes. Irgendwas, damit auch Jenny versteht, dass wir jetzt genug darüber geredet haben, denn was niemand weiß – und das hätte ich auch gar nie zu erzählen brauchen, wenn wir jetzt nicht hier stehen würden –: Ich habe den Lungenspezialisten nicht angerufen. Ich hab seine Nummer gar nicht. So wie Dino mich ansieht, weiß er das. Oder er weiß sonst was. Was er ganz sicher weiß, ist, dass ich nicht einfach so in die Wohnung hätte reinsollen. Aber er war ja nicht da und Jenny hat echt genervt. Ich wollte nur helfen, wie immer.

«Was für eine Geschichte», sagt Jenny und sieht dabei Dino an. «Der Kühlschrank. Darauf wär ich nie gekommen.»

Ich würde am liebsten sagen, ist ja gut jetzt, wir haben's verstanden, du kannst wieder schlafen und alles ist trallalala, aber der gute Herr da neben mir versteht das nicht, also hören wir jetzt auf damit und tun wieder so, als wäre das alles normal und nichts passiert, das wäre mir am liebsten, Jenny.

«Ja, Luan hat wirklich ein Näschen für solche verrückten Sachen», sagt Dino.

«Ich muss jetzt auch weiter», sage ich.

«Wir sehen uns später», sagt Dino und ich habe schon jetzt keinen Bock auf das Gespräch, das er mit mir führen will. Dino kann solche Dinge nicht stehen lassen. Er muss immer alles klären, selbst wenn es nichts zu klären gibt. Wir wissen beide, was passiert ist. Wieso können wir nicht einfach so tun, als wäre nichts gewesen, und weitermachen?

«Warte!», ruft Jenny und rennt mir hinterher. Ich verdrehe die Augen und das mache ich extra. Vor allem extra so, dass sie es sieht.

«Was ist denn noch?» frage ich. Sie sieht mich erstaunt an, was ich schon verstehe, aber ich habe jetzt keine Zeit, ihr alles zu erklären. «Ein Geräusch? Die Badewanne? Langeweile? Was ist?»

«Was ist dir denn über die Leber gelaufen?» Sie geht neben mir, lässt sich wohl nicht so einfach abschütteln. «Ich wollte nur wissen, ob alles okay ist nach neulich. Da warst du ja ziemlich aufgewühlt. Ach, und war die Sache mit dem Waldbaden ernst gemeint? Organisierst du das wirklich?»

«Hast du jetzt herausgefunden, ob Matthias nächstes Wochenende kommt?», frage ich und ich gebe mir richtig Mühe, dass sie versteht, dass sie mich allein lassen soll, aber es scheint nicht anzukommen. Sie geht weiter neben mir her. «Warst du nicht deswegen bei Dino?»

Jetzt bleibt sie stehen.

«Ich brauchte seine Hilfe, deswegen war ich bei ihm», sagt sie.

«Na, das ist ja was ganz Neues.»

«Hey!», ruft sie mir hinterher. «Ich bezahle für diesen Service, was ist daran falsch?»

Ich bleibe nicht stehen und jetzt höre ich, wie auch sie wieder zu mir aufschließt. Die soll mich endlich in Ruhe lassen. Was stellt die mir so eine Frage? Was daran falsch ist? «Was ist daran falsch?», fragt sie noch einmal, als sie wieder neben mir ist. Dieses Mal tippt sie mir an die Schulter und jetzt sage ich auch mal was.

«Daran ist nichts falsch», so, dass sie hört, dass ich nicht meine, was ich sage. «Du hast wahrscheinlich gelernt, dass alle deine

Probleme einen Preis haben, den du locker bezahlen kannst», das meine ich allerdings genau so, absolut, Amen. Und jetzt soll sie verdammt noch mal aufhören. Ich will noch zu Nellie, muss noch zur Post und saubere Klamotten habe ich auch keine mehr.

«Sag mir einfach, ob das mit dem Waldbad klappt», sagt sie. «Ich bin nächstes Wochenende wieder da.» Und damit ist dann wohl auch alles gesagt. «Und was es kostet, bitte auch», fügt sie noch an.

Ich drehe mich nicht mehr um und Jenny läuft mir nicht mehr hinterher. Ein schlechtes Gewissen hab ich nicht, damit das klar ist.

X

Nellie sieht müde aus. Sie bleibt heute zu Hause, hat sie gesagt, weil es draußen zu heiß ist, jetzt schon. Am Nachmittag bekommt sie Besuch, eine Kundin. Nellie macht nebenbei Fingernägel, wenn sie gerade nicht in der Therme arbeitet. Warum man lange bunte Nägel braucht und dafür so viel bezahlen will, verstehe ich nicht, aber das ist ja ihre Sache. Nellies Bauch ist verdammt groß geworden, hängt unter ihrem T-Shirt raus. Ob sie das weiß? Soll vielleicht so sein. Sie isst gerade einen Apfel, als sie die Tür öffnet. Der Saft tropft ihr aufs zu kurze Shirt, aber das sage ich ihr besser nicht. Im kurzen Gang der Wohnung stapeln sich Kisten, an denen wir uns hintereinander vorbeizwängen. Nellie setzt sich aufs Bett, ich mich auf die Couch gleich daneben. Ein Ventilator bläst Nellie ins Gesicht. Sie reibt sich den Bauch.

«Was ist mit deinem Kopf?», fragt sie. «Kann ich mal sehen?»

«Nein, lass nur. Ich kümmer mich später drum.» Sie setzt sich wieder. «Alles gut mit dir und dem Wurm da?», frage ich.

«Soweit ich weiß, ja», sagt Nellie. «Turnt ganz schön rum, was gut ist, nehme ich an.»

«Schön», sage ich und hoffe, dass damit genug zu diesem Thema gesagt ist, weil mir nichts einfallen würde außer seltsame Fragen. Keine blöden, um das klarzustellen, nur seltsame.

«Also», sagt Nellie. «Du willst ein Waldbad organisieren, hast du gesagt?»

«Aber nur mit dir», sage ich. «Alleine kriege ich das nicht hin. Und die Leute vom Resort sind richtig scharf darauf. Müsste aber wahrscheinlich bald stattfinden.»

«So was mache ich eigentlich nur für die Therme, das weißt du.»

«Ich weiß, aber ich dachte, es wäre eine gute Gelegenheit, ein bisschen Kohle zu machen. Die bezahlen, was du willst, der Preis ist denen egal, glaub mir.»

«Mag sein, aber ich muss meinen Chef vorher fragen, für so was riskiere ich nicht meinen Job. Besonders nicht jetzt. Du siehst ja, wie blendend die Dinge für uns laufen.» Sie macht eine Handbewegung einmal quer durch die vollgestopfte Wohnung. Studio, müsste man eigentlich sagen. «Du hast Glück, dass ich heute sauer bin. Haben gerade wieder eine Absage bekommen.»

«Das nervt», sage ich.

«Allerdings», sagt Nellie. «Keine Ahnung, wem sie die Wohnung gegeben haben, aber sie haben uns nicht mal angerufen, nur eine unpersönliche, feige E-Mail geschickt. Da habe ich angerufen und sie meinten nur, dass die anderen schneller gewesen sind. Wer's glaubt. Die Vermieter wollen kein schreiendes Baby neben den gutbetuchten Nachbarn, darum geht's doch.»

«Das hat sicher nichts mit dem Baby zu tun», sage ich.

«Womit denn bitte sonst?», sagt Nellie, da halte ich wohl besser die Klappe. «Wenigstens soll es bald wieder eine Abstimmung dazu geben. Aber da gibt es bestimmt wieder Schlupflöcher für die Reichen, wie immer. Ich habe keine Lust und keine Zeit mehr, darauf zu warten, dass sich etwas ändert. Wo führt das alles hin?»

«Ich muss mir auch was Neues suchen», sage ich.

«Nicht wahr! Echt? Diese verdammten Müllers.» Da denke ich, wenn Nellie und Timo was finden, könnte ich vielleicht hier einziehen. Aber bevor ich das aussprechen kann, springt Nellie auf und rennt zur Toilette und kotzt. Eindeutig. Noch bevor ich fragen kann, ob ich irgendwas machen kann, steht sie schon wieder da und holt sich ein Glas Wasser. «Äpfel», sagt sie. «Ich habe vergessen, dass ich keine Äpfel mehr vertrage.» Dann setzt sie sich wieder. «Also, weißt du was? Scheiß drauf. Ich muss meinen Chef nicht fragen. Wann wollen wir das machen? Wie viele Leute?»

Nellie ist also dabei. Wir haben einen Plan, zumindest halbwegs, und ich kümmere mich um den Rest. Ich habe nicht alle Details mit Nellie besprochen, ein paar Überraschungen will ich erst mal noch für mich behalten, ich werde es ihr schon früh genug sagen.

Ich gehe selten zur Post, aber heute ist es wichtig, weil ich ein Paket abschicken muss. Es ist für Johnny. Die Post hat nur bis zwölf geöffnet und dann erst wieder um vierzehn Uhr, was zu spät ist, da bin ich am See. Jetzt stehe ich hier schon seit einer ganzen Weile, da ist nur ein Schalter, die anderen sind zu, warum auch immer. Ein paar Bauarbeiter wollen wohl ihre Löhne nach

Hause schicken. Zu dritt stehen sie nebeneinander vor Jakob, dem Postbeamten, der schon seit dreißig Jahren hier arbeitet, mindestens. Jakob lässt sich Zeit und erklärt den Männern in Ruhe auf Hochdeutsch und ein bisschen Italienisch und noch mit ein paar Worten Englisch – sieh an, Jakob –, welche Infos er braucht, damit das alles klappt. Hinter mir sitzt ein älteres Paar auf der Wartebank. Sie sehen null gestresst aus, sitzen nebeneinander da und schauen aus dem Fenster auf die geschlossenen Jalousien der Häuser nebenan. Diese Häuser sind mir bisher nie aufgefallen.

«Sind das alles Ferienwohnungen?», frage ich die beiden. Sie wissen es offensichtlich nicht, lächeln trotzdem nett.

«Tja, die Wohnungen brauchen halt auch mal Ferien», sagt der Mann.

Ich lächle zurück, weil ich den Witz nicht schlecht finde, auch wenn er keinen Sinn macht. Dann sind die Bauarbeiter endlich fertig und Jakob winkt mich zu sich. Johnny wünscht sich nie was, da kommt er ganz nach mir. Man muss immer selbst rausfinden, was den Kleinen jetzt wirklich glücklich machen könnte. Aber Johnny weiß, dass ich mir immer was Gutes einfallen lasse, in der Hinsicht ist echt Verlass auf mich. Geschenke kann ich. Vor allem Johnnys Geschenke. Ich adressiere das Paket an meinen Onkel, weil meine Mutter manchmal den Postboten verpasst und dann den Abholzettel zu lange rumliegen lässt, das weiß ich, passiert mir selbst auch dauernd, aber ich muss sichergehen, dass Johnny sein Geschenk pünktlich bekommt, an seinem Geburtstag, nicht erst danach. Das wäre schlimm.

Jakob gibt mir die Quittung mit der Sendungsverfolgungsnummer. «Darf ich dich etwas fragen?»

«Immer doch», sage ich. Vielleicht gewagt, könnte ja um tausend Dinge gehen.

«Kann es sein, dass ich deinen Vater im Fernsehen gesehen habe?»

«Im Fernsehen?»

«Da war diese Sendung, irgendwann letzte Woche, und ich bin sicher, dass ich deinen Vater gesehen habe. Den würde ich überall wiedererkennen.»

«Dann wird's wohl er gewesen sein», sage ich. «Ist immer für eine Überraschung gut.»

Jakob lacht.

«Da sagst du was Wahres. Ich erinnere mich noch, wie er mal mit seiner Schaummaschine den ganzen Schulplatz geflutet hat. Das war vielleicht eine Sauerei.»

«Aber Spaß gemacht hat's», sage ich.

«Tagelang», sagt Jakob. «Der Boden war so rutschig, dass wir ihn mehrmals abspritzen mussten. Wirklich ein Teufelskerl, dein Vater. Und sieht aus wie früher.»

Damit entlässt mich der gute Jakob und nein, ich werde nicht nachsehen, was das für eine Sendung war. In meiner Vorstellung bleibt die Story besser, da bin ich sicher. Ist mit meinem Vater immer so.

DAVOR UND DANACH

Der kleine Junge atmet wieder. Mann, was für ein Tag. Seine Mutter steht daneben und kann nicht aufhören zu weinen. Ich sage ihr, dass alles okay ist, dass er nur ganz kurz weg war und sie sich keine Sorgen machen soll. Natürlich schicke ich sie trotzdem zum Arzt, das muss man abklären, dass da nichts mehr in der Lunge ist. Hab schon mal eine Geschichte gehört von einem Mädchen, das danach im Schlaf ertrunken ist. So was gibt's, denkt man gar nicht, aber das lernt man in der Bademeister-Ausbildung.

«Es ist besser, wenn sie zuerst im Schwimmbad schwimmen lernen», sage ich noch. Ist so, sorry. Der See ist kein Ort für so was, viel zu unübersichtlich und tief und man kann sich nirgends halten, wenn die Arme oder Beine müde werden. Die Frau sieht mich trotzdem entgeistert an. Ist ja nicht böse gemeint. Sie weiß halt nicht, wie viele Kinder ich schon aus dem See gezogen habe, woher auch? Aber bei so was kann man nicht vorsichtig genug sein.

«Solche Tipps können Sie gerne für sich behalten», sagt die Frau und hilft ihrem Sohn beim Aufstehen. Sie schiebt dann doch noch ein «Danke» hinterher. Zumindest glaube ich, dass ich das gehört habe.

Heute läuft hier ein Zip-Line-Event. Überall sind Seile zum darauf Balancieren über den See gespannt. Offensichtlich hat auch jeder mitbekommen, dass das Wetter bald umschwingen wird, die letzten heißen Tage einen Moment lang gezählt sind. Übermorgen wird's noch mal schön, danach fallen die Temperaturen, so richtig. Wir haben erst Juli und die Leute schieben jetzt schon Panik, dass der Sommer vorbei sein könnte. Das ist, wie wenn alle ausrasten, wenn der Supermarkt mal wegen eines Feiertags einen einzigen Tag geschlossen hat. Als würden wir dann alle verhungern. Jeder braucht mal eine Pause.

Jedenfalls bin ich gar nicht mehr so traurig darüber, dass ich nächste Woche nicht hier arbeiten muss. Die Auszeit von ertrinkenden Touristen und sich selbst überschätzenden Akrobaten kann ich gut gebrauchen, um mich um die anderen Sachen zu kümmern, das Waldbad vor allem und natürlich die Wohnungsangelegenheit. Wenn ich Glück habe, kann ich noch ein, zwei Schichten bei Jeremia übernehmen, damit ist das Minus dann hoffentlich wieder drin. Mal sehen, ob ein paar der Truppe nächstes Wochenende trotzdem aufschlagen. Bei schlechtem Wetter bleiben sie nämlich meistens lieber in der Stadt.

Dino macht mal wieder Kaffee, als ich im Hotel ankomme. Die Astronomen sind da, sitzen alle am großen runden Tisch, am selben Platz wie immer. Warum sie manchmal morgens und manchmal abends Kaffee trinken, hab ich auch lange nicht verstanden, aber über die Zeit hab ich so viel aufgeschnappt, dass ich jetzt weiß, dass sie dann abends Kaffee trinken, wenn Observationen geplant sind, also Nachtschichten quasi. Früher dachte ich immer,

Astronomen arbeiten nur nachts. Ich dachte immer, das ist der coolste Job, direkt nach Astronaut und vielleicht Pilot. Das ist natürlich nicht so, sie arbeiten nur manchmal nachts, so wie heute, und das ist gut zu wissen, da muss ich besonders gut zuhören. Jedenfalls macht Dino Kaffee und nachdem er das Tablett abgestellt hat, verliert er keine Sekunde und kommt direkt zu mir ins Büro. War wieder am Stunden Nachtragen. Dieses Mal habe ich aufgerundet.

Er schließt die Tür hinter sich. Wie soll ich da hören, was die anderen besprechen? Verdammt, Dino.

«Verdammt, Luan», sagt Dino. «Du kannst nicht einfach in die Wohnungen unserer Gäste gehen, auch wenn da ein seltsames Geräusch ist, verstanden?»

«Sie hat nicht aufgehört zu nerven», sage ich, «musste ja etwas tun und der Typ war ja eh nicht da, was macht es also für einen Unterschied?»

«Was das für einen Unterschied macht?», fragt Dino. «Lass es mich dir erklären, mein Lieber: Das ist Hausfriedensbruch, das ist der Unterschied. Wenn du ohne Erlaubnis irgendwo einfach reinmarschierst, selbst wenn du den Schlüssel und gute Absichten hast, ist das Hausfriedensbruch. Das geht nicht.» Ich sage nichts, wie ich das so gerne mache, wenn jemand sauer ist. Einfach mal abwarten und den anderen loswerden lassen, was raus muss, dann beruhigt sich das am schnellsten, das habe ich oft genug getestet. «Noch so ein Zwischenfall, Luan, und das war's.» Damit habe ich nun nicht gerechnet.

«Tut mir leid, Dino, ich glaube, ich war an dem Tag etwas schräg drauf.» Dino stützt die Fäuste in die Seiten und wartet auf weitere Erklärungen. «Die Müllers wollen mich raus haben.» Jetzt nimmt er die Fäuste wieder weg.

«Wieso das denn? Du wohnst doch schon seit ewig und drei Tagen da?»

«Seine Kids wollen das Haus übernehmen und die brauchen mehr Platz. Die Kinder werden nicht kleiner, hat er gesagt.»

«Natürlich werden die Kinder nicht kleiner», sagt Dino. «Tut mir leid, Luan. Aber deswegen kannst du trotzdem nicht so was machen. Da musst du dich schon besser im Griff haben.» Er nimmt einen Ordner aus dem Regal. Ich glaube, es ist der mit den Telefonnummern. «Hier, das ist seine Nummer. Und du weißt, dass die hier drin steht. Nächstes Mal rufst du ihn an und dann fragst du mich, bevor du reingehst, verstanden?» Ich sage nichts, warte.

«Verstanden?», wiederholt Dino.

«Verstanden», sage ich.

«Und weil ich den Ärger gerade nicht gebrauchen kann, musst du ihn jetzt nicht anrufen und dich entschuldigen. Du hattest mal wieder Glück, sonst hat keiner was mitbekommen. Also mach so was nicht mehr und wir vergessen es, okay?»

«Danke, Dino», sage ich. «Und noch mal sorry, ich bin echt gestresst wegen der anderen Sache.»

«Das verstehe ich», sagt Dino, klappt den Ordner wieder zu und stellt ihn zurück ins Regal. «So was ist nicht angenehm, aber da musst du durch. Früher oder später kommen solche Sachen auf einen zu und dann muss man sich etwas einfallen lassen, das Positive sehen. Alles eine Frage der Perspektive. Vielleicht findest du ja eine viele schönere Wohnung? Oder warst du da unten wirklich happy?»

«Mir hat es eigentlich ganz gut da gefallen und günstig war es auch.» Dino nickt, auch wenn er nicht versteht, wie man so leben kann. Ihm gehört seine Wohnung, ihn kann keiner rausschmeißen, genauso wenig wie Jenny, den Optiker, den Lungentypen, Nature Girl oder die anderen. Die können tun und lassen, was sie wollen, da kommt keiner und sagt ihnen, dass die Zeit abgelaufen ist. Auch wenn sie nicht mal hier sind. Nur meine Zeit ist abgelaufen. Da kommt sie wieder, die Idee, die ich neulich hatte. «Sag mal, Dino, wenn die Saison vorbei und hier nicht mehr viel los und zeitweise ja auch geschlossen ist, meinst du, ich könnte dann vielleicht eine Weile in einem der Zimmer wohnen? Nur vorübergehend?» Jetzt öffnet Dino die Tür wieder und das Gerede der Astronomen ist endlich hörbar. Sie sprechen über Satelliten, darüber, dass sie das Observieren von Sternen schwieriger machen, weil sie zu viel Licht reflektieren, alles durcheinanderbringen. «Ich würde natürlich auch bezahlen, logo», sage ich noch.

Dino zieht sich den anderen Bürostuhl heran und setzt sich. Ich drehe mich zu ihm. Dann verschränkt er die Hände ineinander und man muss jetzt kein Hellseher sein, um ihm anzusehen, dass er Nein sagen wird. Wenigstens nimmt er sich die Zeit zu erklären, wieso, auch wenn das nichts ändert. Er sagt, dass er nicht damit anfangen kann, die Belegschaft hier unterzubringen, dann würden andere das auch wollen. Welche anderen, würde ich da gerne fragen. So viele gibt es da nicht, vor allem will das doch auch keiner. Ich will das nur, weil ich ahne, dass ich bis zum Ende der Saison noch keine Lösung habe, es wäre also quasi ein Notfall, verbringe ja sonst schon genug Zeit hier. Dann sagt er noch was, von wegen, wenn hier zu ist, dann erst recht nicht, weil man kann nicht das ganze Hotel trotzdem für mich heizen und so weiter. Und sonst noch ein paar Ausreden, die wahrscheinlich keine sind. Dino hat nur Angst, dass ich mich dann an alles gewöhne und zu lange bleibe, und die Angst kann ich ihm nicht nehmen, da müsste er schon selbst draufkommen, dass es darum nicht geht. Dino kann Nein sagen, gut für ihn. Gut für jeden, der einfach so Nein sagen kann.

«Wie soll ich für dich arbeiten, wenn ich hier nirgends wohnen kann?», frage ich zum Schluss. Dino steht auf. Die Astronomen reden weiter über den zugemüllten Orbit. Bisher nichts von den Lichtern, aber das kommt vielleicht noch. Irgendeiner erwähnt sie immer.

«Du findest sicher eine Lösung», sagt Dino. «Im Notfall helfe ich dir, da finden wir schon was, aber gerade habe ich andere Probleme.»

«Was für Probleme?», will ich wissen.

Jetzt schließt Dino die Tür wieder. Was hat er heute bloß damit? Die steht sonst immer offen.

«Ich bin nicht sicher, aber die Putzfrau meint, sie hat heute Morgen eine Bettwanze gesehen in einem der Zimmer.»

«Fuck, das ist nicht gut», sage ich. «Dann müssen wir wieder alles ausdampfen lassen?»

«Sie ist schon dabei, alles einzupacken. Ich bete, dass es nur das eine Zimmer betrifft. Mitten in der Saison auch noch dazu.» Dino fasst sich an den Kopf. «Stell dir vor, die Gäste hören davon! Das können wir uns nicht leisten, von so was erholt man sich nicht mehr.»

Dann öffnet er die Tür wieder und sagt noch, dass ich in den Keller kommen soll, sobald ich fertig bin. Ich soll ein bisschen was umräumen und dann ist da noch eine Leitung, mit der was nicht stimmt, auch darum soll ich mich kümmern. Außerdem müssen die Leuchten in der Lobby poliert werden, dafür soll ich die Leiter hochholen. Ich merke mir das alles, natürlich, während ich nebenbei versuche zu verstehen, was draußen diskutiert wird. Die Astronomen sprechen jetzt etwas leiser, das fällt auf.

«Scheint, als würden Extraterrestrials immer nur die USA besuchen», sagt einer und lacht.

«Und was ist mit den Lichtern vor dem Beben in Marokko?», fragt ein anderer. Na bitte, da sind sie wieder, die Lichter. Ich wusste es.

«Bist du nun Wissenschaftler oder Verschwörungstheoretiker?», fragt derjenige, der gelacht hat.

«Jetzt mal ehrlich, wir sehen uns den Himmel jeden Tag an und wir sehen nur Momentaufnahmen, kleine Ausschnitte. Oft wissen wir gar nicht, wonach wir suchen oder was wir genau sehen. Wir treffen doch andauernd Annahmen, ziehen Rückschlüsse. Wissen wir denn wirklich, was da draußen genau alles ist? Denkst du wirklich, dass die Wissenschaft auf alles eine Antwort hat?»

«Ja, das denke ich. Sonst hätte ich wahrscheinlich den Beruf verfehlt.»

Sie hören auf zu sprechen, als Dino zum Tisch geht. Mann, Dino, verschwinde, denke ich. Jetzt, wo sie endlich mal auspacken.

X

Ich stehe allein in Jeremias Laden und sehe auf mein Handy. Johnny hat sich bisher nicht gemeldet. Das Paket ist pünktlich angekommen und mein Onkel hat es ihm gegeben, hat er gesagt, aber kein Wort von Johnny. Vielleicht hat er ihm nicht gesagt, dass das Geschenk von mir ist, was weiß ich. Aber das kann eigentlich nicht sein. Oder meine Mutter gibt ihm das Handy nicht und er kann sich deswegen nicht melden. Da wird schon noch was kommen, sonst ruf ich mal an. Ich hasse telefonieren.

Nicht viel los hier heute, das schlechte Wetter hält die Leute fern. Jeremia hat sich deswegen verzogen, muss noch was anderes erledigen, irgendwas wegen der Ex. Ich frage nicht nach, geht mich nichts an. Hauptsache, ich konnte wenigstens diese Schicht übernehmen. Es ist die einzige diese Woche. Ich glaube, Jeremia treibt's wieder mit der Aushilfe, jetzt ist sie öfter da. Aber nein, keine Annahmen treffen, das müsste ich besser wissen. Auch das geht mich nichts an. Die einzige Nachricht, die ich heute bekommen habe, war eine von Nellie. Sie hat Flyer drucken lassen und ich muss schauen, dass ich die an die Gäste bringe. Ich werd es Dino doch sagen müssen, ist wahrscheinlich nur fair, nehm ich an. Das Programm haben wir noch nicht im Detail besprochen, nur die wichtigsten Eckpunkte, so was wie zusammen Kräuter-Risotto überm Feuer kochen, Bäume umarmen, ein bisschen Wald- und Wiesenkunde, wie es Nellie nennt, und der Rest kommt dann von mir. Ich weiß schon, wo ich die Truppe hinführen werde, darauf darf man gespannt sein, da verspreche ich nicht zu viel. Wir werden es so machen, dass ein Teil des Waldbads im Dunkeln stattfindet, mehr verrate ich an dieser Stelle nicht.

Jemand klopft gegen die Scheibe. Ich sehe von der Ladentheke hoch, zu hoch, dann entdecke ich Simon.

«Wer hat dich denn rausgelassen?», öffne ich die Tür.

«Ich wünschte, jemand würde mich fürs Rumsitzen bezahlen», sagt Simon. «Sie haben den Lift repariert. Endlich.»

Simon rollt über die Schwelle in den Laden, während ich die Tür aufhalte.

«Und jetzt brauchst du Sportklamotten, oder wie?» Er sagt nichts, fährt ganz nach hinten in die Ecke.

«Genau richtig», sagt er. «Ich brauche eine Badehose und ein Cap. Die Alten wollen an den Strand fahren und ich soll mit.»

«Wie geht das denn?», frage ich, wahrscheinlich etwas zu schnell. «Mit dem Rollstuhl im Sand?»

«Ist ein Strand für Behinderte», sagt Simon. «Mit einem Steg für meinen Flitzer.»

«Darf man das noch sagen?»

«Flitzer?», fragt Simon und lacht.

«Ich würd die blaue nehmen», sage ich. «Die mit den Zitronen drauf, die ist runtergesetzt.»

«Genau wie ich, meinst du?»

«Genau», lache ich.

X

Ich habe gesagt, dass das hier nichts Autobiografisches, Gequirltes wird, und dabei bleibe ich auch. Mein Leben hat nichts mit meinen Eltern oder dem Rest meiner Familie zu tun. Unserer Geschichte. Nur jetzt, da ich wieder im Wald stehe, in der Nähe von der Stelle, wo ich die Lichter zuletzt gesehen habe, denke ich, vielleicht ist es Zeit für eine kurze Anekdote zu der Sache. Ich will nämlich nicht, dass man mich für verrückt hält. Das hab ich, glaub ich, schon mehrfach gesagt, aber es ist mir echt verdammt wichtig. Weil Verrückte nimmt man nicht ernst, denen hört man nicht mehr zu, und wenn man jemandem nicht mehr zuhört, hat der keine Chance mehr. Jeder sollte eine Chance haben, auch die Verrückten.

Zum ersten Mal gesehen habe ich die Lichter woanders. Am Dorfrand, dort, wo Gian gewohnt hat, bevor seine Eltern das Haus gekauft haben. Damals war so was hier noch möglich, das mit dem Häuser Kaufen, mein ich. Es gab dahinter ein kleines Waldstück und an dem Abend haben wir dort einen Baum gefällt, mit Säge und Beil und allem. Hatten wir von seinem Vater, sagen wir mal, ausgeliehen. Timo und Jeremia waren auch dabei. Aber nur ich hab die Lichter gesehen. Ob das Glück war, weiß ich bis heute nicht. Ich musste noch mal zurück, weil ich meine Mütze verloren hatte, und ich hatte nur diese eine Mütze, die konnte ich nicht einfach so zurücklassen und riskieren, dass sie am nächsten Tag nicht mehr da war. Ich bückte mich und als ich wieder hochsah, waren da drei Lichter, übereinander. Direkt vor mir. Ein paar Meter entfernt vielleicht. Ich weiß, das klingt verrückt, bescheuert sogar. Aber ich schwöre, ich habe diese Lichter gesehen. Sie waren da, ein paar Sekunden lang sind sie da rumgeschwebt, ich hab einen Schritt zurück gemacht, bin gestolpert, würde in der Situation jedem passieren, und dann waren die Lichter weg. Genau wie vor ein paar Monaten wieder. Da und dann weg. Aber definitiv da, keine Frage.

Ich nehme einen Pfeil aus meinem Köcher und schieße ihn in die Dunkelheit. Pamm! Direkt in den Stamm. Ich werde besser. Das hat nichts mehr mit Glück zu tun, sondern mit Können.

Hinter mir knackt es.

2. TEIL

VERGNÜGEN UND VERSAGEN

Acht Leute haben sich angemeldet. Der Parfümeur, der Schriftsteller und seine Frau, Nature Girl, Jenny, der Lungenspezialist, Ludwig – Jennys Vater, der Versicherungsberater – und Matthias, der Sozialarbeiter. Im Hotel habe ich keine Werbung gemacht und Nellie meint sowieso, dass acht Leute das Maximum sind, wenn man's richtig machen will. Mir soll's recht sein, bezahlen tun sie alle mehr als genug, wir haben keinen Freundschaftspreis gemacht, damit das klar ist. Dino bekommt was davon ab, da musste ich einlenken, sonst schmeißt er mich gleich raus. Aber nur einen kleinen Teil, das meiste geht an Nellie und mich. So wie es sein soll.

Jedenfalls geht's gleich los. Wir mussten alles schnell organisieren, weil Nellies Bauch schon fast so groß ist, dass sie ihre Füße nicht mehr sehen kann, sagt sie. Außerdem meint sie, dass die Konzentration der Terpene im Sommer am höchsten ist – was auch immer das ist, ich hab nicht nachgesehen –, viel höher als im Herbst oder Winter. Also machen wir es jetzt. Nellie hat gefragt, ob sie nach der ersten Hälfte gehen kann und ich den Rest übernehme. Auch das ist mir nur recht.

Wir stehen vor dem Hotel und warten. Hier ist der Treffpunkt, muss ja nicht jeden einzeln abholen. Haben allen gesagt, was sie mitnehmen müssen, wie früher, so was wie gute Schuhe, Sonnencreme, Wasserflaschen und so weiter. Für den Rest der Verpflegung sorgen wir. Alles schon vorbereitet, da ist Nellie Profi und ich eigentlich auch. Ich verteile kleine Müllsäcke an alle und lasse das Zeckenspray noch mal rumgehen. Und gerade als ich denke, dass jetzt alles aufgehen wird, weil bis auf Nature Girl alle da sind, kommt Herr Müller um die Ecke. Mit guten Schuhen, Sonnenhut und einem kleinen Rucksack.

«Ich hoffe, das ist okay für dich, Luan», sagt er, als er bei der Truppe ankommt. «Ich wusste ja nicht, dass du so was machst. Dino hat's mir gesagt und da dachte ich, das ist genau das, was ich jetzt brauche, so ein Waldbad.»

Ich sehe Nellie an, die genauso überrascht aussieht wie ich wahrscheinlich.

«Wir sind eigentlich ausgebucht», sage ich dann.

«Ausgebucht?», sagt Herr Müller. «Nicht genug Platz im Wald?» Dann klopft er mir auf die Schulter. «Du findest sicher noch einen Weg, mich mitzunehmen. Ich verspreche auch, dass ich nicht aus der Reihe tanzen werde. Die Rechnung kannst du mir in den Briefkasten legen, weißt ja, wo der ist.»

Nellie zieht die Augenbrauen hoch und setzt sich auf die Stufen im Schatten. Damit wären wir also neun, wenn Nature Girl endlich mal auftauchen würde. Dass ausgerechnet sie zu spät kommt. Wobei, sie verpeilt auch immer, das Verdeck ihres Maseratis zuzumachen, wenn es regnet. Und die Katze, die sie angefüttert hat, vergisst sie auch dauernd. Da muss ich dann schauen, wenn sie wieder rumstreunt, dass sie was bekommt. So was kann man nicht machen, die Katze gewöhnt sich dran und kommt dann nicht mehr klar. Aber das kümmert Nature Girl wohl einen Feuchten.

Na, endlich.

«Dann können wir los?», frage ich. Die Runde nickt, Nellie steht auf und geht voraus. Ich trage ihre Sachen, damit sie es etwas leichter hat. Nellie ist hart im Nehmen, aber ich glaube, wenn man da so einen Gast in sich rumträgt, ist das keine kleine Sache. Unsere Route führt zuerst über den großen Parkplatz am See, wo Johnny und ich immer dasselbe Spiel spielen. Ist ganz einfach: Wir schauen einfach, wer als erstes ein Bündner Kennzeichen entdeckt. Und danach geht es darum, wer mehr entdeckt. Hinter dem Parkplatz geht es weiter, direkt mitten in den Wald hinein. Tiefer und tiefer. Wir haben uns einen Pfad ausgesucht, einen der Schleichwege, den die Touristen noch nicht so gut kennen. Haben lange diskutiert, Nellie und ich, ob wir der Truppe den Weg überhaupt zeigen sollen. Ist nämlich ein Problem, echt ein Problem, dass all die kleinen Schleichwege, auch auf den Pisten im Winter, die schönsten Spots in den Bergen, zum Beispiel auch die Gletschermühlen, wo man früher immer allein war, jetzt dauerbelegt sind von irgendwelchen Leuten, für die eigentlich das ganze andere Zeugs schon ist. Ist jetzt nicht böse gemeint oder so, aber die brauchen halt Extras. Die beheizten Lifte und so was. Darauf geben wir nichts, ich und meine Kumpels, wir wollen nur in Ruhe die paar Ecken genießen, die uns geblieben sind. Na, und eine dieser Ecken, oder in diesem Fall halt Weg, ist eben dieser Pfad. Der einzige Grund, warum wir gesagt haben, wir gehen da trotzdem durch, ist die Tatsache, dass es nun mal eine Abkürzung ist. Aber wir geben den anderen keine Karte, haben das nirgendwo eingezeichnet, zumindest das. Außerdem haben wir allen die Handys abgenommen. «So macht man das», hat Nellie gesagt. Ich weiß nicht, ob man das so macht, aber auch das ist mir recht. Fotos brauchen wir nicht und im Notfall haben wir unsere Telefone dabei, Nellie und ich. Für uns gilt diese Regel nämlich nicht.

Wir sind also unterwegs und der Parfümeur hat sich direkt an Nellie gehängt. Jenny schleicht um Matthias rum, den Sozialarbeiter und Sohn der Blauenbachs – sorry, ich werd nicht müde, das zu betonen –, jedenfalls schleicht Jenny um ihn rum, aber der hat wohl mehr Interesse am Schriftsteller, wie es aussieht. Angeblich hat Matthias sein neuestes Buch gelesen, sagt er, und will unbedingt darüber sprechen. Die Frau des Schriftstellers, also von Emilio, die will im Gegensatz zu ihrem Mann viel lieber mit Matthias sprechen, antwortet dauernd für ihn. Ich kenn nicht mal den Titel des Buches.

«Rom bei Nacht», sagt Matthias, als ich mich dazu durchringe, die Frage zu stellen.

«Klingt eher wie ein Bild», sage ich.

«Darum geht es ja», sagt Emilio. «Genau! Er hat es verstanden.» Und da bin ich ein bisschen stolz, auch wenn ich nicht sicher bin, ob er ernst meint, was er sagt. Soll er über Rom schreiben, da kennt er sich bestimmt aus. Solange er nicht über Waldbad schreibt, ist alles okay.

Fahrradklingeln hinter uns. Echt jetzt? Es gibt so viele Bike-Wege und der hier gehört nicht dazu. Ich verkneife mir, was zu sagen. Das übernimmt Ludwig.

«Muss das sein!», ruft er hinterher.

«Danke!», ruft einer der Biker zurück. Das war wohl eher fürs zur Seite Gehen gedacht.

Der Lungenspezialist sagt nichts, verdreht aber die Augen. Ich nehme mal an wegen Ludwig. Vielleicht ist er ja selbst auch schon hier durchgefahren, überraschen würde es mich nicht, so viel Zeit wie der auf seinem Bike verbringt.

Wir gehen den Weg weiter bis zu der Stelle, die Nellie ausgesucht hat. Ich war heute frühmorgens schon da, um das ganze andere Zeugs hinzubringen, Decken, den Topf, ein bisschen Brennholz habe ich auch bereitgelegt. Teller und Tassen, Löffel. Alles noch da. Natürlich dauert es eine Weile, bis alle ankommen. Als Letzte kommen Nature Girl und Ludwig. Ich frage mich, warum sich der Optiker, René, wer sich erinnert, nicht angemeldet hat. Er ist dieses Wochenende noch gar nicht aufgetaucht. Ich muss bei der Putzfrau mal nachfragen, was da vor sich geht.

Als endlich alle da sind, stellt sich Nellie in die Mitte und beginnt, was zu erzählen, von wegen Verweilen im Wald, was Waldbaden eigentlich ist, und wir hören alle aufmerksam zu, sogar ich, obwohl ich so was selbst nie machen würde. Ich gehe einfach in den Wald, mache dies und das, aber ich mache keinen Hokuspokus daraus, das brauche ich nicht. Das brauchen die da. Menschen wie sie alle, die sogar vom Wald noch mehr erwarten. Man kann es ihnen nicht übelnehmen, eigentlich, wird einem hier ja auch versprochen, mehr von allem, irgendwie. Nellie listet die Vorteile des Waldbadens auf: Stressabbau, stärkt angeblich das Immunsystem, senkt den Blutdruck und was weiß ich. Ich seh der Truppe an, dass sie jetzt schon das Gefühl haben, geheilt zu sein von allem, was sie plagt. Ja genau, das Waldbad soll's jetzt richten, oder wie? Sorry, aber ein bisschen lächerlich ist das schon, auch wenn ich verstehe, was Nellie meint. Sie hat diese Stelle hier ausgesucht, weil der Wald hier, bis auf eine kleine Lichtung etwas weiter oben, sehr dicht ist, sagt sie. «Hier ist die Heilkraft am größten.» Ich kann mir ein Grinsen nicht verkneifen und hoffe, es merkt keiner. Um das klarzustellen: Ich grinse nicht, weil ich nicht an die Heilkraft glaube, sondern weil ich denke, dass sie eigentlich überall in der Natur gleich groß ist. Und auch nicht speziell groß in Waldbad, das noch dazu. Klar, es gibt Orte, spezielle Orte, ein paar davon kenne ich auch, aber da geht es nicht um Heilkraft, finde ich. Nicht darum, was ich davon habe. Es geht wenn, dann eher darum, dass man spürt, wie besonders diese Orte sind, dass man dort Gast ist und ihnen deswegen nichts nimmt, eben genau nichts von ihnen erwartet, sondern halt einfach da ist und sie auf sich wirken lässt, heilen oder nicht. Heilen kann man sich doch eh nur selbst, oder nicht? Damit hat der Wald nichts zu tun. Der Wald macht es nur einfacher, weil man da den ganzen anderen Scheiß ignorieren kann, den man in der Welt anrichtet. Ja, hier unter diesen Tannen ist alles in Ordnung, da sind wir uns einig, das würden die Leute gerne sagen. Bullshit, sage ich. Gar nichts ist in Ordnung, besonders nicht hier. Egal, ich höre jetzt weiter Nellie zu. Sie will eine erste Übung mit der Truppe machen. Alle legen ihre Rucksäcke ab. Den von Matthias habe ich schon mal gesehen, hätte ich auch gerne gekauft, aber viel zu teuer. Nellie sagt, sie sollen die Schuhe ausziehen. Der Parfümeur zögert, Jenny auch.

«Wie wollt ihr bitte den Wald spüren, wenn ihr euch nicht mal traut, die Schuhe auszuziehen?», fragt Nellie. «Na, los!»

«Ich will den Wald spüren», sagt Jenny, irgendwie zu sich selbst, glaube ich, aber sie sieht auch in die Runde, ist vielleicht ein Schauspielerding, und beginnt, die Schnürsenkel zu lösen. Der Parfümeur seufzt zwar, aber macht es ihr dann doch nach. Ich behalte meine Schuhe an. Allgemein beobachte ich das lieber aus der Distanz, ehrlich gesagt, aber das kann man sich ja denken. Nellie macht weiter mit ihrem Programm. Verwurzeln, Fragen wie «Was für ein Baum bist du?» und all so was. Die meisten der Truppe lassen sich darauf ein, haben diesen Gesichtsausdruck, als hätten sie jetzt das Mittel für all ihre Probleme entdeckt. Ich mag dieses Wort: «Gesichtsausdruck». Jedenfalls deute ich das jetzt mal so. Ist vielleicht auch die Hitze.

«Ich finde es seltsam, wenn er nicht mitmacht», sagt Nature Girl und zeigt auf mich. Damit habe ich jetzt nicht gerechnet.

«Ja, irgendwie wär's besser, wenn alle mitmachen würden, finde ich auch», sagt Herr Müller. «Luan, das tut dir bestimmt gut.»

Nellie ist genervt, weil sie vorwärts machen will. Und ich hab so was von keinen Bock darauf, jetzt hier Baum zu spielen, aber wenn's sein muss, bitte, ziehe ich die Schuhe halt aus.

«Ich bin eine Fichte», sage ich und stelle mich neben eine andere Fichte.

«Cool», sagt Nature Girl. «Ich bin ein Farn.»

«Ein Farn ist kein Baum», sagt Emilio.

«Wenn sie ein Farn sein will, dann lass sie doch», sagt Jenny.

«Ich bin eine Tanne», sagt Ludwig, Jennys Vater.

«Und was für eine Tanne genau?», will der Parfümeur wissen.

«Eine große», sagt Ludwig.

Der Lungenspezialist streckt die Arme aus und sagt nichts.

«Ihr dürft das auch für euch behalten», meint Nellie nun. «Ihr macht das für euch selbst, nicht für die anderen.» Dabei hätten wir alle doch so gerne darüber gesprochen, was wir sind, denke ich mir da und grinse innerlich weiter, während ich wie die anderen die Arme ausstrecke. Ich, die Fichte, jawohl. Tolles Gefühl.

Bei der nächsten Übung sollen wir uns unter einen Baum setzen. Genau mein Ding. Ich müsste mich zwar schon bald ums Mittagessen kümmern, aber für dieses eine Kunststück ist wohl noch Zeit. Ich lehne mich an den Stamm und der kühle Waldboden unter mir tut richtig gut, muss ich zugeben. Und obwohl ich eigentlich keine Lust auf so was habe, allein schon, weil ich das oft genug auf meine Art mache, schließe ich wie die anderen die Augen und höre dem Wald zu. Ist echt angenehm dieser Wind, der hier gerade durchzieht. Dann natürlich der Bach etwas weiter den Weg runter, den kann man auch hören. Insekten. Ab und zu ein Knacken irgendwo. Ich öffne die Augen und checke mein Handy. So was wie ein Reflex, wenn's gleichzeitig zu still und zu laut ist. In dem Moment ruft meine Mutter an, was sagt man dazu? Nellie sieht zu mir rüber.

«Da muss ich ran», flüstere ich. Nellie winkt nur, dass ich das woanders machen soll, also gehe ich so weit weg, dass ich keinen mehr störe. Schnell und immer noch barfuß, autsch.

«Johnny?», frage ich, als ich rangehe.

«Nicht Johnny», sagt meine Mutter. «Wie geht es dir?»

«Gut, gut», sage ich. «Ist aber gerade ein schlechter Zeitpunkt.»

«Ist es das nicht immer?», fragt sie. Da hat sie womöglich recht. Da sage ich mal wieder nichts, weil ich diese Gabe habe, die Stille nicht füllen zu müssen. Davon mache ich gerne Gebrauch, wie man mittlerweile weiß. «Ich würde Johnny heute Nachmittag vorbeibringen», sagt sie nach der Stille.

«Heute?»

«Ja, heute. Passt es dir nicht?»

«Um welche Zeit denn?», frage ich, obwohl ich weiß, dass ich heute nicht kann. «Ich kann erst am Abend», hänge ich noch an.

«Das ist zu spät», sagt sie. «Das geht nicht.»

«Du meldest dich auch ganz schön spät. Wie wär's nächstes Wochenende?»

«Welche Zeit denn heute Abend?», fragt sie.

Meine Mutter ist nicht so gut im Kommunizieren, wie man vielleicht merkt. Von irgendwem habe ich das natürlich, wobei ich finde, dass ich das auf meine Weise ganz gut mache. Es kommt aber selten vor, dass sie sich dermaßen kurzfristig meldet. Das ist echt Scheiße, ausgerechnet heute.

«Hat Johnny sein Geschenk gekriegt?», frage ich. «Hab nichts gehört.»

«Das musst du ihn fragen», sagt sie. «Ich weiß nichts von einem Geschenk.»

«Okay», sage ich. «Dachte, du müsstest das doch wissen.»

Sie sagt nichts.

«Also was ist nun?»

«Ich bin in ein paar Stunden hier fertig», sage ich und wir verabreden uns für später.

Zurück bei der Truppe denke ich, ich sehe nicht recht: Sie stehen alle im Kreis und halten sich an den Händen. Was ist das denn nun für eine Übung? Da mach ich nicht mit. Und wenn ich mir

Herrn Müller so ansehe, glaube ich, ihm ist auch nicht ganz wohl dabei. Vielleicht hat er schwitzige Hände. Die hab ich manchmal, ist echt unangenehm und kann man auch nicht wirklich was dagegen tun. Ich setze mich lieber hier hin und warte, bis es ans Kräutersammeln fürs Risotto geht, das ist mehr mein Ding. Ich glaub, damit lege ich jetzt schon mal los.

«Nellie!», rufe ich. «Ich geh dann schon mal sammeln.»

«Schhhh», sagt sie, die Augen geschlossen, einen Finger vor dem Mund. Dann flüstert sie: «Wir gehen alle zusammen». Alle zusammen, was für ein Theater. Ich hätte letzte Nacht schlafen sollen.

Beim Essen sitzt jeder wieder unter seinem Baum. Der Parfümeur schmiert sich erst noch was auf die Hände, hat beim Kräutersammeln in die Brennnesseln gefasst, wer's glauben kann, und Matthias, der Sozialarbeiter, wollte uns giftige Kräuter unterjubeln. Das wusste er natürlich nicht, aber ich fand's trotzdem lustig. Nature Girl isst ihr Risotto ohne Käse und Jenny isst gar nichts, weil sie sagt, dass sie nicht weiß, ob sie die frischen Kräuter verträgt, und schon genug gefrühstückt hat. Emilio, unserem Schriftsteller, schmeckt das Risotto offensichtlich nicht und Herr Müller öffnet sich eine kleine Flasche Wein, obwohl Nellie explizit auf den Flyer geschrieben hat, dass bitte keiner Alkohol mitbringen soll. Den Flyer hat er natürlich nie gesehen, er weiß es also nicht besser, da kann man schlecht wütend sein. Nellie tut es trotzdem und kann sich einen Spruch nicht verkneifen. Soll er doch, denke ich eigentlich, ist ja sein Wochenende und er bezahlt für dieses Spektakel hier. Wenn man bezahlt, darf man doch machen, was man will. Vielleicht denkt er das. Denken so manche. Das Risotto ist uns nicht besonders gelungen, ist auch schwierig über dem Feuer. Und warum eigentlich Risotto bei dieser Hitze? Und Nellie hat sich auch selbst was mitgenommen, nascht gerade ein paar Gummibärchen, macht sie dauernd, seit sie schwanger ist, sagt, das hilft. Sonst kotzt sie wieder irgendwohin und da würde die Stimmung erst recht kippen. Nellie geht bald, dann bin ich mit diesen edlen Exemplaren der Menschheit allein. Ich dachte eigentlich, das würde ich gut finden, mal wieder was leiten, was anderes, mal der Truppe was zeigen, aber irgendwie bin ich nicht sicher, ob ich den richtigen Plan habe. Wird schon schiefgehen, wenn wir Glück haben.

«Scheiße», sagt Ludwig und steht auf. «Mich hat was gestochen.» Er haut sich auf die nackte Wade und sieht sich danach seine Handfläche an. «Mistvieh», sagt er und isst dann doch weiter.

X

Nellie geht allein zurück, nimmt aber nur das Nötigste mit. Timo kommt ihr entgegen, sagt sie. Ich glaube, der Tag hat ihr ganz schön zugesetzt, jedenfalls hält sie sich den Bauch, sagt, das Baby tritt dauernd gegen die Rippen.

Nur ich und ihr, denke ich, als ich mir die anderen so ansehe, und verdammt, was tue ich hier? Waldbaden? Den Leuten das Geld aus der Tasche ziehen fürs Bäume Streicheln? Sie wollen es vielleicht nicht anders, sonst wären sie wohl nicht hier, aber verdammt, seltsam ist die Sache schon, oder nicht? Geld bezahlen für etwas, das man gratis selbst tun kann, jederzeit noch dazu, in

Ruhe. Weiß nicht, wie Nellie das immer macht, aber ich glaube, sie fühlt das selbst so voll von innen und so, dieses ganze Seele-baumeln-Lassen auf Knopfdruck, könnte man sagen. Ich lasse meine Seele nicht baumeln. Ich sehe zu, dass sie stabil und fest in mir drinnen bleibt, dort ist, wo ich sie wiederfinde, und ab und zu, da bin ich sicher, spüre ich sie sogar. Also fange ich jetzt nichts Neues an. Abgesehen davon auch ein Wort, das mir nicht gefällt: baumeln. Das klingt so, als hätte man gar nichts unter Kontrolle, fast so, als hätte man vor loszulassen, und davon bin ich so weit entfernt, wie man nur sein kann. Stell sich mal einer vor, jemand würde in der ISS die Seele baumeln lassen? Das käme nicht gut, oder nicht? Aber genug davon. Wir haben noch was vor.

Sie gehen alle hinter mir her. Ab und zu halte ich an und schaue, ob sie noch da sind. Der Pfad ist enger geworden und dann verschwindet er ganz. Ich kenne den Wald, so was von, ist schließlich mein Zuhause, und ich find's gut, dass sie mir folgen müssen, irgendwie, nur verlaufen sollte ich mich jetzt nicht, das wär peinlich. Aber auch schwer in diesem Wald. Wenn man nur lange genug in eine Richtung geht, und ich meine nicht mal speziell lange, dann kommt garantiert wieder ein Weg und irgendwelche Schilder. Jedenfalls: Die Höhle ist nur noch ein kleines Stück von hier entfernt. Aber bevor ich sie da reinlasse, sollte ich sie vielleicht warnen.

«Hat jemand Platzangst?» frage ich also. Mit der Frage haben sie nicht gerechnet und das finde ich gut. Soll ja auch eine Überraschung sein, muss ja nicht immer alles so berechenbar sein, finde ich. Außerdem habe ich nur gesagt, ein Teil des Waldbads wird im Dunkeln stattfinden, wer sich erinnert, nicht unbedingt nachts. Da muss man schon genau hinhören.

«Wieso Platzangst?», fragt Jenny.

«Hast du denn Platzangst?», frage ich noch mal. Jenny schüttelt den Kopf und auch die anderen reagieren nicht weiter. «Na, dann ist ja gut», sage ich. «Wir werden nämlich gleich in eine geheime Höhle gehen und da kann es schon etwas kuschelig werden.» Jetzt werden sie irgendwie unruhig und ich find's super. Abenteuer, so soll's sein. «Die Rucksäcke lassen wir am besten draußen.»

«Ist das auch eine Übung?», fragt der Parfümeur, der sich den Rucksack mit Eichenmoos vollgestopft hat.

«Quasi», sage ich. «Ein Vergnügen, ein exklusives noch dazu. Habe noch nie jemanden hierhergeführt.» Das stimmt auch. Die Jungs und ich haben die Höhle vor einer Ewigkeit mal entdeckt und sie nie jemandem gezeigt. War immer unser Geheimnis und ich bin ziemlich sicher, dass sie außer uns noch keiner entdeckt hat, sonst würde hier schon lange jemand Tickets verkaufen oder so. Nur gut, dass die Leute sie selbst ganz sicher nicht noch mal finden, das hab ich mir schon überlegt. Hab deswegen einen Umweg hierher genommen und werde auch einen Umweg zurück nehmen. Wir gehen also noch das kleine Stück, alle packen ihre Rucksäcke auf einen Haufen und den decken wir mit ein bisschen Farn ab, auch wenn uns hier keiner sieht, man weiß ja nie. Die Höhle ist sowieso weiter unten. Jetzt bin ich doch irgendwie nervös, keine Ahnung wieso. Der Eingang zur Höhle ist in einer Felswand, zu der man einen steilen Hang runtersteigen muss. Ich habe ein Seil installiert, da kann sich die Truppe dran festhalten. Ich brauche das nicht. Damit niemand den Eingang der Höhle finden kann, haben meine Kumpels und ich ein paar Äste zusammengebunden, die das Schließsystem verdecken, das wir auch selbst eingebaut haben. Man kann sich schon fragen, warum man eine Höhle abschließen muss, das gebe ich zu, offensichtlich ist das nicht. Die Sache ist die: Die Jungs und ich haben sie früher als unser Lager benutzt, für Alkohol, Zigaretten, Gras, halt für alles, was zu Hause Ärger gegeben hätte. Und wir wollten absolut sichergehen, dass erstens keiner unser Versteck findet und zweitens keiner unser Zeug klaut, ist doch klar. Also haben wir eine Tür gebaut, aus Holz und Eisen, funktioniert mit einem Schloss und einem Flaschenzug an einer Kette, wir haben uns da etwas ausgetobt, sicher übertrieben. Mittlerweile bin ich der Einzige, der noch hierherkommt. Und wir benutzen sie natürlich auch längst nicht mehr als unser Lager, aber die Tür funktioniert eigentlich immer noch ganz gut, also das System, man muss nur aufpassen, dass man nicht aus Versehen an die zugegebenermaßen etwas empfindliche Installation kommt, den Hebel und die Kette, vor allem wenn man drinnen ist. Man steckt dann nicht unbedingt fest, aber es ist ziemlich mühsam, das Ding von innen wieder aufzubekommen, ließ sich irgendwie nicht vermeiden, so wie wir das damals gebaut haben. Das Ganze, also das mit dem Schließsystem, erkläre ich natürlich auch noch mal allen, als wir unten vor dem Eingang stehen. Muss ich ja, aus Sicherheitsgründen.

«Klingt nicht sicher», sagt der Parfümeur.

«Ja. Ist das sicher?», will jetzt auch Ludwig, der Versicherungsberater, wissen, stopft seine Hände in die Hosentaschen und streckt sich. Ist ja sein Metier, was?

«Das hast du schon öfter gemacht, oder?», sagt Nature Girl. Was denken die denn? Ich meine, es ist offensichtlich, dass sie mir nicht trauen. Als ob ich die alle extra in Gefahr bringen würde. Da kennen die mich schlecht, noch schlechter, als ich dachte.

«Ist total sicher», sage ich ganz ruhig und etwas zu langsam, das wird helfen. «Ich bin dauernd mit meinen Freunden hier, wirklich kein Grund zur Aufregung.» Und um allen gleich zu beweisen, dass ich alles im Griff habe, öffne ich jetzt die Höhle. Kalte Luft kommt uns entgegen und der Geruch von Erde und feuchtem Stein. Ich leuchte kurz rein mit meiner Taschenlampe. Man kann gut stehen in der Höhle, sie ist hier vorne zwar etwas schmäler, aber hinten ist mehr Platz, da ist ein richtiger Raum. Der Boden ist von Erde überzogen, die Wände von Stein und Baumwurzeln.

«Ganz schön cool», sagt Matthias und stellt sich hinter mich, um besser reinzusehen.

«Voll cool», findet auch Jenny. Das war ja klar. Wie dem auch sei, ich führe jetzt die Ersten hinein.

«Geht vorsichtig weiter», sage ich. «Bis ihr bei der breitesten Stelle ankommt, okay? Hier!», sage ich zu Emilio und gebe ihm eine Taschenlampe. Einer nach dem anderen geht an mir vorbei, Matthias und Jenny, die noch immer rumkichert, zuletzt. Na, endlich, denke ich, hätten wir das geschafft. Ich gehe ganz nach vorne, überhole alle, und gerade, als ich etwas sagen will, kracht es. So volle Kanne.

«Hoppla», höre ich Jenny.

«War ich das?», sagt Matthias.

«Ich glaube, ja.»

«Fuck», sage ich und es ist mir gerade egal, dass ich fluche, weil ich verdammt noch mal nur eine Sache gesagt habe. Ich gehe zurück zum Eingang, zu den beiden abgelenkten Eulen. «War es echt so schwer, eine einzige Regel zu befolgen? Nicht anfassen, habe ich gesagt!»

«Geht's noch?», sagt Matthias. «Ich habe nichts angefasst.»

«Hast du wohl. Die Höhle schließt sich nicht von allein.»

«Ich wusste, dass das nicht gutgeht», sagt der Parfümeur. «Ich glaube, jetzt habe ich doch Platzangst.»

«Genau das wollte ich verhindern», sage ich. «Aber kein Problem. Ich muss nur hier ziehen, dann können wir das wieder öffnen. Ist gleich erledigt.» Ich ziehe. Ziehe fester. Aber nichts tut sich. Ziehe noch mal mit ganzer Kraft. Verdammt. Da rührt sich nichts und auch keiner der Truppe macht irgendwelche Anstalten, mir zu helfen, sie starren mich nur an, als wäre ich bescheuert. «Hilf mir doch mal», sage ich zu Matthias. Und jetzt ziehen wir beide, hängen uns rein. Irgendwas tut sich, ja. Und dann, noch ein Krachen, lauter als das erste. Kein gutes Krachen. Wir stecken fest, so was von fest.

Ich habe mehr als eine Lehre gemacht, falls ich das noch nicht erwähnt habe, bin nicht sicher. Zuerst habe ich Schreiner gelernt und dann Klempner. Mit den Händen arbeiten, das war immer das, was ich für den richtigen Weg hielt, jedenfalls so lange, bis ich mein Studium beginnen konnte. Als es dann endlich so weit war, habe ich schnell gemerkt, dass es für mich doch nichts wird mit der Akademiker-Laufbahn. Und vielleicht lag ich da gar nicht so falsch, mit der Handwerkerei. Ich kann mit Nagel und Hammer umgehen und ich könnte zusammen mit meinen Handwerker-Freunden selbst ein Haus bauen, keine Frage. Man würde denken, dass mir das jetzt hilft, in dieser Situation, wo wir alle hier sitzen, und ich spüre, wie bei den anderen so was wie Panik ausbricht. Ich habe keine Panik. Ich bin mir sicher, dass wir hier rauskommen, früher oder später. Jetzt muss ich zuerst mal nachdenken, aber das kann ich nicht, wenn hier alle so durcheinandersprechen.

«Ihr müsst euch beruhigen, okay?», sage ich.

«Beruhigen? Wir sollen uns beruhigen?», sagt Ludwig. «Du hast uns doch in diesen Schlamassel gebracht, obwohl von Anfang an klar war, dass das eine dumme Idee ist. Und jetzt sollen wir uns beruhigen?»

«Papa, lass ihn», sagt Jenny. «Er wollte uns doch nur die Höhle zeigen.»

«Ich wollte in den Wald, nicht in eine Höhle.»

«Die Höhle ist im Wald», sage ich. Das muss ich klarstellen. «Mitten im Wald. Und wenn ihr zugehört hättet, anstatt einander zu tief in die Augen zu schauen», sage ich zu Jenny und Matthias, «wär das da nicht passiert, ganz sicher nicht.»

«Ich habe nichts gemacht, Mann», sagt Matthias.

«Mann», wiederhole ich. «Okay. Setzt euch alle mal hin. Mir fällt schon was ein.»

«Luan, haben wir hier genügend Sauerstoff?», fragt Herr Müller.

«Klar haben wir genügend Sauerstoff, was für eine Frage», sage ich.

«Bist du sicher?»

«Sonst fragen Sie doch ihn», sage ich und zeige auf den Lungenspezialisten.

«Nur weil da etwas im Weg ist, heißt das nicht, dass keine Luft mehr reinkommt. Sonst merken wir's dann schon», sagt der. «Dafür muss man kein Spezialist sein», fügt er noch an. «Hat jemand Streichhölzer dabei?» Ich gebe ihm meine und er macht eins an, hält es wie ein richtiger Profi vor den Eingang.

«Ich will nicht so lange warten, bis wir das merken», sagt Herr Müller und beginnt, an dem Seil zu ziehen.

«Alles gut», sagt der Lungenspezialist und Herr Müller lässt das Seil wieder los.

«Ich bereue so sehr, dass ich mitgekommen bin», sagt der Parfümeur und setzt sich neben Emilio. «Schrecklich das alles.»

«Ich hoffe nur, dass ich hier lebend wieder rauskomme, damit ich das alles aufschreiben kann», sagt Emilio.

«Du schreibst schon genug», findet seine Frau. Ich glaube, ihr Name ist Linda.

«Aufschreiben?», wiederholt der Parfümeur und auch ich frage mich, was genau er aufschreiben will. Ich will damit nichts zu tun haben.

«Natürlich, was sollte ich sonst tun? Ich habe nur auf so was gewartet, das ist ein Geschenk, kein Fluch. Etwas, das sich echt anfühlt.»

«Zu echt für mich, dieses Geschenk», sagt der Parfümeur.

«Amen», sagt Emilios Frau. «Ich habe für heute Abend einen Tisch reserviert im Mokka.»

«Adorno würde sagen: Die Dinge dazu bringen, dass sie ihre Augen aufschlagen», sagt Emilio.

«Wer ist Adorno?», will Nature Girl wissen. Sie hat bisher nichts gesagt, saß nur still in der Ecke und hat auf ihren Fingernägeln rumgekaut.

«Im Mokka wurde mal einer rausgeschmissen, weil er zu lange mit dem Bestellen brauchte», sagt Matthias. «Habe ich gehört.»

«Und demnach sofort geglaubt», sage ich so, dass es wahrscheinlich keiner gehört hat.

«Wer ist Adorno?», wiederholt Emilio.

«Ein Philosoph», sagt Herr Müller. «Ein längst toter Philosoph.»

«Warum immer berühmte tote Leute zitieren?», frage ich. «Ist da nicht alles gesagt?» Emilio lacht. «Die Frage ist ernst gemeint», sage ich.

«Das ist am einfachsten», sagt Emilios Frau. «Oder nicht?» Emilio steht auf, geht rüber zu Nature Girl.

«Also, was nun?», will Matthias wissen. «Schon fertig mit Nachdenken?»

Ich antworte nicht. Lieber nichts sagen. Hier ist nicht genug Platz für Streit und ich habe auch keine Zeit für so was. Ich muss hier raus, ich muss zu Johnny.

«Wo wir doch schon hier drinnen sind, willst du uns nicht sagen, was an der Höhle so besonders ist?», fragt Nature Girl.

«Was riecht hier so?», fragt der Parfümeur. Er heißt Philippe. Ich denke, nun, da wir alle hier versammelt festsitzen, macht es Sinn, all die Leute wenigstens einmal beim Namen zu nennen. «Was riecht hier so?», fragt er noch mal, dieses Mal spricht er den Lungenspezialisten, der heißt Christian, direkt an. Der zuckt nur mit den Schultern. Der Parfümeur dreht sich um, fährt mit den Fingern über die Felsen und riecht daran. Dann macht er das noch mal und noch mal. Und ich soll verrückt sein. «Das ist es», sagt er. «Das ist es.» Ich lass ihn mal machen. Wenigstens schiebt er keine Panik mehr.

«Ja, was machen wir hier, Luan?», fragt Matthias. «Wieso hast du uns hierhergeführt?»

Jetzt setze auch ich mich und lehne mich an die Höhlenwand.

«Ich wollte euch halt etwas Besonderes bieten», sage ich. «Mehr als nur das übliche Programm.» Das stimmt auch. Ich dachte wirklich, das wäre eine gelungene Überraschung, mal was anderes, was die Stadtleute noch nicht kennen. Das ist nicht alles, was ich gedacht habe, aber doch ein wesentlicher Teil davon. Vor allem habe ich wohl gedacht, dass man den Leuten so näherkommt, irgendwie, was über sie erfährt, vielleicht, oder sie übereinander, und trotzdem die Kontrolle behält. Keine Ahnung. So habe ich mir das jedenfalls nicht vorgestellt.

«Besonders ist es allerdings», sagt Ludwig.

«Es geht so», sagt Matthias. «Ich war schon in so manchen Höhlen.»

«Da bin ich sicher», sage ich.

«Ach ja?» Da wird Jenny natürlich hellhörig, war ja klar. «Mit deinen Eltern?»

«Mit denen auch», sagt er.

«Kommen sie auch bald mal wieder nach Waldbad?», will Herr Müller wissen. «Die großen Blauenbachs? Ich mag ihre Filme. Hab alle gesehen.»

«Wahrscheinlich nicht alle», sagt Matthias.

«Aber du hast bestimmt alle gesehen», sagt Jenny.

«Kaum einen. Ich halte mich da eher raus. Sagt mir nicht viel, dieses Filmbusiness. Viel zu kapitalistisch und oberflächlich. Da gibt es größere Probleme und um die muss sich schließlich auch jemand kümmern.»

«Wo er recht hat», sagt Nature Girl. Nadine heißt die eigentlich.

«Und du kümmerst dich um diese Probleme?», frage ich. Ich meine, sorry, aber darauf hat er es doch angelegt, oder nicht?

«Ich versuche es zumindest», sagt er und sieht auf den Erdboden. Wie edel von ihm, dass er sich so aufopfert, muss man schon sagen.

«Und an den Wochenenden kannst du ja immer noch in die schicke Ferienwohnung deiner Eltern», sage ich. Konnte ich mir nicht verkneifen, muss man ja auch nicht immer. Manchmal muss etwas halt einfach raus.

«Wie bitte?»

«Ja, ist doch super: Unter der Woche rettest du die vom Kapitalismus ausgebeuteten Menschen und am Wochenende erholst du dich auf 120 Quadratmetern mit Bodenheizung, Putzfrau und doppeltürigem Kühlschrank. Was will man mehr?» Okay, zugegeben, das war jetzt vielleicht etwas dick aufgetragen. Keine Ahnung, warum der Typ mich so stresst.

«Jungs, was soll das?», fragt Herr Müller.

«Ich habe nie behauptet, dass ich die Menschheit rette.»

«Stimmt, gesagt hast du es nicht.»

«Sind wir deswegen hier?», fragt Matthias. «Soll das so eine Art persönliche Vendetta sein, oder wie?»

Ich würde auch verstehen, was er meint, wenn er nicht mit seinen Reiche-Leute- Wörtern um sich schmeißen würde. Aber ich antworte nicht.

«Jetzt aber», sagt Ludwig. «Vendetta? Wie kommst du denn auf so etwas? Luan ist doch immer da, wenn man ihn braucht.»

«Das stimmt», sagt Jenny.

«Er wollte uns nur was Besonderes bieten», sagt er in meine Richtung. Ich nicke.

«Was wird denn das?», fragt Matthias. «Halten wir jetzt alle ein Loblied auf den großartigen Luan, auch wenn wir seinetwegen in dieser stinkenden Höhle festsitzen?»

«Diese Höhle riecht ganz wunderbar», sagt der Parfümeur. «Gestank ist nun wirklich etwas anderes, junger Mann.»

«Wenn ich mich nicht täusche», sage ich, «sitze ich genau so fest wie ihr, oder?» Ich könnte der lieben Gesellschaft jetzt erzählen, dass ich auch raus will und wieso. Aber das ist denen doch scheißegal. Die sind nur mit ihrem eigenen Zeug beschäftigt. So wie der Lungenspezialist, der immer noch am Schließmechanismus rumbastelt, denkt, dass er das einfach so richten kann. Dass er kann, was ich nicht kann. Und Emilio, dem man jetzt schon dabei zusehen kann, wie er diesen blöden Zwischenfall als Geschichte für sich melken will. Soll er doch. Ich hab's mir anders überlegt. Sollen die Leute nur wissen, was hier vor sich geht. Und Herr Müller kann mich sowieso mal. Der und seine Enkel, die nicht kleiner werden. Weißt du, was auch nicht kleiner wird, Herr Müller? Dein dicker Bauch, wie wär's damit? Aber so will ich nicht sein. Das sage ich nicht. Ich mag Menschen, sage ich mir. Das sage ich mir immer wieder. Sogar, wenn sie sich so daneben benehmen wie Robin Hood da drüben und die verzweifelte Jenny daneben. Der merkt ja nicht mal, dass sie nur wegen seiner Eltern mit ihm redet. Vielleicht weiß er es auch und hat sich einfach daran gewöhnt, dass so manche Leute ihn nur wegen Mama und Papa gut finden. Das ist mal richtig traurig, wenn man mich fragt.

«Wir müssen etwas tun», sagt Nature Girl. «Irgendetwas müssen wir doch tun können. Wir können doch jetzt nicht einfach warten, bis von allein etwas passiert, dann kommen wir nie hier raus. Weiß jemand, wo wir sind? Hast du jemandem gesagt, was du mit uns vorhast?», will sie wissen.

«Was ich mit euch vorhabe?»

«So habe ich das nicht gemeint.»

«Ach, nein? Denkt ihr alle, ich hätte nichts Besseres zu tun, als euch in eine Höhle, meine Höhle noch dazu, zu führen und euch da einzusperren? Wozu?»

«Keiner sagt das», meint Jenny.

«Ein bisschen denke ich das schon», sagt Emilio. «Matthias hat recht. Das fühlt sich irgendwie persönlich an.»

«Deine Fantasie geht mir dir durch», sagt seine Frau. «Lass den armen Mann in Frieden und hör auf damit, etwas daraus zu machen, was es nicht ist.»

«Den armen Mann», wiederhole ich. «Darauf hätte ich auch selbst kommen können. Ich gehöre schließlich nicht zu eurem Club. Ich bin nur da, wenn man mich braucht, für irgendwelche ‹Probleme›, nicht wahr?»

«Niemand hier denkt das», sagt Jenny.

Da sage ich besser nichts mehr, obwohl es so viel zu sagen gäbe. Ich weiß nicht, ob sie das wirklich denken oder wie Emilios Frau das gemeint hat, aber überraschen würde es mich nicht, so wie sie alle keine Sekunde zögern, mir einen Auftrag zu geben und dann ein Trinkgeld, klar, das nehme ich gern, aber ohne je zu fragen, wie es mir geht. Müssen sie ja auch nicht. Spielt ja im Grunde keine Rolle, ich werde schließlich dafür bezahlt. So gut bezahlt, dass ich daneben noch zwei andere Jobs habe und mir gerade mal eine kleine Kellerwohnung leisten kann, weil sie mit ihrer Kohle hier alles in die Höhe getrieben haben. «Wisst ihr das?», würde ich gerne fragen. Aber es ist kein Verbrechen, reich zu sein, das ist mir schon klar. Und jetzt habe ich nicht mal mehr dieses Zuhause, da muss ich auch raus, nicht wahr, Herr Müller? Ja, weil das Haus für ihn und seine Frau zu groß geworden ist und jetzt die nächste Generation rein soll. Natürlich nur an den Wochenenden. Und das auch nur manchmal.

«Mir egal, was ihr denkt», sage ich.

WAMM! Da ist es plötzlich, ein dröhnendes Geräusch. Licht. Es leuchtet krass hell an der Decke der Höhle. So hell, dass wir uns alle die Hände vor die Augen halten. Ich versuche vorsichtig, zwischen meinen Fingern hindurch zu erkennen, woher das Licht kommt. Es ist zu hell, viel zu hell. Meine Augen schmerzen. Es schwebt da über uns und ich habe wieder dieses Gefühl wie damals. Mein Herz rast, mein Kopf pocht.

Doch dann ist es genau so plötzlich wieder vorbei. Einen kurzen Moment lang ist es stockdunkel in der Höhle.

Als sich meine Augen wieder an das Taschenlampenlicht gewöhnt haben, schaue ich mich um und alle sitzen am Boden. Wir sehen einander an. Aber bevor jemand etwas sagen kann, klingelt da was.

Ach, du Scheiße. Das kann nicht sein.

«Du hattest die ganze Zeit dein Handy dabei?», steht Ludwig auf und kommt zu mir rüber. Ich ziehe das Telefon aus meiner

Hosentasche, er reißt es mir aus der Hand. «Ist das dein verfluchter Ernst?»

«Gott sei Dank!», fällt Emilios Frau mir um den Hals. «Wir kommen hier raus!»

«Das glaube ich jetzt nicht», sagt der Parfümeur. Und Nature Girl schüttelt nur den Kopf.

«Können wir darüber sprechen, was da gerade passiert ist?», sagt Emilio.

Der Lungenspezialist starrt vor sich hin, die Augenbrauen mitten auf der Stirn.

«Na, sieh einer an», sagt Matthias.

Tja, und damit hatte diese Sache dann ein Ende. Und ich schwöre, ich hab total vergessen, dass ich das Handy noch dabei hatte. Wie bescheuert, ich weiß. Das denken jetzt auch die anderen, erst recht. Ludwig hat mir dann das Handy doch noch zurückgegeben und ich habe meine Kumpels Roman und Timo angerufen, die sind dann gekommen und haben uns befreit. Hat ein wenig gedauert, keiner hat mehr was gesagt, ich ganz sicher nicht, aber irgendwann ging das Tor wieder auf.

Jetzt sind wir auf dem Weg zurück. So richtig wiedergutmachen kann ich das alles auch nicht mehr. Die einen scheinen echt wütend, wollen sicher auch ihr Geld zurück, die anderen sind wohl einfach froh, dass wir da raus sind, so wie ich. Wenn ich Glück habe, werde ich nicht verklagt. Heute klagt man ja gern. Das wär's noch.

Aber ganz ehrlich, mich interessiert nur das Licht. Auch darüber haben wir noch nicht gesprochen. Roman und Timo sage ich davon bestimmt nichts. Sie gehen jetzt voran und ich gehe ganz hinten, wo ich sicherstellen kann, dass alle den Weg nach Hause finden. Dann lässt sich Jenny zu mir zurückfallen. Mit der will ich jetzt nicht reden. Soll sie doch wieder zu Matthias, sonst hat sich die ganze Arschkriecherei ja nicht gelohnt.

«Was war da drinnen los?», fragt sie mich.

«Was meinst du?», sage ich. «Das Licht?»

«Nein, ich meine nicht das Licht, Luan.»

«Bin ich der Einzige, der das völlig abgefahren findet?»

«Bist du nicht», sagt sie. «Ist mir durch Mark und Bein gefahren. Ich bin immer noch ganz zittrig. Schau!», dann hält sie die Hände vor sich hin. Natürlich zittern die. Das tun sie auch, wenn man unterzuckert ist, wenn ich mich nicht täusche. «Vielleicht war es eine Reflexion von irgendwo?», sagt sie weiter. «Ich nehme nicht an, dass du diesen Special Effect vorher eingebaut hast?»

«Das meinst du jetzt nicht ernst», sage ich. «Ich hatte nichts damit zu tun, garantiert nicht.»

«Ein Zufall ist es schon», zuckt sie mit den Schultern. «Vielleicht wolltest du uns ja damit überraschen, mit einem ‹außerirdischen Erlebnis›», lacht sie jetzt.

«Das ist nicht zum Lachen, Jenny. Ich schwöre, ich hatte nichts damit zu tun. Das Licht ist einfach aufgetaucht …»

«Okay, okay», sagt sie. «Einigen wir uns darauf, dass es einfach aufgetaucht ist.» Die Hitze lässt langsam nach und zwischen den Bäumen hindurch kann man sehen, wie die Sonne schon etwas tiefer steht. Ich muss nach Hause, ich muss zu Johnny. «Können wir über deinen Ausbruch sprechen?», fragt Jenny.

«Meinen Ausbruch?»

«Weißt du, mein Vater hat nichts geschenkt bekommen, auch wenn du das nicht glaubst.»

Ach, das meint sie. Das hab ich schon wieder vergessen. Es interessiert mich nicht, woher Ludwig, Mister Versicherungsberater, sein Geld hat.

«Er hat jeden Rappen selbst verdient, sich alles selbst erarbeitet.»

«Beeindruckend», sage ich.

«Nein, im Ernst», sagt Jenny. «Seine Mutter hat ihn allein großgezogen, er hatte nichts und hat sich von ganz unten langsam hochgearbeitet.»

«Ein bisschen Glück gehört da wahrscheinlich schon auch dazu», sage ich, weil ich weiß, das Glück immer eine Rolle spielt.

«Das war kein Glück», jetzt hält sie mich am Arm.

«Okay, okay», sage ich. «Einigen wir uns darauf, dass er nichts geschenkt bekommen hat, ich verstehe.» Wenn sie sich beim Licht einigen will, dann darf ich jetzt auch, oder nicht?

Aber das scheint Jenny nicht zufriedenzustellen. Sie geht weiter neben mir her.

«Ich glaube, du weißt nicht viel über uns, oder?», sagt sie dann.

«Ich weiß genug.»

«Wusstest du zum Beispiel, dass Christian mal eine Tochter hatte, die er bei einem Badeunfall hier in Waldbad verloren hat?» Das ist der Lungenspezialist, wer's mitgekriegt hat. «Er kommt trotzdem oder vielleicht deswegen immer noch hierher.» Da hat sie mich erwischt. Das wusste ich wirklich nicht über ihn. Ich dachte immer, er sei einfach so ein Einzelgänger, jemand, der gerne für sich bleibt, das hätte ich verstanden. «Und wusstest du, dass Matthias nach Waldbad kommt, weil es der einzige Ort ist, an dem er mit seinen Eltern ganze Wochenenden verbracht hat? Die waren sonst immer unterwegs, irgendwo auf Dreh, nur hier hatten sie Zeit. Er hat in Waldbad das Laufen gelernt, genau wie seine Schwester. Nicht in dieser Wohnung, aber halt hier in Waldbad. Genau wie ich übrigens. Ich habe hier schwimmen gelernt.»

«Freut mich für dich», sage ich. «Schwimmen ist wichtig. Aber Matthias' Eltern verbringen kaum noch Wochenenden hier, wie du weißt. Die Wohnung ist dauernd leer.»

«Alles, was ich sagen will, ist, dass diese Leute», sie zeigt nach vorne zu den anderen, die vor uns her trotten, die Köpfe gesenkt, Emilio händchenhaltend mit seiner Frau, «gerne hierherkommen aus den unterschiedlichsten Gründen und das hat nichts mit dir zu tun.»

«Das hatte ich auch nicht angenommen.»

«Warum bist du dann so wütend?»

«Ich bin nicht wütend. Sei einfach froh, dass du hast, was du hast, und es dir keiner nehmen kann. Das ist Glück.»

«Alles kann einem genommen werden, Luan. Einfach alles. Besonders Glück.»

Wieder beim Hotel und den Wohnungen angekommen, verabschieden wir uns. Ich entschuldige mich noch mal bei allen und dann muss ich zum Haus, zu Johnny, und zwar schnell. Herr Müller eilt mir hinterher, fragt noch, ob ich schon was gefunden habe. Ich sage ihm, dass es gerade ziemlich aussichtslos ist, aber dass ich mir was einfallen lasse. «Da gibt es doch bestimmt etwas», sagt er. «Du kennst doch so viele Leute.»

«Sicher, sicher», sage ich und gehe noch schneller. Zu spät komme ich trotzdem, zu Johnny, viel zu spät. Sie sitzen da, vor dem Haus, meine Mutter und Johnny. Sie lässt ihn nie allein warten. Ich sehe schon von Weitem, dass er versucht hat, nicht zu weinen, und ich sehe auch, wie enttäuscht der Kleine ist.

Verdammt.

3. TEIL

ZWISCHEN-SAISON

Zugegeben, manchmal mache ich Dinge und weiß nicht, wieso. Das hier gehört definitiv in diese Kategorie. Es ist Ende September, Beginn der Zwischensaison. Letztes Wochenende waren nur Nature Girl und ihr Freund hier, Hotelgäste gibt es aktuell nur wenige. Der Parfümeur ist längst abgereist, er will aber im Winter wiederkommen. Ich glaube, der Lungenspezialist war ebenfalls kurz da, hab sein Auto gesehen, aber der ist nun auch schon wieder weg. Muss sagen, da war ich echt ein bisschen nervös, obwohl sich die Dinge unterdessen beruhigt haben. Wusste ja nicht, ob Dino ihm wirklich nichts sagt, davon, dass ich in seiner Wohnung war, mein ich. Jenny ist nicht mehr gekommen. Um es kurz zu machen: Den Rest des Sommers ist nicht mehr viel passiert. Nichts, über das ich sprechen will. Ich schaue nach vorne, wie immer. Wen interessiert schon, was war? Mich interessiert nur, was ist, wenn ich ehrlich bin, aber das habe ich ja schon gesagt. Das Jetzt ist viel spannender. Noch spannender wird es, wenn man so was macht, wie ich gerade. Ich stehe in der Wohnung von Ludwig, Jennys Vater. Der war ja zuletzt ziemlich wütend, wer sich erinnert. Eine gute Antwort darauf, warum ich hier stehe, habe ich nicht. Vor einer Weile habe ich mal gesagt, dass ich weiß, wie es ist, Ludwig zu sein. Und seither habe ich öfter mal darüber nachgedacht. Die Wahrheit ist, glaube ich, dass ich es wahrscheinlich doch nicht weiß. Nicht gut genug, zumindest. Deswegen bin ich wohl jetzt hier. Um es herauszufinden. Wenn man lange genug die leeren Wohnungen von außen betrachtet, oder von mir aus auch von innen, sie lüftet, das Wasser laufen lässt, die Post sortiert und dann wieder verschwinden muss, immer nur dieses Schattenspiel drum herum aufführt, obwohl eh keiner da ist, Lichter aus, und so weiter, fragt man sich irgendwann, das war halt bei mir so, warum nicht einfach mal etwas länger bleiben? Warum sich nicht einfach mal in Ruhe umsehen? Wer soll es schon mitbekommen? Diese Wohnung hier braucht keine Ferien. Nein, ich glaube, diese Wohnung hier braucht jemanden, der sich hier auf die Couch setzt, ein Gläschen ekligen, bitteren Champagner trinkt und in den dicken Büchern, die hier rumliegen, blättert. Das Licht lasse ich aus, klar, das wär zu auffällig. Hab nur meine Taschenlampe dabei. Und absolut, Ludwig könnte jederzeit auftauchen, theoretisch. Das wird er nur nicht. Diese Leute funktionieren so berechenbar wie Weihnachten. Aber echt jetzt, Ludwig, wie ist es, du zu sein?

Ich habe keine Wohnung gefunden, also für mich, meine ich. Herr Müller gibt mir noch zwei Wochen, aber nur, weil sich der Beginn der Umbauarbeiten verzögert. Nellie und Timo haben auch nichts gefunden, sind jetzt definitiv bei Timos Eltern eingezogen. Kurz hatten wir sogar darüber nachgedacht, zusammen eine WG zu gründen, aber ist wahrscheinlich besser so. Jetzt, wo auch das Baby da ist. Und ja, ich hab mich dann auf Nellie und Timos Studio beworben, klar, darauf hatte ich ja gewartet, mich direkt beim Vermieter gemeldet, obwohl es noch nicht mal ausgeschrieben war. Aber keine Chance. Der Vermieter, keiner von hier, will zuerst mal renovieren und wahrscheinlich aus den beiden Studios eine größere Wohnung machen, die er dann teurer vermieten kann.

Ich sitze an Ludwigs Schreibtisch, öffne die Schubladen. Wie kann man dieses Zeug nur dauernd trinken? Dann ist es auch noch so teuer. Ich hätte besser eine Flasche Wein geöffnet. Eigentlich trinkt ja auch nur Evelina, Eh-veh-lii-nah, Jennys Mutter und Ludwigs Frau, Champagner, Ludwig ist eher der Bier- oder eben Wein-Typ. Ich denke, den Rest schütte ich weg, hab ja jetzt schon Sodbrennen von der Brühe.

Was mit Johnny war? Darüber will ich auch nicht sprechen, wenn's okay ist. Johnny hat sein Geschenk gekriegt, das kann ich sagen. Wenn ich keine neue Wohnung habe, kann er mich nicht mehr besuchen. Vor allem muss die Wohnung in Waldbad sein, damit meine Mutter ihn herbringen kann. Er könnte allein hierherfahren, vielleicht irgendwann, dafür ist er groß genug, eigentlich, aber das ist nicht so einfach. Johnny ist nicht wie andere Jungs in seinem Alter. Er ist perfekt, wie er ist, keine Frage, aber er ist halt ein etwas eigener Junge. So wie ich, könnte man sagen.

Ich hatte nie eine Badewanne in meiner Bude. Wenn ich eine hätte, dann hätte ich ganz sicher nicht so viele verschiedene Seifenflaschen. Eine reicht doch, oder nicht? Was soll man mit so viel Seife? Fällt wahrscheinlich auch nicht auf, wenn eine fehlt. Aber ich habe gesagt, ich klaue nicht, und dabei soll es auch bleiben. Nur gucken und ein paar Snacks, mehr nicht. Mir wäre schon nach einem Schaumbad zumute, hatte ich ewig nicht, aber vielleicht ein andermal. Oder in einer anderen Wohnung? Was Nature Girl wohl für Seifen hat? Ich wette, Emilios Frau hat die besten Seifen.

Ludwig hat eine Vorliebe für Eisenbahnen. Hier stehen bestimmt zehn Bücher über Eisenbahnen und ein paar Bildbände, oder wie man das nennt. Fotobücher, was weiß ich. Ludwig in einem Zug, das kann ich mir nicht vorstellen. Der steht doch viel zu sehr auf seine Sportwägen. Er weicht immer den Schachtdeckeln aus, das ist echt witzig. Zugegeben, das tun die anderen mit ihren SUVs auch, was noch viel bescheuerter ist. Wo wir gerade bei diesem Thema sind: Ich meine, ich verstehe schon, dass die Markierungen der Fahrradwege für manche etwas verwirrend sind, weil sie quasi in der Straße sind und die eigentlich nicht breit genug dafür ist. Aber die Linie ist verdammt noch mal gestrichelt, nicht durchgezogen, man darf also drüberfahren, kein Problem. Und dann denken sie immer, dass hier nur dreißig km/h erlaubt sind, ist ja ein Dorf, oder nicht, außerdem bleibt da mehr Zeit fürs Rumschauen, klar. Und bei Schnee, ja, da fährt man am besten Schritttempo, selbst wenn man Winterreifen und einen Range Rover unterm Hintern hat. Sorry, aber so ist es nun mal. Man muss sie schon lieben, diese Verträumtheit, wenn man hier leben will. Na ja, ich hab kein Auto, noch was, was ich nicht habe. Wenn die Straße blockiert ist, nervt das trotzdem, auch wenn ich anders unterwegs bin und es mich meistens weniger betrifft. Außer, wenn wieder einer unserer Gäste einen Hund überfährt. Werd jetzt hier nicht verraten, wer das war, ist auch egal, aber Mann, war das eine Sauerei und ein Geheule. Es war Frau Widmers Hund, Frau Widmer, die schon richtig alt ist und jeden Tag mit ihrem kleinen

Wauwau spazieren ging. Jetzt hat sie einen neuen, sieht aus wie der andere, und sie geht immer noch jeden Tag spazieren. Aber in dieser Kurve, da hält sie jetzt immer an und schaut dreimal, lässt den kleinen Fidel auch nie von der Leine, erst, wenn sie weg von der Straße ist. Wahrscheinlich besser so. Wir haben den toten Hund zusammengekratzt. Was sage ich wir? Ich habe ihn zusammengekratzt. Ich glaube, sie hat ihn dann verbrennen lassen und die Asche behalten. Einen Hundefriedhof gibt es ja nicht, soviel ich weiß. Vielleicht ist ja bei dem Grabstein ohne was drauf auch ein Hund begraben? Könnte doch sein. Ich würde meinen Hund auch im Wald begraben, einen besseren Ort gibt's dafür nicht. Den Wolf hätte ich auch einfach begraben können, hab ich aber nicht, da hätte ich zuerst eine Schaufel holen müssen, mitten in der Nacht, das hätte zu viel Lärm gemacht, und am nächsten Tag war es dann eh schon zu spät. Ich habe nichts gemacht, dachte, das ist am besten. Manchmal ist es das ganz sicher. Was hat es mit diesem Ding auf sich? Ludwig hat so ein Teil mit Kugeln dran auf dem Schreibtisch. Jedes Mal, wenn ich hier in der Wohnung bin, sehe ich es an und frage mich, wozu man so was braucht. So schwere silberne kleine Kugeln. Man nimmt die eine Kugel, lässt sie los und dann schlägt sie gegen die anderen und am anderen Ende schwingt dann die letzte Kugel aus. Banale Physik, warum stellt man sich das auf den Schreibtisch? Muss er selbst wissen.

Da hängen ein paar Bilder, sauteuer. Ich musste sie aufhängen und habe mir fast in die Hose gemacht, als Dino mir gesagt hat, was die Dinger kosten. Sind aber versichert, ist klar. Daneben Fotos von Jenny. Und ein Plakat von dem einen Film, in dem sie war. Hab auch ich aufgehängt. Von dem einen, der richtig groß war. Ich habe ihn gesehen, damals mit meiner Ex. Klar hatte ich auch mal eine Freundin, bin nicht abnormal, auch wenn das manche vielleicht anders sehen. Sex habe ich auch, damit das klar ist, aber halt nur phasenweise. Für so was muss man den Kopf frei haben, finde ich.

Jetzt stehe ich im Gästezimmer. Ich weiß, dass es das Gästezimmer ist, weil sie uns mal gebeten haben, hier ein Geschenk und frische Handtücher zu platzieren, als sie Besuch bekommen haben. Viele der anderen Wohnungsbesitzer quartieren ihre Gäste im Hotel ein. Nicht Ludwig. Er hat sie lieber bei sich. Der Raum ist so groß wie meine Wohnung. Na ja, vielleicht nicht ganz, aber fast. Und die Fenster sind größer. Von hier aus sieht man fast den ganzen Wald. Das Zimmer ist bis auf das Bett, einen Schrank und den Nachttisch leer. Der Nachttisch ist leer. Der Schrank ist leer.

Ich war schon so oft in dieser Wohnung und habe nie in all die Schubladen geschaut. Ludwig hat eine ganze Schublade voller Uhren. Eine weitere voller Kugelschreiber. Das hat man wohl einfach als Versicherungsberater. Ich nehme eine der Uhren raus, eine, die ganz schwarz ist, nur einen goldenen Zeiger hat. Ich mache sie an mein Handgelenk, ziemlich schwer das Ding. Ob Ludwig die überhaupt trägt? Kann nicht seine Lieblingsuhr sein, wenn er sie in der Ferienwohnung lässt, oder? Die unterste Schublade dieser Kommode ist voller Süßigkeiten. After Eight, Caramel, Grethers Pastillen, Gummibärchen, rosarote Pilze und saure Würmchen. Die Eisbären sind mir schon früher aufgefallen, als mich die Putzfrau das erste Mal reingelassen hat. Überall in der Wohnung sind Eisbär-Plüschtiere verteilt, in allen Größen. Ich zähle sie mal durch. Zwei im Büro. Einer im Schlafzimmer. Ein kleiner im großen Badezimmer, der ist aber nicht aus Stoff. Und einer gleich am Eingang, bei der Garderobe.

Ich schütte den übrigen Champagner weg, wasche die Flasche aus und lege sie zum Altglas, zu den anderen leeren Flaschen. Dann ziehe ich die Schuhe wieder an, greife nach meiner Jacke. Erst da sehe ich die rote Rakete. Sie hängt an einem der Garderobenhaken. Ein ziemlich verrückter Schuhlöffel, nehm ich an.

In der Sternwarte brennt auch in der Zwischensaison Licht. Die Wiese ist feucht, also lege ich mich auf die Bank vor dem Eingang. Dieses Jahr ist ein Asteroid verdammt nahe an der Erde vorbeigerast. Man hat ihn nicht kommen sehen, erst kurz vorher entdeckt. Dann gab es einen Livestream, den konnte ich mir nicht entgehen lassen. Wäre der Asteroid in die Atmosphäre eingetreten, irgendwo eingeschlagen, hätte es einen Krater gegeben. Und das wär mal richtig cool gewesen. Ist er aber nicht. Er ist vorbeigerast, mit einer krassen Geschwindigkeit.

Später im Wald gehe ich zur Höhle. In der Dunkelheit da runterzusteigen, ist gefährlich, das weiß ich, und ich bin noch dazu alles andere als entspannt nach dem, was da letztes Mal passiert ist. Denn ja, seither war ich nicht mehr da. Aber irgendwann, finde ich, muss man da einfach durch, da muss man der Neugier nachgeben, dazu ist sie doch da. Pfeil und Bogen habe ich dabei, wie immer. Heute halte auch ich mich am Seil fest, die Stirnlampe habe ich mir neu gekauft, mache ich aber erst an, als ich vor der Höhle stehe. Mit offenen Augen durch die Welt gehen, das sage ich mir immer wieder. Da muss man hinsehen. Ich will wissen, was hier passiert ist. Nicht mit unserer Installation am Eingang, nein, mit dem Licht. Es nervt mich langsam, dass die immer wieder hier auftauchen und dann einfach wieder verschwinden. Nichts findet man da heraus, gar nichts. Kommen und gehen gerade, wie's passt, aber mir passt das nicht. Ich will wissen, was hier los ist. Niemand hat mehr etwas dazu gesagt. Ich glaube, die anderen denken tatsächlich, dass ich das war. Nur weil es die einfachere Erklärung ist, nehm ich an, aber mit Special Effects hab ich nichts am Hut.

Ich gehe langsam in die Höhle rein, mit dabei habe ich die Erfindung meines Vaters. Eine kleine Box, mit der man die Zeit zurückdrehen kann an eine Stelle und diese dann wie einen Film sieht. Aber nur einen Schnipsel von fünf Sekunden. So hat er das beschrieben, wenn ich mich recht erinnere. Ich habe versucht, ihn anzurufen, damit er mir das noch mal erklären kann und ich mich da nicht verhört habe, seltsam genug klingt es ja, aber er ist nicht rangegangen und so kompliziert wird das schon nicht sein. Von komplizierten Dingen hält mein Vater nicht viel. Ich glaube sowieso nicht, dass es funktioniert. Man muss die Box genau an die Stelle tun, wo das passiert ist, nicht einfach irgendwo, das weiß ich. Testen kann man das nicht. Er hat, glaube ich, gesagt, man muss die Box auf den Boden stellen, aufklappen und an den Rädern auf der rechten Seite Datum und Uhrzeit einstellen. Die Uhrzeit weiß ich natürlich, weil gleich danach mein Telefon geklingelt hat. Und man kann die Box nur einmal benutzen, hat er gesagt, wie eine Einwegkamera. Wenn ich mir das so recht überlege, ist das eine ziemlich bescheuerte Erfindung, aber egal. Ich versuche das jetzt. Sieht mir ja eh keiner zu und wenn es nicht klappt, dann kriegt das auch keiner mit. Wie kommt man eigentlich auf so was? Die Zeit zurückdrehen für fünf Sekunden? Und nur, um sich etwas noch mal ansehen zu können?

Ich stelle den Zeitpunkt ein, platziere die Box, ein Ticken ertönt, ein Ticken, das immer schneller wird. Ich mache einen Schritt zurück, noch einen. Die Box tickt lauter und lauter, sprüht Funken, rattert wie verrückt, öffnet die Klappe, rattert weiter und dann steigt etwas aus der Box auf, es sieht aus wie ein kleiner Projektor, er steigt an die Decke, schwebt über mir. Ich starre das Ding an, denke nur, jetzt, jetzt sehe ich noch mal, was da wirklich passiert ist. Alles, was ich dann sehe, ist Rauch. Er kommt aus dem kleinen Teil, wird dichter und dichter, bis es in Flammen aufgeht und die Höhle sich mit Rauch füllt. Ich gehe schnell raus, huste mir die Seele aus dem Leib. Bis ich anfange zu lachen. «Verrückter alter Kerl», sage ich vor mich hin. Da ist er wieder, der Pfeil, mein Sternbild.

X

Heißluftballone stehen am blauen Himmel, als ich an diesem Morgen aus dem Haus gehe, geschlafen habe ich nur kurz.

Dino sitzt im Büro und macht Buchhaltung. Wenn er das macht, trinkt er immer besonders viel Espresso. Neben ihm stehen drei leere Tassen und machen braune Kreise auf den Holztisch.

«Du hast nach mir gerufen», sage ich. Dino zuckt zusammen. «Sorry, wollte dich nicht erschrecken.»

«Hast du aber», sagt er. «Ja, ich wollte was mit dir anschauen.» Und da frage ich mich direkt, ob ich zu viele Stunden aufgeschrieben habe. Ob er sich dieses Mal alles noch genauer angeschaut hat. Ich bin da eigentlich immer ehrlich. Klar runde ich mal auf, aber ich runde auch mal ab. So richtig daneben sein kann es also eigentlich nicht. «Frau Wild hat sich darüber beklagt, dass die Klimaanlage nicht auf die richtige Temperatur eingestellt war.» Rahel Wild, die Politikerin, ist die einzige mit einer Klimaanlage. Die läuft bei ihr das ganze Jahr über, warum auch immer. Sie hat sie sich einbauen lassen wegen des Dackels, sagt sie, weil dem sonst immer zu heiß ist, sogar hier oben in den Bergen. Und das darf natürlich nicht sein. Ich vergesse dauernd, die Temperatur zu checken, und nicht nur ich, die Putzfrau genauso, weil es die einzige Wohnung ist mit einer Klimaanlage. Außerdem ist die noch nicht lange da und ich denke mir immer, man stellt die doch einfach einmal auf die Wohlfühltemperatur ein und gut ist. Aber Frau Wild schickt immer vor ihrer Ankunft einen Temperaturwunsch, der manchmal untergeht. Sie hat einen Geschirrspüler, den man mit einer App steuern kann, aber die blöde Klimaanlage nicht, muss sie ja wissen.

«Tut mir leid», sage ich. «Dann müssen wir mal festlegen, wer sich darum kümmert.»

«Deswegen bist du hier» sagt er. «Es wäre gut, wenn das außer mir noch jemand im Griff hätte, ist ja wirklich eine Kleinigkeit, das sollte im Schlaf gehen.»

Dino gibt nicht gerne Kontrolle ab und wenn man einen Fehler macht, dann gehört er zu den Leuten, die dann finden, sie machen es doch lieber selbst. Das macht er lieber so, damit er nur auf sich selbst sauer sein muss. Das musste er nie sagen, das habe ich selbst gemerkt. Wie dem auch sei, das mit der Klimaanlage ist eigentlich eine kleine Sache, da werde ich ihn schon nicht enttäuschen.

«Und wenn ich nicht da bin?», frage ich.

«Dann schaust du, dass sich jemand anders darum kümmert und weiß, wie das geht, ganz einfach, Luan», sagt Dino. «Du bist doch sonst nicht auf den Kopf gefallen.»

«Na ja», sage ich und deute auf meine heilende Kopfwunde vom Skateunfall.

«Ach komm, hör auf», sagt er. «Hol mir noch einen Espresso, wenn du gerade hier so stehst.» Sein Kopf ist schon wieder so rot, als hätte er Sonnenbrand. Ich habe aufgehört, Dino zu sagen, dass er zu viel Kaffee trinkt. Eigentlich habe ich es nur einmal gesagt, als er sich den Bauch hielt und meinte, sein Magen zicke rum. «War übrigens falscher Alarm», sagt er, als ich gerade gehen will. «Das mit den Bettwanzen.» Das hatte ich ehrlich gesagt schon wieder vergessen. «Es wurden keine anderen Viecher oder Eier gefunden. Ich wusste, dass das nicht sein kann, nicht bei mir. Kosten tut mich die Übung trotzdem – und nicht zu wenig.»

«Lieber falscher Alarm als keiner, was?», sage ich. «Alles eine Frage der Perspektive, Dinolino.»

«Wo du recht hast», sagt er. Dann beugt er sich wieder über den Laptop, die Ordner und seine Notizen. Er hat viele kleine Zettel reingeklebt in sein schwarzes Büchlein. Die nimmt er jetzt alle raus, zusammen mit einem Stapel an gehefteten Quittungen und einem Neon-Marker.

Ob die Einnahmen gut sind oder nicht, kann ich nicht sagen. Da macht Dino immer ein großes Geheimnis draus. Da habe ich mich immer zurückgehalten. Und besonders jetzt, in der

Zwischensaison, wo es kaum Arbeit gibt, bin ich froh um alle Stunden, die ich hier gebraucht werde. Da darf mir meine Neugier nicht in die Quere kommen.

«Sonst noch was?», frage ich.

«Nein», sagt er. «Nimm dir den Nachmittag frei. Heute gibt es nicht viel zu tun.»

Ich mag keine freien Nachmittage, das dürfte keine Überraschung sein. Eigentlich könnte ich die Zeit zwar ganz gut gebrauchen, wahrscheinlich sollte ich sie auch besser nutzen. Um Wohnungen zu suchen, zum Beispiel. Es ist nur so: Es gibt nichts. Nicht in Waldbad. Das Einzige, was ich noch gefunden habe, beziehungsweise davon wusste ich schon lange, aber hab's mir jetzt zum ersten Mal angesehen, musste ich halt, ist so eine Unterkunft für Saisonarbeiter, ein Dorf weiter. Es sind Zimmer, die man mieten kann, ziemlich günstig sogar, da gibt es aber Etagenduschen und so was und eine gemeinsame Küche, was keine Tragödie ist, aber jetzt auch nicht gerade das, was ich suche. Ich bin keine zwanzig mehr und ich will ein Zuhause, keine Unterkunft. Jedenfalls habe ich es mir trotzdem angesehen und wenn ich wirklich nichts anderes finde, dann werde ich wohl da einziehen müssen. In den Bunker. So nennen wir hier das Betonteil nämlich. Aber vorher setze ich Himmel und Hölle in Bewegung, sagt man doch so, um eine andere Lösung zu finden. Also in Waldbad, damit das klar ist, und nicht irgendwo anders, wo ich nicht hingehöre.

Was mache ich also heute? Zuerst gehe ich nochmal nach Hause, brate mir ein Cordon Bleu und öffne die Post. Zwei Briefe von der Gemeinde. Einer davon ziemlich dünn. Schon wieder, denke ich, als ich ihn öffne. Es ist schon das zweite Mal, dass die mir eine Rechnung für die Gästetaxe schicken. Ich wohne hier, verdammt noch mal. Ich bin kein Gast. Und die kennen mich doch! Ist das ein blöder Scherz? Ich rufe an und erkläre der lieben Dame, die auf der Gemeinde arbeitet, noch mal, dass ich zwar in einem Ferienhaus wohne, aber hier fest angemeldet bin. Sie entschuldigt sich, sagt, dass sie einen neuen Lehrling hätten. Ist nicht mein Problem, denke ich.

«Ich bin kein Gast», sage ich noch mal.

«Ich weiß, Luan», sagt sie. Wir kennen uns, wie gesagt. «Ich korrigiere das, mach dir keine Gedanken. Du kannst die Rechnung entsorgen.»

«Wieso passiert so was immer wieder?», frage ich. «Schaut denn da keiner drüber?»

«Wir kennen dich», sagt sie. «Aber er kennt dich nicht. Fehler passieren.»

Ich lege auf und lehne mich in meinem Stuhl zurück. Die Wespen knallen gegen die Fenster. In dieser Jahreszeit drehen sie immer durch. Der Käse ist aus dem Cordon Bleu ausgelaufen und schon wieder fest geworden. Da habe ich eine Idee.

X

Nur ein anderer Gast ist noch hier, sitzt ebenfalls in der Sauna. Ich lasse das Handtuch um und setze mich auf die obere Bank, auch wenn es da heißer ist. Eigentlich zu heiß für mich. Ich bin das hier nicht gewohnt. Der Tageseintritt ist zwar teuer, aber

Einheimische bezahlen etwas weniger. Solange ich also noch einheimisch bin, dachte ich, sollte ich das Angebot wenigstens einmal nutzen. Ich war schon mal hier, vor einer Weile. War damals nicht meine Idee gewesen, auf so was würde ich normalerweise nicht kommen. Außer heute. Dann bin ich halt auch mal Gast, denn hier kennt mich keiner. Die eine Kosmetikerin, mit der ich mal was hatte, arbeitet glaube ich noch hier, aber die wird schon nicht auftauchen. Hab ja nicht vor, mir die Nägel polieren zu lassen oder was auch immer die da tun. Sie hatte jedenfalls immer Nägel in allen Farben, das hat mich irgendwie abgeturnt, wenn ich ehrlich bin. So bunte Krallen müssen nicht sein. Der andere Typ atmet schwer und schwitzt wie sonst was. In der Sauna riecht es zum Glück so stark nach Eukalyptus, dass das keine Rolle spielt. Wir tragen das gleiche Handtuch. Bei ihm sitzt es etwas enger an den Hüften als bei mir. Ich schließe die Augen und atme auch mal tief ein. Meine Lunge fühlt sich feucht an, anders kann ich das nicht beschreiben. So fühlt es sich also an, wenn man hier so abhängt. Wir sitzen hier beide, der Fremde und ich, und atmen gemeinsam weiter still die heiße, feuchte Luft ein. Ich würde ihn gerne fragen, was er hier macht, warum er genau nach Waldbad gekommen ist. Und mit wem. Ich würde gerne wissen, wie sein Zimmer aussieht, welche Schuhe er trägt und was er für einen Job hat. Wie lange er hierbleibt. Woher er kommt. Was man halt so wissen will.

«Gerade angereist?», fragt da der Fremde auf Englisch, ohne sich umzudrehen. Kurz denke ich, vielleicht spricht er mit jemand anderem, aber da ist ja keiner außer mir.

«Ja», sage ich. «Gerade angereist.»

«Sie werden es lieben», sagt er. Jetzt dreht er sich doch um. «Waldbad. Schönster Ort auf der Welt und bester Ort in der Schweiz. Da haben Sie sich etwas Gutes ausgesucht.»

«Bis jetzt gefällt es mir», sage ich.

«Sie haben sich die beste Zeit ausgesucht.» Jetzt kommt er zu mir hoch und schüttelt mir die Hand. «Jansen», sagt er. «Frederik Jansen.»

«Meier», sage ich. «Linus Meier.»

«Freut mich», sagt er. Er fragt, was ich beruflich mache. Was Linus Meier beruflich macht? Keine Ahnung. Also sage ich, dass ich mir gerade eine Pause gönne.

«Natürlich», sagt er. «Ich hasse es auch, immer übers Geschäft zu reden.» Da kann ich nur bedeutungsvoll nicken. «Meine Frau hat später noch eine Massage, Linus. Würden Sie mir bei einem Drink an der Bar Gesellschaft leisten?» Ich zögere. Macht man das so? «Natürlich nur, wenn Sie Zeit haben.»

«Es wäre mir eine Freude», sagt Linus. Also ich.

Doch vorher drehe ich noch eine Runde im beheizten Außenpool. Zum Glück hatte ich noch eine normale Badehose, abgesehen von den Bademeister-Sachen. Dann lege ich mich zu den anderen Gästen auf die Sprudelbank, oder wie man das Ding nennt, und lasse mich von den aufsteigenden Blubberblasen bespaßen. In ein paar Wochen wird hier ganz zu sein, habe ich gehört. Die anderen Gäste scheinen nichts davon zu ahnen. Ich weiß es auch nur, weil mir Jeremia davon erzählt hat. Das Gerücht ist also ausnahmsweise mal wahr. Ich nehme an, Jeremia hat hier auch so seine hübschen Quellen, was weiß ich. Heute Abend treffen wir uns alle wieder bei Burger und Bier.

In der Herrengarderobe wird mir dann klar, dass ich Luans Klamotten dabei habe und nicht, was Frederik wahrscheinlich von Linus erwarten würde. Aber wenn ich eines gelernt habe, dann, dass Leute mit Geld es nicht zu offen mit sich rumtragen. Wird schon passen, sage ich mir, und fahre mir trotzdem wenigstens einmal mit dem Kamm, der hier auf der Ablage liegt, durch die Haare.

Frederik sitzt schon an der Bar, wie ich vom Lift aus sehen kann. Ich will auf den Eingang der Bar zugehen, da höre ich «Luan» von der Seite.

Es ist Jenny. Sie kommt eilig auf mich zu, schick angezogen, sie passt hier definitiv besser rein als ich, keine Frage.

«Was machst du hier?», fragt sie. «Arbeitest du jetzt auch noch hier?»

Ich schaue zu Frederik rüber. Er sieht mich nicht, sitzt immer noch mit dem Rücken zu mir.

«Nein», sage ich. «Hatte nur was zu erledigen.»

«Was denn?», fragt sie.

«Und was machst du hier?», frage ich zurück. «Wusste gar nicht, dass du da bist.»

«Meeting», sagt sie. «Ein wichtiges Meeting. Ich bin heute Morgen extra dafür hochgefahren. Drück mir die Daumen», dann drückt sie ihre eigenen Daumen.

«Klar», sage ich und sehe Jenny zu, wie sie in die Bar geht.

Ich gehe nicht in die Bar. Ich nehme meinen Rucksack, setze mein Cap auf und gehe. Frederik wird auch so Gesellschaft finden. Linus hatte halt zu tun.

STOLZ UND VORURTEIL

Gian kommt nächste Woche aus Costa Rica zurück. Alle anderen sind da. Sogar Nellie mit dem Frischling. Es ist ein Mädchen geworden, Nina, glaube ich. Sie hat dunkles Haar, also Nina, Nellies Haar ist aber auch dunkel und wenn sie schreit, die kleine Nina, schauen auch wir alle ganz gequält. Da leidet man mit, kann man nichts dagegen tun. Nellie und Nina bleiben aber nicht lange. Nellie sieht müde aus. «Ich mache jeden Tag dieselben zwei Spaziergänge», sagt sie, als ich sie frage, wie es ihr geht. Sie gehen direkt nach dem Essen wieder nach Hause. Timo darf bleiben. Und so sitzen wir wieder mal ums Feuer, Timo, Roman, Jeremia und ich. Jeremia bringt selten eines seiner Mädels mit und Romans Freundin mag uns glaube ich nicht besonders. Viele, die sonst ab und zu vorbeikommen, sind auch nicht da, weil, wie gesagt, der Sommer ist vorbei und der Winter noch nicht da.

Meine Freunde wissen, dass ich noch nichts habe und dass ich bald aus der Wohnung raus muss. Und ich bin eigentlich ganz froh, dass sie das alles nicht zu ihrem Problem machen. Sie haben eigene Probleme. Roman zum Beispiel, unser Vorzeigeknabe, der Architekt, hat sich bei der Saisonabschlussparty so volllaufen lassen, dass er die Treppe runtergefallen ist. Ja, ich war auch auf der

Party, aber das tut nichts zur Sache. Jeder geht da hin. Jedenfalls hatte er großes Glück, mal wieder. Ein paar gebrochene Rippen, Platzwunden, klar, und einen Zahn hat er auch verloren, noch einen, ist letztes Jahr schon mal passiert, aber der Krankenwagen war schnell da, krass schnell, und am nächsten Tag hat er schon darüber gelacht, also Roman. Hauptsache, er sitzt jetzt hier, bei uns, was will man mehr. Und eine gute Geschichte ist es auch, ganz nach unserem Motto: Jung bleiben, bis es wehtut.

Roman lässt mich ein paar Möbel bei ihm einlagern, hat er gesagt. Jetzt, wo er das große Haus hat. Und Jeremia wird mir dabei helfen, das Zeug da hinzubringen. Die ersten paar Nächte darf ich bei ihm wohnen, danach muss ich weiterschauen, weil seine Kids zu Besuch kommen. Ist nicht so, als hätte ich keinen Stress deswegen, ziemlichen Stress sogar. Die Sache ist die: Ich brauche eine Wohnsitzadresse in Waldbad. Wie gesagt, mir wird schon was einfallen.

Timo legt noch mehr Holz aufs Feuer.

«Und? Wie ist es, wieder bei den Eltern zu wohnen?», fragt Jeremia. «Geht das gut?»

«Ist ja nichts Neues», sagt Timo und stochert in der Glut.

«Ja, aber jetzt so definitiv? Ist doch schon was anderes?»

«Sie genießen die Kleine und wir, dass wir auch mal durchatmen können. Die Nächte sind ziemlich lang geworden und der Schlaf immer weniger. Außerdem sparen wir jede Menge Geld.»

«Du meinst: Die Nächte sind kurz geworden», sagt Roman.

«Nein, lang», sagt Timo nochmal. «Richtig lang.» Von langen Nächten verstehe ich was.

«Aber nervt dich das nicht, wenn du so null Privatsphäre hast?», frage ich.

«Meine Mutter kocht richtig gut, besser als Nellie», sagt Timo. «Und wahrscheinlich bauen wir jetzt das untere Stockwerk zu einer kleinen Wohnung um, dass wir auch eine eigene Küche haben, nicht nur Zimmer und Bad.»

«Klingt gut», sagt Jeremia.

«Wieso habt ihr das nicht gleich gemacht?», will ich wissen. Wenn man solche Möglichkeiten hat, würde ich die doch gleich nutzen, denke ich.

«Keine Ahnung», sagt Timo. «Ich wollte was Eigenes für uns, nehme ich an. Wer will das nicht?»

Da hat er schon recht. Wer will das nicht? Aber Optionen zu haben, ist doch das eigentliche Glück, oder nicht? Zu wissen, dass man nicht hier wegmuss, egal, was ist. Hoffe, dass Timo das weiß. Bestimmt weiß er das.

«Und du? Hast du schon was gefunden?», fragt Timo.

«Nope», sage ich. «Immer noch auf der Suche.»

«Wird schon», meint Roman.

«Wahrscheinlich muss ich in den Bunker ziehen.»

«Da willst du nicht rein», sagt Jeremia.

«Nein, will ich nicht, aber es gibt nichts anderes. Nicht für mich. Und Leute, ich hab's übelst satt, darüber zu sprechen. Können wir nicht über was anderes reden?»

«Dito», sagt Timo.

«Wusstet ihr, dass der Mond sich ganz langsam von der Erde wegbewegt?», frage ich.

X

Nature Girls Wohnung ist anders. Alle Wohnungen sind anders, aber die hier ist besonders anders, falls das Sinn macht. So viel Dekoration, so viele Schränke, überall Einmachgläser in der Küche verteilt. Sie hat Zeugs umgefüllt, so was wie Pasta und Mehl, und dann alles angeschrieben mit so schnörkeligen Stickern. Verstehe ich nicht, das kommt doch alles verpackt. Nur weil es jetzt nicht mehr in einer Schachtel oder Plastiktüte ist, ändert doch nichts. Muss sie ja wissen. Ich würde gerne mit der Taschenlampe rumleuchten, aber das würde hier auffallen, weil Dino die Wohnung von seiner aus sehen kann. Also kein Licht. Gar kein Licht. Was lustig ist: Wenn man viel Zeit im Dunkeln verbringt, sieht man plötzlich besser, kein Witz, das funktioniert wirklich. Ich bilde mir darauf nichts ein, aber gerade ist es ganz praktisch. Wie viele Decken braucht ein Mensch? Ich mein, echt, in allen Farben, Mustern, Stoffen, überall Decken. Sie hat eines der Zimmer in einen begehbaren Kleiderschrank umbauen lassen, aber der interessiert mich nicht. Was ich hier schon immer mal tun wollte, aber nicht Teil unseres Auftrags ist, und deswegen wär's immer total seltsam und unangebracht gewesen, jedenfalls wollte ich schon immer mal diese Schränke öffnen. Die, die keine Türen mit Sichtfenstern haben. Nature Girl schleppt immer so viel Kram hier rein, irgendwo müssen die Sachen ja sein.

Der erste Schrank, den ich öffne, weil es der größte ist, ist der im Schlafzimmer. Als ich nur schon die eine Schranktür aufmache, fallen mir drei vollgestopfte Tüten vor die Füße. Bingo, lange suchen musste ich ja nicht. Ich hab nicht vor, in den Tüten zu wühlen, das nicht. Na, vielleicht nur mal kurz gucken. Die

Sachen sind neu, aber haben kein Preisschild mehr dran. Auch Quittungen finde ich keine. Der Schrank ist vollgestopft. Sie hat das Zeug nicht mal ausgepackt. Normal ist das nicht, wenn man mich fragt. Wahrscheinlich egal, wen man fragt. Was hat sie mit dem ganzen Zeug vor? Im nächsten Schrank das gleiche. Und jetzt, wo ich genauer hinsehe – sorry, meine Neugier –, fällt mir auf, dass sie viele Teile in mehreren Farben hat. Ich schwöre, sie hat nichts davon je getragen, garantiert nicht. Alles noch gefaltet wie frisch aus dem Laden. Das weiß ich, arbeite ja selbst ab und zu in einem. So falten nur Profis. Und dann überall noch das Seidenpapier dazwischen. Nature Girl hat ein Shopping-Problem, glasklare Sache. Und warum läuft sie immer barfuß rum, wenn sie so viele Schuhe hat? Das soll mal einer verstehen. Ich jedenfalls nicht. Irgendwie fühle ich mich schlecht, wenn ich mir das so ansehe. Das ist mal Stress, ernsthaft jetzt. In die Läden rennen, das alles nach Hause schleppen, verstecken, ob vor jemandem anderem oder vor sich selbst, wer weiß das schon, und dann weitermachen, als wäre nichts gewesen. Ich lege alles wieder zurück und schließe die Schranktüren. Eine der Decken ist vom Sofa gerutscht. Hab schon vorher gesehen, dass sie am Boden liegt. Ich lege sie zusammen und packe sie auf den Stapel zu den anderen.

Im Flur hängen Fotos von Nature Girl und ihrem Freund. Daneben ein paar Poster, auf denen Sachen stehen wie «Save the world, eat vegan» und «Home is wherever I can get an Oat Latte».

Keine Hinweise darauf, was Nature Girl beruflich macht. Ich muss Dino mal fragen, wobei Dino das vielleicht auch nicht weiß. Eher Dinos Frau, die wird es wissen. So was darf man ja auch nicht zu auffällig fragen, will nicht wirken wie jemand, der sich in Dinge einmischt, die ihn nichts angehen. Ist nicht meine Art. Aber irgendwie ist es doch seltsam, wenn man jahrelang den Leuten das Zeug hinterherräumt und ihre Wünsche erfüllt und dann so wenig über sie weiß. Diskretion ist wichtig, klar. Ist aber auch normal, dass man sich für die Leute interessiert, oder nicht? Hab ja nicht vor, das irgendwem zu erzählen. Nur hier, hier erzähle ich davon. Festhalten darf man alles, solange man es nicht teilt, da verstößt man gegen nichts, da bin ich sicher.

Nature Girl hat auch ein Gästezimmer. Sie hätte sogar zwei, aber eben das eine ist ein Kleiderschrank geworden. Ein Kleiderschrank mit riesigem Fenster. Das haben wir mit so Folie bekleben müssen, das weiß ich noch, und damals hätte ich gefragt, warum sie sich da die Aussicht wegkleben wollte. Ging wohl eher darum, dass keiner reinsehen kann.

Im Kühlschrank hat sie kaum was. Ein paar Getränke, Sojajoghurt, daneben normalen Joghurt. Ein paar Medikamente in der Tür. Darüber, was ist das denn, ach ja, Nagellack. Im Kühlschrank? Egal. Der Gefrierschrank interessiert mich jetzt auch nicht mehr.

Nature Girl hat ein großes Bücherregal im Wohnzimmer. Da stehen zwei von Emilios Büchern. Jede Menge Ratgeber und Selbsthilfe-Zeug. Zumindest glaube ich, dass es darum geht, wenn man sich die Titel durchliest. Ich fahre mit den Fingern über die Bücher, mache die Augen zu und fahre weiter mit den Fingern, dann stoppe ich, öffne die Augen. «Stolz und Vorurteil» heißt das Buch, bei dem ich hängengeblieben bin. Ob sie das schon gelesen hat? Sie hat auch ein Buch über «Tiny Houses». Da muss ich schmunzeln.

Auf einem anderen Regalbrett stehen drei Kameras nebeneinander. Dahinter ein paar ausgedruckte Bilder. Sind wahrscheinlich ihre Freundinnen. Vielleicht hat sie auch Schwestern, könnte sein. Gesehen habe ich die hier alle aber noch nie.

Ins Schlafzimmer gehe ich nicht, ich schaue nur kurz rein. Ganz ehrlich, auch um nochmal sicherzugehen, dass sie nicht da ist. Aber das Bett ist leer und perfekt hergerichtet, damit es schön aussieht, wenn sie wiederkommt. Haben wir schön gemacht.

Als ich gehen will, sehe ich eine Broschüre auf der Kommode beim Eingang. Ist für eine Klinik, Neurologie. Nature Girl hat den Namen eines Arztes angestrichen. Als ich die Broschüre zurücklege, sehe ich, dass darunter eine Visitenkarte liegt. Eine von Nature Girl selbst, warum auch immer. Ach so. Sie hat sich darauf noch einen Namen eines Arztes notiert und eine Telefonnummer. Nature Girl ist Bankerin?

X

Meine Zeit ist abgelaufen. Heute Nachmittag muss ich aus der Wohnung raus. Die Kisten sind gepackt. Als ich meinen Schrank ausgeräumt habe, ist mir noch ein Tannenzapfen vor die Füße gerollt. Johnny hat ihn wohl zwischen meine Hemden, die ich nie anziehe, geschoben. Das Gute, wenn man umzieht, ist, dass man solche Überraschungen in seinen Sachen findet. Viele sind es nicht, also Sachen. Die Biene Maja muss auch mit. Die Zeitmaschinen-Box, die jetzt aussieht, als hätte ich versucht, sie anzuzünden, habe ich in eine größere Box gepackt. Hab es nicht übers Herz gebracht, sie zu entsorgen. Ich meine, wer weiß, vielleicht habe ich sie nur falsch benutzt und eigentlich hätte sie funktioniert? Und dann wäre es schon gut, zumindest die Überbleibsel seines Prototyps noch zu haben, oder nicht? Ich hab meinem Vater eine Nachricht geschrieben, eine Woche später hat er dann zurückgerufen, während er irgendwo in einem Zug unterwegs war. Er hat im Restaurantabteil gesessen, da bin ich sicher, er sitzt immer im Speisewagen. Er sagt, da treffen sich die zweite und die erste Klasse. Wie dem auch sei, er hat mich also angerufen und ich habe ihm erzählt, was passiert ist. Auch das mit dem Licht, ja. Zuerst wollte ich nicht, aber dann fand ich, wenn jemand mir glaubt, dann er. Und er hat mich nicht enttäuscht. «Ein Licht, natürlich», hat er gesagt. Ob er mir wirklich glaubt, kann ich ja nicht wissen. Zumindest hat er so getan und das ist schon was wert. Er meint, ich hätte alles richtig gemacht, aber dass er sich nicht genau daran erinnern kann, weil diese Erfindung schon so lange zurückliegt.

«Hat sie mal funktioniert?», habe ich ihn gefragt. «Hast du sie mal getestet?»

«Nein», war seine Antwort. «Aber ich war sicher und das bin ich immer noch, dass sie funktioniert.»

«Aber das hat sie nicht.»

«Du bist aus der Höhle raus, hast du gesagt, als die Box angefangen hat zu rauchen, oder nicht?»

«Ja, ich hab keine Luft mehr bekommen, ich musste raus.»

«Da, siehst du», hat er dann gesagt. «Du kannst nicht wissen, ob sie funktioniert hat oder nicht.»

Deswegen also habe ich die Box in der Box dabei und werde sie meinem Vater zurückgeben, damit er sie wieder einsatzfähig machen kann. Warum auch nicht. Ich habe einen Zettel an die Box gemacht: «Eigentum von Luan, wer das hier stiehlt, wird ein Leben lang verfolgt». In dieselbe Schachtel packe ich mein Saturn-5-Modell. Das Stück Meteorit, zumindest denke ich, dass es ein Stück Meteorit ist, behalte ich bei mir.

Jetzt sitze ich hier auf den gepackten Kisten und esse ein Madeleine mit einem Glas Milch, wie immer. Die Müllers sind nicht da, die kommen dann morgen, um die Wohnung abzunehmen, oder das, was davon übrig ist. Ohne meine Sachen, ohne den Gefrierschrank und meine selbstgebaute Mini-Küche sind es eigentlich nur zwei leere Zimmer und ein kleines Bad, das ich auch selbst wieder flott gemacht habe. Gab immer wieder Schimmel, da musste ich etwas tun. Die Kisten und die paar Möbel kommt Jeremia am Mittag abholen. Jetzt habe ich aber erst was anderes vor.

Die Sache mit dem Treflip ist die: Man muss den richtigen Flick finden. Nicht zu fest, sonst hat man keine Chance, den Trick zu landen, und nicht zu wenig, sonst schafft das Board die Drehung nicht. Und die Drehung schafft man auch nur, wenn man die Füße rechtzeitig aus dem Weg nimmt. Ich erkläre das vielleicht schlecht, aber es ist auch nicht ganz einfach. Simon sitzt da und sieht mir zu, filmt mich bei meinen Versuchen. So haben wir das die letzten Wochen immer gemacht. Dann sehen wir uns die Clips zusammen an und ich versuche es weiter. Manchmal fährt Simon neben mir her, so wie jetzt gerade, um einen besseren Winkel zu erwischen. Ich schaffe es immer nur fast und das macht mich verdammt nochmal wahnsinnig. Ich will den Trick schaffen, bevor der Schnee kommt.

«Gibst du dir überhaupt Mühe?», fragt Simon. «Wird dir nicht langweilig, wenn du dich dauernd genau gleich hinlegst?»

«Ich glaube, du hast einen Platten», sage ich und reiche ihm seine Trinkflasche.

«Was soll ich damit?», sagt er und hält sie mir hin. «Nimm einen Schluck und dann mach endlich diesen Trick, ich habe nicht den ganzen Tag Zeit.»

«Nein, hast du nicht. Du musst mir später beim Umzug helfen», sage ich.

«Das ist heute?»

«Ja, das ist heute. Wieso? Hast du schon was Besseres vor?»

«Nur Besseres», sagt Simon. «Aber ich werde dich irgendwo reinquetschen. Man nennt es eigentlich auch nur Umzug, wenn man tatsächlich irgendwohin zieht», sagt er. «Ich hab dir gesagt, du kannst bei uns wohnen.»

«Und jeden Morgen deine Visage sehen?»

«Besser als Weihnachten», sagt Simon. «Nein im Ernst, ich bin eh ab nächsten Frühling weg. Dann sind zwei Zimmer frei und meine Eltern arbeiten die ganze Zeit.»

«Du bist weg? Weil du den Winter nicht überstehen wirst oder was meinst du?», lache ich.

«Ich mache mein Studium zu Ende», sagt Simon. «Musste eine Auszeit nehmen, aber nächsten Frühling will ich die Sache wieder angehen.»

«Dein Studium also», sage ich. «Was denn für ein Studium? Lass mich raten: Psychologie.»

«Maschinenbau», sagt er und spielt mit den Rädern seines Rollstuhls. Vor und zurück.

«Maschinenbau also», wiederhole ich. Das hatte ich mir auch mal angesehen. «Schöne Sache, du kleiner Cyborg.» Ich frage ihn nicht, warum er sich eine Auszeit genommen hat. Geht mich schließlich nichts an. «Da sind deine Eltern dich endlich los und du denkst, dass sie Bock haben auf einen fremden Untermieter?», sage ich.

«Wo willst du denn sonst hin?», fragt Simon.

«Ich werd wohl in den Bunker ziehen.»

«Den Bunker? Der Bunker ist das Letzte. Der Bunker ist noch schlimmer als unser Block hier.»

«Nicht für immer», sage ich. «Ich kann ja nicht dauernd auf den Sofas meiner Kumpels schlafen, oder? Und günstig ist es auf alle Fälle.» Simon schüttelt den Kopf. «Also, was sagst du? Noch ein Versuch?»

«Schon wieder eines von den Scheiß Dingern!» Simon zeigt nach oben. Es ist eine Drohne. «Schau mal hinten, in meiner Tasche», sagt er. «Da ist was drin.» Ich greife in die kleine Tasche, die an seinem Rollstuhl befestigt ist, und ziehe eine Steinschleuder raus. Ein richtig professionelles Teil.

«Okay, Simon, okay», sage ich und reiche ihm die Steinschleuder. «Du bist immer für eine Überraschung gut.»

«Schnell, gib mir ein paar Steine von da drüben!»

Dann setzt er an und schießt. Schießt nochmal. Beim dritten Mal trifft er die Drohne. Sie fällt nicht runter, aber fliegt davon.

X

Die Wohnung des Optikers ist ganz oben, das Penthouse. Was einem hier, ganz bestimmt nicht nur mir, als erstes auffällt, wenn man reinkommt, sind die Lampen. Lampen, die irgendwie aussehen wie Wolken, so aufgebauscht. Teuer sehen sie aus und sind sie natürlich auch, aber Licht geben sie nicht viel. Darum geht es wohl auch gar nicht. Irgendwann will ich auch mal so eine Lampe. Die macht gute Laune, das steht fest, und passt hier oben perfekt hin, das kann sogar ich sehen. Allgemein ist es die schönste Wohnung, ganz nach meinem Geschmack. Der René, so heißt der Optiker, ich sage ja, es sind viele Namen, aber wie gesagt, der René weiß halt, was gut ist. Er hat drei Kinder zusammen mit seiner zweiten Frau. Die erste habe ich nie kennengelernt, von der hat mir nur Dino erzählt. Jedenfalls findet Dinos Frau die zweite besser, so viel habe ich verstanden. Brillen sieht man hier keine. Nehme mal an, das macht er wie Ludwig mit seinen Uhren und Kugelschreibern und hat sie irgendwo in einer schicken Schublade. Brillen interessieren mich nicht. Ich brauche keine und habe auch nicht vor, je eine zu brauchen.

Aber von vorne: Hier an der Garderobe hängen keine Jacken, die sind alle weggeräumt. Der Optiker ist sowieso ganz schön drauf fixiert, dass alles ordentlich und sauber ist. Hier hat alles seinen Platz, das war schon immer so. Ich stelle mich ans Fenster und sehe in den dunklen Wald. «Alles eine Frage der Perspektive», sage ich leise. Ich will hier nur eine Sache. Allgemein ist mal wieder nur meine Neugier schuld, dass ich hier bin, ich denke, das ist klar. Vielleicht ist es falsch, was ich tue. Ganz sicher sogar, ich weiß das. Ich will niemandem was zuleide tun und mir ist bewusst, dass ich hier eine Grenze überschreite, das lässt sich nicht schönreden. Jedenfalls will ich hier nur eine Sache. Dafür habe ich extra ein Handtuch mitgebracht. Der Optiker hat nämlich ein Wasserbett. Ich habe noch nie auf einem Wasserbett gelegen und will wissen, wie sich das anfühlt. Klar könnte ich dafür in ein Matratzengeschäft gehen oder wie das heißt. In diesem Bett hier hat aber auch eine ganze Weile keiner gelegen. Der Optiker hat sich nämlich eine neue Ferienwohnung in Venedig gekauft und ist deswegen im Sommer und auch jetzt im Herbst mehrheitlich dort. Kommt wohl erst im Winter wieder. Und da fand ich, wenn ich sowieso hier nach dem Rechten sehen muss, dann mach ich das doch einfach nachts, allein, und verbinde es mit dieser Sache hier. Ich breite das Handtuch auf der einen Seite des Bettes aus. Die Schuhe habe ich beim Eingang gelassen, wie es sich gehört. Ich ziehe mir den Hoodie über den Kopf, damit nachher auch sicher keine Haare auf dem Kissen sind, und dann lasse ich mich langsam auf die Matratze, die schon als ich mich draufsetze Wellen schlägt, sinken. Das fühlt sich fast an wie auf dem See liegen. Arme und Beine ausgestreckt, diese krasse Leichtigkeit im Rücken. Der See, der jetzt fast leer ist, weil das Wasser im Herbst immer verschwindet und erst im Frühling wiederkommt. Im Gegensatz zu René, dem Optiker.

X

In der Zwischensaison muss man kreativ sein, wenn man hier Geld verdienen will. Für mich heißt das, dass ich mehr Handwerksjobs für die Waldbader Schreinerei annehme, so wie heute. Denn in der Zwischensaison wird alles repariert, flott gemacht für den Winter, da gibt es einiges zu tun. Heute muss ich eine Tür richten. Das alte Haus steht am anderen Ende des Dorfes und das wahrscheinlich schon verdammt lange, wenn ich mir diese Tür hier so ansehe. Die Stifte, die in den Scharnieren stecken, sind viel zu dünn. Da war klar, dass die früher oder später hängt, glasklar. Keine Ahnung, wer das für eine gute Idee hielt. War vielleicht zu faul, um die passenden Stifte in der Schreinerei zu holen, oder einfach ein Anfänger. War ich auch mal, das ist nicht schlimm. Und weit darüber hinausgekommen bin ich wahrscheinlich auch nicht. Aber eine Tür ist eine Tür und ein Scharnier ist ein Scharnier. Da gibt es jetzt wirklich nur ein paar wenige Dinge, die man dazu wissen muss. Die richtigen Stifte, das ist eine wichtige Sache. Hier lebt ein Paar, so im Alter von fünfzig oder sechzig Jahren. Schwer zu sagen. Während der Mann sich wieder aufs Sofa setzt und weiter Zeitung liest, bleibt die Frau stehen und sieht mir bei der Arbeit zu. Sie erzählt mir davon, dass sie schon lange dachte, dass da was nicht stimmt mit der Tür. Dass ihr Mann aber immer behauptet hat, dass das Holz halt einfach «arbeite» und die Tür deswegen klemmt.

«Das Holz arbeitet, das stimmt», sage ich. «Aber die Tür klemmt, weil die Stifte zu dünn und verbogen sind.»

Die Frau sagt nichts, bleibt aber weiter da stehen, sieht mir weiter zu und wenn es etwas ist, das bei der Arbeit nervt, dann ist das jemand, der nur daneben rumsteht. Aber wie dem auch sei, ich weiß ja, was ich tue.

Als ich fertig bin und ihr zeige, wie sich die Tür jetzt wieder locker mit einer Hand öffnen und schließen lässt, lächelt sie zufrieden.

Dann sagt sie: «Ich wusste, dass es nichts mit dem Holz zu tun hat.»

X

Das hätte ich schon lange tun sollen, aber habe mich halt nicht getraut. Und auch jetzt halte ich das Stück des Meteoriten so fest in der Hand, dass es ganz warm geworden ist. Die Astronomen sind wieder da und vielleicht ist das eine blöde Idee, davon habe ich ja auch ein paar, aber ich dachte, es ist Zeit, dass ich ihnen das gute Stück mal zeige. Dass sie mir sagen können, was es wert ist. Ich wohne jetzt seit ein paar Tagen im Bunker und man kann mir glauben, schön ist es da nicht. Kein bisschen schön. Laut ist es und eng. Und die Duschen sind echt übel, ohne Flip-Flops gehe ich da nicht mehr rein. In meinem Zimmer ist gerade genug Platz für ein Bett, einen kleinen Tisch und zwei Stühle, einen Wasserkocher und eine Herdplatte und einen kleinen Kühlschrank. Den Gefrierschrank habe ich bei Jeremia gelassen, der kann ihn gut gebrauchen, und so konnte ich ihm wenigstens was geben für die paar Nächte auf der Couch. Den Gefrierschrank, gefüllt mit Eis und Chicken Nuggets und Pommes für seine Kids. Jedenfalls ist heute Dienstag und die Astronomen sind wieder zum Kaffee da. Bei denen gibt es auch keine Zwischensaison. Sterne machen keine Pause, was? Ich warte, bis Dino aus dem Büro verschwunden ist, sonst ist heute sowieso niemand hier, auch nicht in der Lobby.

Wie fängt man so was an, ohne für verrückt gehalten zu werden? Das wüsste ich gerne. Die kommen hier jede Woche vorbei, ich will mich ja nicht verstecken müssen. Egal, da muss ich jetzt durch. Heute sind sie zu viert, einer fehlt. Gesehen haben sie mich hier schon oft, klar, aber gesprochen habe ich kaum mit denen. Da halte ich mich eigentlich zurück. Ich rede mit den Leuten, die mit mir reden. So macht man das in meinem Job. Vielleicht fällt es mir deswegen so schwer, wer weiß.

«Die werden den Aufstieg dieses Jahr nicht schaffen, garantiert nicht», sagt einer gerade, als ich mich dem Tisch nähere.

«Und ob sie das werden. Jetzt mit der neuen Aufstellung, da werden noch einige staunen.»

«Träum weiter», sagt ein anderer. «Ein zweitklassiges Team ist ein zweitklassiges Team.»

«Du wirst schon sehen, sag das nicht zu laut.»

Ich räuspere mich. Die vier schauen zu mir hoch. «Entschuldigt, dass ich störe.»

«Tust du nicht», sagt einer. «Was gibt's denn, Luan?» Ich bin irgendwie immer überrascht, wenn Gäste, auch Stammgäste, meinen Namen kennen. Die meisten erinnern sich nicht daran. «Wie können wir dir helfen?»

«Er hat nicht gesagt, dass er unsere Hilfe braucht», sagt ein anderer.

«Doch, doch», sage ich. «Oder eher, eure Meinung.»

«Darin sind wir gut», sagt der, der bisher am wenigsten gesagt hat. Ihn habe ich hier noch nie gesehen.

«Vielleicht bin ich bei euch auch falsch», sage ich, «aber ich habe da etwas, das ich euch schon lange mal zeigen wollte.» Ich nehme das Stück Meteorit aus der Hosentasche. Ich weiß nicht, ob ich es auf den Tisch legen oder einem der Männer reichen soll, also halte ich es noch eine Weile in der Hand. «Ich weiß nicht, was das ist, aber jemand hat mir gesagt, dass es sich dabei um ein Stück Meteorit handeln könnte.»

«Meteorit?», fragt einer. «Zeig mal her.»

«Wo und wann gab es denn hier oben einen Einschlag?», fragt einer.

«Davon weiß ich nichts», sagt ein anderer.

Ich gebe dem Ersten den schwarzen Stein. Er legt ihn sich auf die flache Hand, bewegt die Hand hoch und runter, will wohl schauen, wie schwer das Teil ist. Der neben ihm nimmt seine Brille hervor. Dann greift er nach dem Stück Meteorit. Er hält es in die Sonne, die um diese Zeit ziemlich flach hier reinfällt.

«Hast du einen Magneten?», fragt der Dritte.

«Einen Magneten?»

«Ja, einen Kühlschrankmagneten oder so was.»

«Klar», sage ich und will einen holen. Irgendwie habe ich Angst, meinen Stein allein zu lassen. Die werden ihn schon nicht klauen. Ich beeile mich. Dino hat allerlei Magneten von italienischen Automarken. Ich nehme den Lancia Magnet, der ist der größte.

Der Dritte, er hält jetzt das wertvolle Stück, hält den Magnet an den Meteoriten. Wir alle schauen gespannt. Ich weiß nicht genau, warum ich so gespannt schaue, weil ich ja auch nicht weiß, was jetzt passieren soll. Aber die anderen scheinen sich da total sicher zu sein, die wissen genau, wonach sie suchen.

«Dachte ich mir», sagt er dann. Und die nächsten Sekunden dauern verdammt noch mal eine Ewigkeit. «Kein Meteorit.»

«Was? Ganz sicher?»

«Wir sind keine Geologen, mein Lieber, das ist nicht unser Spezialgebiet», sagt ein anderer. «Aber guck mal, der ist zwar schwer, aber nicht glatt.»

«Porös ist er auch», sagt der andere.

«Und nicht magnetisch», der Dritte.

«Aber, wir sind keine Experten», sagt der Stillste. «Oder?»

«Nein, sind wir nicht», geben auch die anderen zu. Ich höre gar nicht mehr richtig hin. Was meinen die? Kein Meteorit? Das kann nicht sein.

«Du hättest das wahrscheinlich alles auch im Internet herausgefunden», sagt der Erste jetzt und schmunzelt. «Aber wie gesagt, frag einen Experten, wenn du es genau wissen willst. Meiner Meinung nach ist das einfach nur ein hübsches, dunkles Stück Stein.»

WON'T GET FOOLED AGAIN

Die nassen Balkone dampfen, weil die Sonne draufscheint. Hab schon oft versucht, ein Foto davon zu machen, aber es sieht in echt einfach besser aus. Kurz dasitzen und zusehen, das wird erlaubt sein, das ist okay. Nur so lange, bis die Blauenbachs sich darauf geeinigt haben, wer das Auto in die Garage fährt. Sie trinken immer zuerst ein Glas Prosecco in der Lobby, wenn sie ankommen. Und dann gibt es jedes Mal die gleiche Diskussion. Man kennt die Blauenbachs. Wenn sie hier auftauchen, spricht sich das immer schnell rum, selbst Ende Oktober, wenn auch die Letzten sich in die Herbstpause verabschieden. Morgen wird es hier ein Abendessen geben, eins mit allen Waldbadern und Nicht-Waldbadern, die es geschafft haben, in den engeren Kreis von diesen zwei berühmten Leuten aufgenommen zu werden. Die Blauenbachs kommen immer in dieser Woche. Wahrscheinlich aus ganz vielen Gründen, aber auch, weil dann das Pferderennen ist. Sie gehen immer zum Pferderennen, da treffen sie alte Freunde, Winzer. Und danach kommen sie mit drei Kisten Wein wieder und mit Schuhen voller Matsch, weil es fast immer regnet, wenn das Pferderennen ist. Ich wasche dann das Auto. Aber soweit sind wir jetzt noch nicht, ist klar, denn jetzt steht das Auto immer noch draußen vor der Tür. Ich tippe darauf, dass Herr Blauenbach das Auto in die Garage fahren wird. Meistens tippe ich richtig. Heute ist es einfach, denn Frau Blauenbach spricht mit Dinos Frau, die ausnahmsweise mal hier ist, und Dinos Frau redet ohne Punkt und Komma, wenn Frau Blauenbach da ist, so richtig schnell und anstrengend sieht es auch aus. Jedenfalls wird Herr Blauenbach immer genervter, was ich verstehe, weil die beiden Frauen ja nicht mit ihm, sondern nur neben ihm sprechen. Aber dann kommt es zu meiner Überraschung doch anders. Frau Blauenbauch streift sich ihren dicken Mantel über und greift nach dem Autoschlüssel. Herr Blauenbach kommt zu mir und sagt: «Kommen Sie in die Garage und helfen uns mit dem Gepäck?»

«Natürlich», sage ich und mache mich zu Fuß auf den Weg in die Garage. Die beiden sind nicht braungebrannt wie sonst immer, egal zu welcher Jahreszeit, das ist mir gleich aufgefallen. Herr Blauenbach ist ein besonders spannender Typ, muss ich sagen, echt. Er hat nicht das gleiche Alter wie sein Körper. Weiß nicht, wie ich das anders beschreiben soll. Der ist mega jung geblieben, aber sein Gesicht schmilzt irgendwie langsam davon. Augenringe hat der, das ist wirklich was. Aber ist bestimmt auch anstrengend, diese Rumfliegerei. Weiß ja nicht, was es heißt, Filme zu drehen. Jedenfalls hat er nicht so viel freie Zeit wie Jenny. Die ist auch wieder da, habe ich gesehen. Natürlich weiß auch sie, dass die Blauenbachs in dieser Woche jedes Jahr hier sind. Ich glaube, sie hat's sogar geschafft, sich zum Essen morgen einzuladen. Was Matthias damit zu tun hatte, weiß ich nicht und geht mich auch nichts an. Jeder tut, was er tun muss, so ist das nun mal.

Drei Koffer sind es heute, einer davon leer. Plus die Einkäufe, die sie schon mitbringen, alles aus dem Delikatessenladen in Zürich. Natürlich auch eine Tüte von Sprüngli, die darf nicht fehlen. Sie kaufen da immer Flûtes und essen sie wie Chips. Weiß ich von der Putzfrau. Ich weiß nicht, wann ich das letzte Mal Flûtes gegessen habe. Und so viel Kohle würd ich dafür auch nicht ausgeben, das ist mal sicher. Wahrscheinlich macht man das halt einfach, wenn die Leute um einen herum das auch machen. Und hier sind die Blauenbachs in bester Gesellschaft, was das anbelangt, keine Frage. Wenn ich manchmal die Reste der Wohnungsbesitzer hier mitnehme, nicht offiziell, ist klar, muss ich sagen, die Sachen schmecken zwar gut, aber jetzt auch nicht so viel besser als das, was ich sonst esse. Vielleicht fehlt mir dazu auch irgendein Gen, dass man so was richtig zu schätzen weiß. Oder man lernt das über die Jahre. Wie Wein trinken und Kaffee. Jetzt wo ich nur noch eine Herdplatte habe, muss ich sowieso kreativ sein. Da sind Flûtes natürlich praktisch, die muss man nicht kochen. Genauso wenig wie die Käseplatte oder den Rohschinken. Wenigstens bringen sie nie Kaviar mit. Das machen nur Jennys Eltern.

«Geht's?», fragt Frau Blauenbach, als wir in den Lift steigen.

«Der macht das mit links», sagt Herr Blauenbach, bevor ich antworten kann. «Siehst du doch, Marlène.»

«Sie sind nicht der von der Höhle?», fragt sie mich, aber irgendwie auch ihren Mann. «Schatz, ist das nicht der von der Höhle? Von der Matthias erzählt hat?»

«Ich weiß nichts von einer Höhle», sagt Herr Blauenbach. «Sind Sie der von der Höhle?», fragt er mich und lacht, weil er natürlich keine Ahnung hat, worum's geht.

«Der bin ich», sage ich.

«Ich wusste es», sagt Frau Blauenbach. «Sie sind der von der Höhle. Na, das war ja eine verrückte Geschichte, da hatten Sie richtig Glück allesamt.» Sie sieht mich so intensiv an, dass ich mich frage, warum der Lift heute so lange braucht. «Etwas fahrlässig war es schon von Ihnen, so wie Matthias das erzählt hat. Ich war ja nicht dabei, aber Matthias hat sich durchaus darüber aufgeregt.»

«Das tut mir leid», sage ich. «Geplant war das alles anders.»

«Das hoffe ich», sagt Frau Blauenbach, während Herr Blauenbach auf sein Handy schaut. Dann kommen wir endlich oben an. «Matthias neigt allerdings zu Übertreibungen, müssen Sie wissen», fügt Frau Blauenbach hinzu, als ich ihr mit den Koffern zur Wohnungstür folge. «Hat er schon immer.» Da bleibe ich mal wieder still und versuche, nett dreinzuschauen, so nett es halt geht. «Hat ihm bestimmt gutgetan, mal etwas zu erleben. Das tut immer gut.» Vom Licht scheint er nichts erzählt zu haben, das würde Frau Blauenbach sicher mehr interessieren, ganz sicher. Aber ich werde es ihr nicht erzählen. Niemandem. Und wenn Matthias nichts sagt, sage ich erst recht nichts.

Jenny steht in der Lobby, als ich zurückkomme.

«Ich brauche deine Hilfe», sagt sie direkt, als sie mich sieht.

«Mal was anderes», sage ich.

«Nein, dieses Mal wirklich», sie zieht mich zur Seite. «Du musst mir helfen.»

«Ist ja gut», sage ich, damit sie meinen Arm loslässt. «Was kann ich tun?»

«Ich muss für ein Vorsprechen üben und ich kriege es einfach nicht hin.»

«Heute leider nicht, keine Zeit.»

«Sie sind da, richtig?», fragt sie und greift wieder nach meinem Arm. Ihre Stirn glänzt, aber ihre Hand ist verdammt kalt. «Die Blauenbachs sind da?»

«Ich spreche nicht über unsere anderen Gäste», sage ich. Das tue ich wirklich nicht, jedenfalls nur sehr selten. Eine der obersten Regeln, gegen die man nicht verstoßen darf, das weiß ich. Mir ist schon klar, dass das jetzt alles keinen Sinn macht, dass ich hier von Diskretion und Vertrauen spreche und dann nachts so was abziehe, die Sache mit den Wohnungen. Und wie gesagt, ich weiß nicht, warum ich das tue. Da ist irgendwas, das mich nachts raustreibt, und dann habe ich diesen Schlüssel und die Wohnungen sind leer und meine Neugier und ich schaden ja keinem. Es muss ja keiner wissen. Ich tue nichts, ich nehme nichts, ich will einfach da sein und auch nur ganz kurz. Das ist doch weniger schlimm, als über die Gäste zu sprechen. Allgemein über Menschen zu sprechen, die nicht da sind, Gäste oder nicht.

«Oh, bitte», sage Jenny. «Ich weiß, dass sie da sind, und ich muss sie sehen.»

«Ist das ein offizielles Vorsprechen?», frage ich.

«Was meinst du?»

«Wenn es offiziell ist, hast du ja sicher einen Termin und dann weißt du auch, wo sie sind», sage ich. «Nur weiß ich, dass die Blauenbachs, falls sie da wären, nicht zum Arbeiten hierherkommen.» Das stimmt. Sie sagen immer, dass sie überall arbeiten, nur nicht in Waldbad. Hier wollen sie einfach nur «sein», sagen sie und dann schaut einer von beiden in den Himmel, warum weiß keiner.

«Du verstehst diese Menschen nicht», sagt Jenny. «Die arbeiten immer und überall, genau wie ich.»

«Ist nicht meine Sache», sage ich. «Und wie gesagt, ich habe keine Zeit.» Ich will gehen, weil Dino mir aufgetragen hat, den Garten noch mal flott zu machen. Da sind zu viele Blätter auf der Wiese, die müssen weg. Heute Morgen waren sie noch nass, jetzt sind sie trocken, das kann also nicht warten, in der Nacht wird es wieder regnen.

«Du schuldest mir was», sagt Jenny.

«Ich schulde dir was? Das musst du mir erklären.»

«Die Kinder werden nicht kleiner? Die Höhle? Dein verrücktes Bogenschießen nachts?» Jetzt denkt sie tatsächlich, dass ich ihr was schulde, na so was. Schulden hatte ich noch nie und ganz sicher nicht bei Jenny.

«Du wirst schon jemanden finden, der dir hilft», sage ich. «Ich wünsche dir jedenfalls viel Erfolg.» Dann gehe ich.

Jenny bleibt stehen und sagt: «Ich brauche deine Wünsche nicht.» Auch gut, denke ich. Haben kann sie die trotzdem. Gute Wünsche kosten nichts, von denen habe ich so viel wie jeder andere, wenn es auch sonst gerade etwas knapp ist. Jenny weiß nicht, dass mein Meteorit nichts wert ist. Oder dass Johnny mich nicht mehr besuchen kommt, bis ich ein richtiges Zuhause habe, wie es meine Mutter nennt. Sie weiß auch nicht, dass die Box nicht funktioniert hat und dass ich jetzt im Bunker wohne. Schlecht drauf bin ich nicht, das würd ich nicht sagen. Aber meine Geduld für Bullshit hat sich halbiert, das muss ich schon zugeben. Und das hier ist Bullshit, das muss gesagt sein, da mache ich ihr keinen Gefallen, wenn ich so tue, als ob. Wo hört das dann auf? Ich wünsche ihr das Beste, absolut, Jenny kann machen, was sie will, verstehe schon, dass sie in einem Blauenbach spielen will, aber ich will nichts damit zu tun haben. Ich mache meinen Job, da gibt es keinen Platz für solche Fehler, dafür bin ich zu lange dabei. Kopfhörer auf, Jacke anziehen und mit der Harke raus auf die Wiese, wo ich meinen Frieden habe, einen schönen Blätterhaufen mache, wie es sich gehört.

X

Später passiert etwas, mit dem weder ich noch sonst wer gerechnet hat. Vor dem Bunker steht er und ich frage mich, wie er mich gefunden hat. Oder warum er überhaupt hier auftaucht. Er sitzt auf der Betonbank neben dem Eingang, mit seiner beigen Jacke, mit der er wahrscheinlich geboren wurde, das könnte ich mir echt vorstellen, den grauen langen Haaren, wie ein echter verrückter Professor, darauf war er immer stolz, seine wilde Frisur, und als er mich sieht, springt er auf und kommt mir mit großen Schritten entgegen. Mein Vater war noch nie ein Mann für kleine Schritte.

«Mein Sohn», sagt er und breitet die Arme aus. «Komm her!», schlingt er sie um mich.

«Was machst du hier?», frage ich direkt, obwohl klar ist, dass er wegen mir hier ist, wieso sonst sollte er zum Bunker kommen. Oder nach Waldbad, wobei der Bunker ja wie gesagt nicht mal in Waldbad steht, sondern einen Ort weiter, ein Ort ohne besondere Bedeutung für die meisten Menschen.

«Ich wollte dich bei den Müllers besuchen, aber die haben gesagt, dass du nicht mehr da wohnst. Was ist da passiert?»

Ja, Herr Müller mit seiner TaGliatelle. Dafür sagt der dann «iniorieren» ohne G. Hab ich eigentlich mal gesagt, womit Herr Müller seine Kohle verdient hat? Tut nichts zur Sache, aber es kommt mir jetzt gerade in den Sinn, weil mein Vater mal in einen ziemlich hitzigen Streit mit ihm geraten ist deswegen. Parkhäuser. Herr Müller ist reich geworden mit Parkhäusern. Eigentlich ganz schlau, wenn man sich das so überlegt. Da muss man wirklich nicht viel tun, oder? Worüber sich die beiden genau gestritten haben, weiß ich nicht mehr. Vielleicht ging es auch gar nicht um die Parkhäuser, sondern etwas anderes. Aber es würde meinem Vater ähnlichsehen, dass er sich über so was aufregt. Jedenfalls hat ihm wohl Herr Müller gesagt, dass ich jetzt hier wohne, obwohl ich es ihm nie gesagt habe. Nötig war das nicht.

«Wieso bist du nicht im Hotel vorbeigekommen?», frage ich.

«Ich wollte dich nicht bei der Arbeit stören», sagt er. «Also was ist jetzt, lässt du mich rein? Deinen alten Herrn?»

Schon sitzt er auf meinem Bett und ich koche heißes Wasser für eine Tasse Kaffee. Mein Vater war lange nicht hier und eigentlich freue ich mich, ihn zu sehen. Wenn er da ist, dann ist irgendwie alles möglich und man weiß nie, was er als nächstes sagt oder tut. Das fand ich früher richtig übel, dieses Chaos. Aber jetzt? Jetzt ist das eine ganz andere Sache.

«Du warst im Fernsehen?», frage ich. Er greift nach der Tasse und hält sie sich unter die Nase.

«Hast du Zucker?»

«Jakob hat gesagt, er hat dich in irgendeiner Sendung gesehen», sage ich.

«Ja, ja, genau. Die wollten was wissen über meinen Job, war aber reine Zeitverschwendung», sagt er. «Die haben nicht verstanden, worum es geht.»

Ich verstehe ja nicht mal, worum es geht, denke ich, wenn ich überlege, wie ich meinem Alten immer zugesehen habe bei seiner Tüftelei. Ich glaube, es geht ihm gut, zumindest sieht er so aus. Aber was weiß ich. Man kann nie wissen, wie es ihm wirklich geht oder was sich gerade in seinem Kopf zusammenbraut. Vielleicht sind alle Erfinder so. Bei ihm ist das so, als hätte er keine Wahl, wenn ihn so eine Idee erwischt. Das haben wir vielleicht doch gemeinsam, wie man weiß, habe ich auch so meine Probleme mit Ideen. Oder vielleicht nicht Probleme, aber sie sind schon ziemlich laut, wenn sie dann da sind, und dann muss ich verdammt nochmal nachgeben. So eine Idee kommt und dann sagst du Ja, weil Nein nicht geht. Da ist er genau wie ich.

«Schau mal» sagt er und nimmt etwas aus seiner Ledertasche. Es sieht aus wie ein Gameboy, hat aber noch eine Antenne dran und dann noch so ein Schlauchdings. Er klappt es auf wie einen kleinen Computer.

«Was zur Hölle ist das denn?», frage ich.

«Hölle ist ganz richtig», sagt mein Vater. «Damit kann man Feuer löschen, bevor sie entstehen.»

Da kann man nur kapitulieren, oder? Da weiß dann keiner mehr, was er dazu sagen soll, auch ich nicht. Vielleicht wollte ich deswegen Astronaut werden, weil mein Vater solche Dinge erfindet. Unmögliches Zeugs, könnte man sagen. Aber ein paar der Dinge haben funktioniert und das reicht dann auch. Und in seiner Szene nimmt man ihn ernst. Das habe ich auch immer, weil er immer an das geglaubt hat, was er macht.

Wir trinken den Kaffee, essen noch ein Madeleine und dann begleite ich ihn zur Bushaltestelle. Mein Vater hat auch kein Auto. Er fährt Postauto, so nennt man hier den Bus, der längere Strecken fährt, überlässt das Fahren also lieber anderen. Und dann, das hab ich ja schon mal gesagt, setzt er sich in den Speisewagen im Zug. Da fahren dann andere und er kann noch dazu in einem echten kleinen Restaurant sitzen. Kenne niemanden sonst, der so Fan ist von diesem Konzept. Wie dem auch sei, er steigt in den Bus, dreht sich noch mal um und gibt mir eine 20-Franken-Note und meint, ich solle mir davon ein paar Lotterielose kaufen. Dann lacht er, die Tür schließt sich und weg ist er wieder, der Mann mit den verrückten Ideen.

X

Neuerdings bin ich nachts mit dem Fahrrad unterwegs, mit dem Fahrrad, das ein Gast mal vergessen hat. Da ich nicht mehr in Waldbad wohne und mitten in der Nacht kein Bus fährt, geht es nicht anders. Ich schnalle mir den Bogen und den Köcher auf den Rücken und fahre durch die Dunkelheit, so schnell ich kann, weil gemütlich ist das nicht, so auf der verlassenen, unbeleuchteten Straße. Die Fahrradlampe flackert. Ich höre meinen Atem, so richtig gut, und ich höre die Räder auf dem Asphalt, dieses Surren. Es gibt sicher ein besseres Wort dafür, aber für mich klingt es so.

Heute habe ich eine Zielscheibe dabei. Und ich stelle sie auf der Lichtung auf, nicht im Wald dieses Mal. Es ist eine Vollmondnacht und ich sehe die Zielscheibe klar und deutlich. Das mit dem Bogenschießen hilft irgendwie. Man stellt sich hin, muss ruhig stehen, sonst wird das nichts, man greift nach dem Pfeil und weiß, dieses Ding kann Schaden anrichten, auch bei einem Sportbogen, dann spannt man den Bogen. Das ist der beste Teil, wenn sich diese Spannung aufbaut, man kann sich regelrecht daran festhalten, und dann, dann muss man sich konzentrieren, auf alles. Die Zielscheibe, einen genauen Punkt auf der Zielscheibe, flach atmen, so mache ich das, nochmal die Fußsohlen spüren und dann, tja, dann lässt man einfach los. Und der Pfeil rast durch die Luft, so schnell, dass man es nicht sehen kann.

X

Der Herbst in Waldbad ist nur zehn Minuten lang. Ich würde sagen, aktuell sind wir so bei Minute sieben, vielleicht siebeneinhalb. In ein paar Tagen beginnt der November und der kann nämlich alles sein, so viel weiß ich. Es ist der nächste Morgen und ich sitze im Waschsalon. Den gibt es hier noch nicht so lange, erst seit ein paar Jahren. Jedenfalls mag ich den Waschsalon, weil es hier drinnen warm ist, gut riecht und nebenan gleich ein Dönerladen ist, wo ich mir mit Jeremia und Gian einen Dürüm gönne, sobald mein Zeug durch ist. Heute Abend findet nicht nur die große Party der Blauenbachs statt, sondern auch eine Versammlung mit Einheimischen. Jeremia, Timo und Gian wollen da hin. Aber ich weiß nicht so recht. Da soll diskutiert werden, wie wir unsere Probleme hier lösen können. Die Tatsache, dass es keine bezahlbaren Mietwohnungen gibt, klar, aber auch jede Menge andere Dinge. Hab mich dieses Mal nicht informiert, hätte ich vielleicht tun sollen. Aber so was findet immer wieder mal statt. Ich war auch schon dabei, habe mitdiskutiert, aber ganz ehrlich, viel passiert ist da bisher nicht. Fast gar nichts. Wir sitzen da und reden im Kreis, jeder sagt das, was der andere sagt, und wir sind uns alle einig, aber wir sind nicht die, die entscheiden, habe ich so das Gefühl. Nein, ist Tatsache. Andere sollten das Richtige tun, damit sich hier was ändert. Das Richtige tun ist nicht einfach, ganz sicher nicht. Viel einfacher ist es, das zu tun, was man tun will, wenn man kann. Das machen die Leute. Wer soll's ihnen übel nehmen?

Jetzt kann ich mein Zeug endlich in den Trockner laden. Zum Glück ist hier gerade nicht viel los. Nur eine Frau, ich glaube, es ist die Putzfrau des kleinen Garni-Hotels hier gleich ein paar Straßen weiter im Oberdorf. Die haben keinen Platz für eine Waschküche, hat Dino gesagt, vermieten lieber jeden Raum. Dafür muss die Putzfrau oder Haushälterin oder welchen Titel man ihr auch gegeben hat die ganze Wäsche immer hier runterbringen und im Salon waschen. Sie ist oft hier. Vielleicht brauchen die noch Hilfe? Könnte ja sein, wenn ich mir das so vorstelle.

«Hallo», sagt sie, als sie merkt, dass ich ihr bei der Arbeit zuschaue.

«Sorry», sage ich. «Hallo, ich bin Luan.»

«Freut mich, Luan. Ich bin Rosa», sagt sie.

«Viel los bei euch?»

«Nein», sagt sie. «Nur alles waschen für Saisonpause.» Ich nicke. Rosa faltet die Wäsche direkt, wenn sie sie aus dem

Trockner nimmt. Das sollte ich wahrscheinlich auch tun, damit nicht alles immer so zerknittert ist.

«Arbeitest du schon lange hier?», frage ich.

«Dreißig Jahre», sagt sie. «Nächstes Jahr dreißig Jahre.» Ich nicke wieder. Dieses Mal mische ich aber so was wie «krass» dazu, das ist es auch, finde ich.

«Und? Immer noch zufrieden?»

Rosa zuckt mit den Schultern.

«Ich weiß nicht, zufrieden ... Ist alles gut. Ist mein Leben», sagt sie.

Die Jungs kommen durch die Tür. Sie haben Simon dabei.

«Wo habt ihr den denn gefunden?», frage ich.

«Gab eine kleine Verfolgungsjagd, aber wir konnten ihn nicht abhängen, einfach zu schnell», sagt Jeremia.

«Sie haben sich verlaufen», sagt Simon. «Einer musste etwas tun.»

«Der gute Samariter», sage ich. «Willst du jetzt so eine orange Leuchtweste?»

«Leihst du mir deine?»

Den Dürüm esse ich draußen, die anderen ihren Döner, jeder trinkt seine Cola. Ein Auto mit dem Namen des kleinen Garnis drauf hält vor uns. Der Mann geht rein und bringt zwei Waschkörbe raus, lädt sie in den Kofferraum. Rumschleppen muss Rosa das Zeug also wenigstens nicht, das ist doch gut, denke ich und winke ihr, als sie auf dem Beifahrersitz Platz nimmt.

«Kennst du die?», fragt Simon.

«Das ist Rosa», sage ich. «Wir waschen manchmal zusammen.»

Ich glaube, wir warten alle auf den Winter. Bei Minute sieben ist das so, da fängt das an. Die Tage sind kalt, die Bergspitzen manchmal schon weiß und wir alle träumen vom ersten Schnee. Na ja, vielleicht nicht alle, Simon wahrscheinlich nicht. Er hat mir neulich von dem Snowboardunfall erzählt, der ihn in den Rollstuhl gebracht hat. Nicht mal was Spektakuläres, wie er meinte, sondern einfach nur blöd auf den Hintern gefallen, als die Sicht schlecht war. Ich weiß genau, was er meint mit der schlechten Sicht. Da braucht es nicht viel, ist mir auch schon passiert. Nur bei Simon lief's anders, da hatte er kein Glück. Allgemein frage ich mich, wie er das machen wird, wenn der Schnee kommt. Wir werden sehen. Unter der Woche ist er ja sowieso woanders, wo es nur Matsch gibt und keinen Schnee. Und an den Wochenenden pack ich ihn sonst auf den Schlitten, das kriegen wir schon hin.

«Kommst du nächste Woche?», fragt Jeremia. «Ich muss die neuen Regale einbauen und du bist der richtige Mann dafür, ich zähle auf dich», sagt er.

«Bitte keine Klamotten mehr», sage ich.

«Was willst du dann? Kohle? Du weißt, ich kann dich nicht gut bezahlen.»

«Egal», sage ich, «gib mir, was du kannst. Johnny braucht ein neues Snowboard.»

«Kann ihm das nicht eure Mom kaufen?», fragt Gian. «Wieso musst du immer einspringen?»

«Machen wir es so», sagt Jeremia. «Du hilfst mir mit den Regalen und ich hab zu Hause auch noch ein Waschbecken, das nicht aufhört zu tropfen, und ein Fenster, das nicht mehr richtig schließt. Wenn du das alles hinbekommst, kann sich der Kleine gerne ein neues Brett bei mir aussuchen, was hältst du davon?»

X

Der Regen ist nicht gekommen, noch ist alles trocken. Deswegen lege ich jetzt den Boden des Pools mit Filz aus, wie jedes Jahr. Das muss man machen, bevor der erste Frost kommt und der erste Schnee. Außerdem musste ich den Mercedes der Blauenbachs nicht waschen, da habe ich etwas mehr Zeit. Während ich im Becken knie, steht die Blauenbach-Partygesellschaft auf dem Balkon der Lobby und genießt den Aperitif. Alle sind sie da, auch Jenny. Sogar der Leiter der Tourismusorganisation, für die ich im Sommer am See und im Winter auf der Piste arbeite, ist da. Natürlich, die Blauenbachs lässt sich keiner entgehen. Außer Emilio und seine Frau, wie es scheint. Die sehe ich nämlich nicht von hier unten.

Die Putzfrau hilft mir beim Auslegen. Ich weiß nicht, warum ich ihren Namen bisher nicht gesagt habe. Sie ist für mich nicht die Putzfrau. Ihr Name ist Anita. Wie alt sie ist, weiß ich nicht, nur dass sie schon so lange hier ist wie Dino. Mindestens so lange. Und sie macht eigentlich ein bisschen alles, ist immer hier. Sie hat nur einen Gesichtsausdruck, der ist manchmal etwas seltsam, vor allem, wenn man sie nicht kennt. Sagen wir es so, sie lacht eigentlich nicht. Sie hat einen ernsten Blick, fast so wie die Leute, die hier aufkreuzen und Angst haben, nicht genug Waldbad zu bekommen. Aber bei ihr ist da was anderes dahinter, da bin ich sicher. Nur was, das weiß nur sie. Irgendwie sieht es jetzt doch nach Regen aus. Jedenfalls hab ich mich an ihren Gesichtsausdruck gewöhnt und sie sich auch an meinen, nehm ich mal an.

Es ist schon fast dunkel, als wir fertig sind, aber die Beleuchtung des Gartens geht irgendwie nicht an.

«Ich checke mal die Zeitschaltuhr», sage ich zu Anita. Sie geht jetzt nach Hause. Für heute Abend haben wir mehr Servicepersonal und die ganze Küchenmannschaft da. Ich soll nur schauen, dass im Hintergrund alles reibungslos läuft, sagt Dino. Eben so was wie die Beleuchtung. Oder das Feuer. Diese Dinge halt.

Die Zeitschaltuhr war falsch eingestellt. Eine halbe Stunde zu spät. Jetzt fallen auch schon die ersten Tropfen und die Partygesellschaft verzieht sich vom Balkon, schneller, als ich bis drei zählen kann, wie man so sagt. Nicht, dass ich wirklich gezählt hätte.

Zur Party gibt es nicht viel zu sagen. Die Leute trinken, essen, sind laut, alle versuchen, die Aufmerksamkeit der Blauenbachs zu bekommen. Denen ist das egal, die fühlen sich hier pudelwohl und wollen einfach nur chillen und was Leckeres essen. Raclette für alle. Fast schon komisch jedes Mal, wie alle die alten Geschichten auspacken, um ihnen näher zu kommen. «Wissen Sie noch damals» und «Der Film, der hätte einen Oscar verdient» und «Wie geht es Ihrem Sohn Matthias?», ganz stolz, dass sie sich den einen Namen merken konnten. Ich muss mir viele Namen merken, mehr als ich kann. Und dann reden sie alle vom Pferderennen, sogar Jenny, die ganz sicher nicht da war. Sie sieht mich immer noch wütend an, als ob es meine Schuld wäre, dass die Dinge sind, wie sie sind. Hoffentlich bekommt sie bald eine Rolle, dann isst sie vielleicht auch mal wieder was und entspannt sich ein bisschen. Irgendwann sagt Dino dann, dass ich gehen kann, dass ich einfach morgen früher kommen soll, beim Aufräumen helfen und so. Es ist schon fast zwölf, ich bin also deswegen nicht traurig. Ich hab noch was vor.

Emilio und seine Frau sind tatsächlich nicht gekommen, was auch heißt, dass sie nicht in der Wohnung sind, und in dieser Wohnung war ich noch nicht. Was gibt es für einen besseren Zeitpunkt, als wenn eh alle betrunken und am Feiern sind? Da kann ich mich in Ruhe umsehen.

Emilio bucht nicht viele Services. Warum genau, weiß ich nicht, aber ich nehme mal an, dass er einfach lieber seine Sachen selbst macht. Oder vielleicht braucht er die ganzen Extras auch nicht. Wenn man hier reinkommt, dann ist gleich klar, dass hier jemand lebt. Bei den anderen sieht es manchmal aus wie so eine Ausstellung, wo man Angst hat, etwas umzuschmeißen. Hier nicht. Hier kommt man rein und da liegt lauter Zeugs rum. Klamotten auf dem Sofa, Bücher überall, jede Menge Wasserflaschen. Mineralwasser, darauf scheint er zu stehen. Ich würde sagen, es riecht nach Holz und nach Tabak. Ein bisschen nach Raumerfrischer oder Weichspüler, irgendwas Blumiges, Künstliches. Aber Blumen sehe ich hier auch keine, nur ein paar Pflanzen. Das sind die, die man nur alle zwei Wochen gießen muss. Das weiß ich mittlerweile. Und sie haben dieses Schwimmdings, damit man nicht zu viel Wasser reinmacht, muss man haben, klar.

Im Kühlschrank finde ich nur eine angefangene Nusstorte und noch mehr Mineralwasser. In der Tür ein paar Saucen und Salatdressing. Französisch. Hätte jetzt eher mit Italienisch gerechnet, aber ich mag auch lieber Französisch, da haben wir wohl was gemeinsam, Emilio und ich.

Ich will eigentlich nur in sein Büro. In dem war ich erst einmal, als ich einen Rollladen flicken musste. Er hatte das Ding so oft hoch- und wieder runtergefahren, dass es irgendwann halt festgesteckt ist. Kann passieren und lässt sich einfach reparieren, so was mach ich ja dauernd. Jedenfalls ist sein Büro der absolut spannendste Raum hier, sichere Sache. Da liegt auch so viel Zeugs rum, man will einfach rumwühlen. Mach ich aber nicht. Nur ein bisschen und nur auf seinem Schreibtisch. Bei Emilio weiß man wenigstens, dass er am Schreibtisch auch schreibt. Was ich suche? Ich hab es schon gefunden. Ich wusste es, der muss was über die Höhle und das Licht schreiben, über Waldbad. Das sieht man ihm an, nicht nur ich, das hätte ihm jeder angesehen. Und ich kenne sonst keine Schriftsteller. Da liegt er, ein kleiner Stapel mit bedruckten Seiten, ganz oben der Titel «Das Licht in Waldbad». Schon wieder so ein Titel wie eine Bildbeschreibung, da hätte ihm auch was Besseres einfallen können, finde ich. Dass ich nicht viel lese, habe ich ja schon gesagt, also ich kann sicher nichts darüber sagen, ob das, was Emilio da zusammenzimmert, gut ist oder nicht. Aber meine Neugier, weil wissen will ich natürlich doch, was er mit dem Licht gemacht hat.

Ich setze mich in seinen Bürostuhl und lese die ersten drei Seiten. Ja, mit Licht kenne ich mich aus. Das Licht in der Höhle war anders als die anderen Lichter, die ich gesehen habe, aber auch irgendwie gleich. Es war nur ein Licht, da fängt's schon mal an. Aber die Lichtfarbe, also der Ton, war der gleiche. Und es war auch ungefähr gleich lange da, also ziemlich kurz. Und gleich verrückt war es auch. Und jetzt frage ich mich logischerweise die ganze Zeit, wann es wiederkommt. Das würde sich jeder fragen.

Das Gekritzel drumherum macht es nicht ganz einfach, aber ich bin eh nicht besonders gut im Lesen, hab ewig für diese drei Seiten gebraucht. Zum Glück ist das meiste schon am Anfang klar. Ein Schriftsteller, der über einen Schriftsteller schreibt, damit hätte ich nicht gerechnet. Da weiß ja jeder sowieso, dass er das ist, oder nicht? Würde ich nie tun, so was. Ich kann die Seiten ja schlecht mitnehmen, ist klar, aber ich will auch wissen, was er da geschrieben hat. Schließlich war ich dabei, wie wir wissen. Wir haben im Büro einen Kopierer und die anderen sind ja eh mit der Party beschäftigt. Wenn ich es schnell mache, und schnell kann ich sein, dann kopier ich das einfach und lege es wieder zurück. Ist das dann auch klauen? Nein, wenn ich es zurücklege, sicher nicht.

Ich lege die Seiten in die Mappe und bevor ich gehe, schaue ich nochmal durch das Wohnzimmerfenster rüber, ob die Party noch läuft. Dann ziehe ich meine Schuhe wieder an, meine Jacke und versuche, möglichst leise die Wohnungstür zu schließen. Man weiß ja nie.

«Was tust du hier?», höre ich da eine Stimme und lasse die Mappe fallen.

Es ist Dino.

4. TEIL

DAS LICHT IN WALDBAD

Ich sage ja immer, man soll mit offenen Augen durch die Welt gehen, davon bin ich überzeugt, und ich habe nicht vor, damit aufzuhören. Auch wenn ich mal schlechte Entscheidungen treffe, normalerweise lohnt es sich, da ich dafür etwas gesehen habe, von dem ich vorher nicht gewusst habe, dass es existiert. Im Fall von Emilios Buch oder dem, was er davon auf seinem Schreibtisch liegen hatte, ist die Sache etwas komplizierter. Ich konnte nicht das ganze lesen, wie gesagt, nur die ersten drei Seiten. Und Dino findet es offensichtlich gar nicht lustig, dass ich mitten in der Nacht in Emilios Wohnung bin und dann auch noch etwas daraus mitgenommen habe. Dieses Mal kann ich schlecht sagen, dass es ein blöder Zufall und keine Absicht war. Der einzige blöde Zufall ist, dass Dino genau in dem Moment hier durch den Hausflur läuft, als ich rauskomme. Und das auch nur, weil Frau Blauenbach ihn gebeten hat, ihren Mantel zu holen, damit sie draußen eine rauchen kann, und Dino denkt, dass wenn er die Treppen nimmt, die tausend Espressos und sein ganzer Stress ihn nicht krankmachen werden. Tja, und jetzt hebt Dino die Mappe vom Boden auf und fuchtelt damit vor meinem Gesicht rum.

«Was machst du in der Wohnung von Herrn Colina?» Ja, genau, denke ich, das ist sein Nachname: Colina. Richtig. Keine Ahnung, warum ich mir den nicht merken kann. Klingt wie Corina, meine Ex. Emilio Colina, genau. Aber was ich jetzt Dino sagen soll, weiß ich trotzdem nicht. «Was ist das?», fragt er da und hebt die Mappe vom Boden auf. Er liest den Titel, der groß vorne draufgedruckt ist. «Was willst du damit?»

Da muss ich jetzt gar nicht anfangen zu erklären und mir etwas ausdenken, Dino anlügen will ich auch nicht. Ich glaube, ich sehe aus, wie jemand, der erwischt wurde, und das ist alles, was Dino wissen muss.

Er macht es kurz. Er nimmt die Mappe, fragt, wo sie war, legt sie zurück auf den Schreibtisch, schließt die Tür hinter sich, dann nimmt er mir den Schlüssel weg und ich will dann doch noch irgendwie erklären, warum ich in der Wohnung war, so einen kurzen Moment lang, öffne den Mund, aber dann sagt er: «Das war's, Luan», und zeigt mit der anderen Hand zum Ausgang.

X

Der Winter kommt dieses Jahr schon bei Minute neun. Am 12. November fallen die ersten fetten Flocken. Ich sitze beim ersten Meeting der Ski- und Snowboardlehrer für die Wintersaison. Kleiderausgabe, mal wieder, weil schon bald das Gletscher-Skigebiet öffnet. Allgemein weiß man nie, wann genau die Wintersaison richtig losgeht, da liegt immer so eine coole Aufregung in der Luft. Alle checken den Wetterbericht, wann der richtige Schnee kommt, der, der bleibt. Erst wenn der Schnee da ist, blüht

Waldbad richtig auf, nicht nur wegen der Touris, die lassen wir mal weg, nein, Waldbad ist dann einfach in Höchstform, total in seinem Element. So geht's mir dann auch. Nur dieses Jahr ist alles ein bisschen anders. Seit ich den Job bei Dino los bin, ist der Stress richtig übel. Im Bunker wird es bald enger, das weiß ich, und wenn nicht genug Schnee kommt, nicht genug Leute Snowboardkurse buchen oder Privatlektionen – die geb ich auch –, dann kann ich mir nicht mal mehr den Bunker leisten, da helfen dann auch die kleinen Jobs nicht. Hab schon darüber nachgedacht, mich wieder beim Klempner anstellen zu lassen, aber dann denk ich wieder an meine Träume. Nicht das mit dem Astronauten, nein, so blöd bin ich nicht, ich weiß, dass ich nie zum Mond fliegen werde, nein, ich meine mehr meine anderen Träume. So was wie ein Leben, das mir gehört, hier in Waldbad. Nur in letzter Zeit denke ich immer mehr, dass ich es machen sollte wie Voyager 1 und das Sonnensystem langsam verlassen.

Das sagt auch Jeremia. Wir sitzen in der Sonne, der Neuschnee glitzert und blendet und wir beide tragen keine Sonnenbrille. Jeremia kneift die Augen zusammen.

«Vielleicht hält dich Waldbad zurück, hast du daran schon mal gedacht?», sagt er. «Vielleicht ist es gut, dass du deine Wohnung nicht mehr hast, den Job und so, vielleicht musst du einfach mal hier weg.»

«Ich weiß nicht», sage ich, «ich glaube, dass ich einfach eine Weile kein Glück hatte, aber das muss ja nicht so bleiben.»

«Ich würde die Gelegenheit nutzen und mal was anderes machen, so was ganz anderes, weit weg von hier», sagt Jeremia. «Hier ist es doch immer das Gleiche.» Ich schließe die Augen, weil es einfach zu stark blendet. Und irgendwie habe ich mich lange nicht mehr so gut gefühlt wie jetzt, wo mir die Sonne ins Gesicht brennt. «Nimm deine Kohle, solange du noch welche hast, und geh mal woanders hin», sagt Jeremia. «Ich würde ja nach Australien, surfen. Ich sage dir, die Leute da sind so gut drauf, da kommst du nicht klar. Da willst du nicht mehr weg.» Ich will hier nicht weg, denke ich. Waldbad ist mein Zuhause. «Oder du gehst noch mal studieren? Ich kenne ein paar Leute, die sind in den 30ern noch mal an die Uni, wieso nicht? Ich würde wahrscheinlich Wirtschaft studieren, wenn ich jetzt nochmal anfangen müsste.»

«Wie geht's deinen Kids?», frage ich.

Jetzt lehnt Jeremia sich zurück, legt sich die Hände auf die Augen.

«Denen geht's gut», sagt er. «Überleg's dir, Luan. Du musst nicht hierbleiben.»

Das Grand Hotel ist geschlossen. Das ganze Dorf ist schockiert, aber irgendwie auch nicht. Alle wussten, dass da was nicht aufgeht, schon seit einer ganzen Weile. Aber dass es dann wirklich zugeht, daran denkt man nicht. Das kann nicht sein. Sicher wird es irgendwann wieder öffnen, da bin ich wirklich sicher, weil das Grand Hotel so was wie eines der Wahrzeichen von Waldbad ist. Versteckt auf diesem Hügel, dahin ziehen sich die Leute zurück, mit denen ich und viele andere Waldbader, also die echten, einheimischen, so gar nichts zu tun haben. Aber die gehören da hin, damit wir hier drumherum, da zähle ich mich dazu, uns ausdenken können, was da auf dem Hügel alles so abgeht. Damit ich mich über den Meeresfrüchte-Transporter aufregen kann, das gehört dazu, oder nicht? Jedenfalls ist es jetzt zu. Im Bunker trifft man solche Leute nicht, keine Nature Girls, Jennys und Blauenbachs, keinen Parfümeur oder Schriftsteller, keinen Lungenspezialisten, keine Porsches, keine Wolkenlampen, nein, so was gibt es hier nicht. Dafür eine andere bunte Truppe.

Bei mir auf demselben Stockwerk, und das habe ich natürlich schon im Griff, obwohl die meisten erst seit ein paar Tagen hier sind, ist eine Norwegerin, vor der ich ein bisschen Angst habe, weil sie wahnsinnig laut redet und immer so voller Energie steckt, dass ich denke, da haut's irgendwo gleich eine Sicherung raus in meinem Kopf. Dann sind da noch die beiden Amerikaner, zwei Jungs, die fast nie zu Hause sind und wenn sie da sind, dann haben sie immer andere Leute dabei. Einer davon ist auch Snowboardlehrer, der andere Shaper im Snowpark. Jedenfalls war das die letzten Tage so. Gleich neben mir wohnt ein deutscher Barkeeper mit seinem Hund. Ein Windhund, der für mich immer noch seltsam aussieht, aber das legt sich vielleicht noch. Und ganz vorne, da wohnt ein Finne. Was der genau macht, habe ich noch nicht rausgefunden, werde ich aber sicher bald, das muss man ja wissen, wenn man so nahe zusammenwohnt, finde ich. Die anderen Stockwerke kenne ich noch nicht richtig, aber ein paar Leute trifft man immer mal wieder in der Küche. Der Winter wird nicht langweilig, so viel ist sicher. Einen Lift gibt es hier nicht, das hat mir Simon schon vorher gesagt, er weiß solche Dinge.

Ich weiß, ich weiß, man kann jetzt denken, dass das irgendwie traurig ist, wenn jemand in meinem Alter alleine in so einem Zimmer leben muss, keinen richtigen Job mehr hat, keine Freundin, keine Familie, die hier wohnt, und auch sonst ein paar Dinge, na ja, sagen wir mal, ziemlich seltsam sind. Ich weiß, da mache ich mir nichts vor, da bin ich ehrlich. Aber Mann, wenn ich jetzt zum Beispiel an die Geschichte denke, die Emilio da schreiben will über das «Licht in Waldbad» oder was auch immer, oder wenn ich an die anderen Leute denke von der Truppe und an das, was ich da über die Jahre und dann in den Wohnungen gesehen habe, dann denke ich auch nur: Ihr und eure Geschichten, oder?

Da gibt es die Wahrheit und da gibt es die Halbwahrheit, Lüge will ich jetzt nicht sagen, und da gibt es die Geschichten. Ich finde, man muss sich gegen die eigene Geschichte wehren, oder nicht? Man reitet sich in die Scheiße und dann steht man nicht da und denkt, fuck, alles voller Scheiße, sondern man packt sich eine Schaufel und fängt an, das Zeug aus dem Weg zu räumen. Was soll man sonst tun?

Wenn ich hierbleibe, kann ich dafür sorgen, dass wenigstens ein paar Dinge so bleiben, wie sie sind. So ähnlich wie Jakob von der Post oder Rosa vom Garni oder Anita und Dino. Die bleiben auch, halten die Stellung. Damit nicht alles verschwindet. Alles, was ich dazu brauche, ist ein wenig Glück und dass bald der Schnee kommt, der bleibt und nicht wegschmilzt wie der Novemberschnee.

Bis dahin schaufle ich weiter, keine Frage.

Im November hat alles geschlossen, auch das Hotel. Dino hat sich nicht mehr gemeldet, seit er mich rausgeschmissen hat. Unterdessen habe ich aber gehört, dass seine Frau sich scheiden lassen will. Das überrascht mich nicht, aber traurig ist es trotzdem. Dann kann er jetzt wenigstens in Ruhe seine «CSI: Miami»-Folgen schauen, ohne dass seine Frau die Augen verdreht. Sonst habe ich nicht viel gehört. Bin zwar nachts mal da vorbeigegangen, weil ich unterwegs in den Wald war, und alle Lichter waren aus. Auch in den Wohnungen waren alle Lichter aus, die Rollläden fast überall runtergefahren. Ich bin dann in den leeren Pool gestiegen, habe mich auf den Filz gelegt, ihn an der einen Stelle nochmal gerichtet, wo er manchmal verrutscht, und ein bisschen in den Himmel geschaut. Aber es war saukalt, lange habe ich es nicht ausgehalten.

Heute steigen dicke Nebelschwaden aus dem Wald auf. Nellie und Timo schmeißen eine Namensparty für die kleine Nina. Ich wollte noch ein Geschenk besorgen, aber wie gesagt, alles hat zu. Was schenkt man einem Baby zur Namensparty? Ich frage mal das Internet, aber da kommt nur lauter Zeug, das man bestellen müsste. Wenn ich ein kleines Baby wäre, was würde ich cool finden? Das Einzige, was offen hat, sind der Supermarkt, der Kiosk und die Apotheke. Ich entscheide mich für den Kiosk und kaufe eine Wundertüte. Wusste gar nicht, dass es die noch gibt. Dann kaufe ich noch eine Tageszeitung und ein Plüschtier, wickle die Wundertüte zusammen mit dem Plüschtier darin ein und mache eine Schleife drum. Die Frau vom Kiosk – die arbeitet übrigens auch schon ewig hier und wir kennen einander, ohne einander zu kennen, wer versteht –, sie hilft mir dabei, das Ganze einigermaßen hübsch einzupacken. Zeit hat sie ja.

«Viel Glück», sagt sie dann noch, als ich gehe. Ich denke, sie meint damit mein zugegeben ziemlich misslungenes Geschenk, aber sie sagt es so, dass ich denke, vielleicht meint sie doch mich.

«Gleichfalls», sage ich. Sie lacht und schiebt das Glasfenster, hinter dem sie steht, zu, wohl damit nicht die ganze Wärme aus ihrer kleinen Kabine abhaut.

Alle lassen sich auf der Party blicken, um die kleine Nina zu feiern. Wir sitzen an einem langen Tisch, tragen Partyhüte, essen Kuchen, den Timos Mutter gebacken hat, und die Frauen reden über Kinder. Roman erzählt, dass er endlich entschieden hat, welchen Boden er einbauen will. Kirsch, meint er. Dann erzählt er noch was von einem anderen Bauprojekt, das nächsten Frühling starten soll, und Gian sieht mich an, sagt, dass er davon gehört hat.

«Was siehst du mich so an? Was hat das mit mir zu tun?», frage ich.

«Du hast das echt nicht mitgekriegt?», sagt Timo, den ich seit einer Weile nicht gesehen habe. «Das war gestern groß in der Zeitung.»

Ich warte immer noch darauf, dass sie mir sagen, was das mit mir zu tun hat, aber irgendwie rückt keiner mit der Sprache raus.

«Ach, bis dann hat Luan sicher was anderes gefunden, oder?», sagt Gian und stellt mir noch ein Bier hin.

«Kann mir jetzt mal jemand sagen, wovon ihr da alle redet, bitte?»

Jeremia setzt sich auf den Stuhl neben mir, von dem Timo eben aufgestanden ist.

«Sie wollen den Bunker abreißen», sagt er. «Nach der Wintersaison fangen sie damit an. Du hast doch sicher ein Schreiben gekriegt? Als Mieter solltest du das doch wissen, die haben euch sicher informiert.»

«Ich hinke hinterher mit der Post», sage ich. Und das stimmt auch. Ich gehe normalerweise nur einmal die Woche zum Briefkasten. So viel landet da nicht. Ändert ja auch nichts, oder? Noch mehr Scheiße also, denke ich. «Seid ihr sicher?»

«Absolut sicher», sagt Roman.

«Alles geht den Bach runter», sagt Timo, als er zurückkommt.

«Da willst du doch eh nicht bleiben», meint Gian. «In diesem Loch zu leben, ist doch nichts. Wenn ihr mich fragt, ist es gut, dass dieses Monster mal wegkommt, fällt eh schon auseinander.»

«So schlimm ist es nicht», sage ich. «Mir gefällt es da eigentlich ganz gut, wenn man sich mal dran gewöhnt hat.» Alle nippen an ihrem Bier, die Frauen reden immer noch über die Kinder. Über Nina besonders, natürlich. Darüber, wie regelmäßig und gut sie ihre Windeln füllt und wie super das ist. «Ich bin sicher, ihr irrt euch. Die werden das nicht abreißen, nicht mit all den Leuten, die da von überall her drin wohnen. Wo sollen die denn hin? Die ganzen Saisonarbeiter? Es gibt doch nur den Bunker ...»

X

Der Schnee ist geschmolzen und bisher ist kein neuer gefallen. Und weil Johnny mich nicht mehr besuchen kommt, fahre ich jetzt zu ihm, sonst sehe ich ihn erst an Weihnachten und an Weihnachten können wir nichts zusammen unternehmen, weil wir dann alle unterm Baum sitzen müssen.

Jetzt sitze ich im Zug, nicht im Speisewagen, sondern ganz normal, zweite Klasse, und bin froh, dass ich das Viererabteil noch für mich habe. Ich bin ja kein asozialer Typ, echt nicht, aber im Zug will ich meine Ruhe, wie die meisten. Gerade als ich wegnicken will, das kann man sich ja so vornehmen und meistens funktioniert es auch, kommt da jemand auf mich zugesteuert. Sie geht mit großen Schritten durch den Gang, ohne sich an den Sitzen zu halten, obwohl der Zug rüttelt. Sie hat eine Freundin dabei, etwas kleiner, blond und mit Brille. Natürlich setzen sie sich zu mir.

«Na, sieh mal an», sagt Jenny. «Dich hätte ich hier nicht erwartet.»

«Fährst du nicht erste Klasse?», frage ich.

«Das ist (ich habe ihren Namen vergessen in dem Moment, als Jenny ihn sagt)», sagt Jenny. Es ist auch einfach zu laut hier im Zug, ganz ehrlich. «Eine Schauspielkollegin.»

Ich schüttle ihre Hand und frage mich immer noch, warum die beiden Mädels sich ausgerechnet zu mir setzen müssen und warum sie überhaupt ausgerechnet in diesem Zug sein müssen. Das eine Mal, das ich Zug fahre.

«Mein Auto ist in der Garage, Winterreifen», sagt Jenny. «Ich fahre nicht gerne erste Klasse und fürs Rollenstudium ist die zweite besser.» Ihre Freundin lächelt zustimmend.

«Wie du meinst», sage ich.

«Wo geht's denn hin?», will sie wissen.

«Hast du die Rolle bekommen?», will ich wissen.

«Ich muss hier raus», sagt die Unbekannte und steht auf. «Meine Station. Hat mich gefreut», sie hat meinen Namen auch bereits wieder vergessen. Dann ist sie weg. Und Jennys Gesichtsausdruck verändert sich.

«Sie behaupten, dass sie immer nur mich sehen, immer gleich», sagt sie. «Dass ich niemand anders sein kann als ich selbst, immer wieder die gleiche Version von mir selbst, nur anders angezogen und mit anderem Text.» Dann wühlt sie in ihrer Handtasche und steckt sich einen Kaugummi in den Mund. «Das sagen sie nur, weil ich zu alt bin, ganz sicher.»

«Zu alt?», frage ich.

«Klassisch, haben sie gesagt, aber sie meinen alt. Sie wollen etwas mit mehr Ecken und Kanten, ‹edgy›, was so viel heißt wie: etwas Jüngeres.» Sie steckt sich noch einen zweiten Kaugummi in den Mund. Pfefferminz, das rieche ich bis hier rüber. «Und eben, ich bin immer gleich, behaupten sie. Was Schlimmeres hätten sie gar nicht sagen können.»

«Die Blauenbachs?», frage ich.

«Natürlich die Blauenbachs, wer denn sonst. Du wolltest mir ja nicht helfen.»

«Vielleicht ist es nur die falsche Rolle», sage ich.

Jenny hat gar nicht mitbekommen, dass ich nicht mehr bei Dino arbeite. Sie sagt nichts dazu, die ganze Fahrt nicht. Sie redet nur weiter darüber, wie ungerecht sie behandelt wurde und dass sie froh ist, dass die Blauenbachs so selten in Waldbad sind, dass sie im anderen Gebäude wohnen. Sie hofft, dass sie bald eine andere Rolle bekommt, etwas Großes, damit sie ihnen zeigen kann, was sie drauf hat, dass sie unrecht haben. Sie überlegt sich, die Haare zu schneiden, vielleicht ein Tattoo. «Edgy kann ich», sagt sie. Ich will das alles gar nicht wissen. Und irgendwann sage ich ihr das auch, so auf meine Art, so mit nicht mehr antworten und warten, bis sie aufhört zu sprechen, kann man ja machen. Aber Jenny muss die Stille füllen, da ist sie anders als ich. Also stehe ich irgendwann auf und sage, dass ich raus muss und bis bald. «Musst du nicht», sagt sie. «Langweile ich dich?»

«Ein bisschen», sage ich.

«So viel Ehrlichkeit brauche ich heute nicht», sagt sie und steht auch auf. Ich setze mich wieder.

«Du hast recht, ich muss hier nicht raus», sage ich.

Auch Jenny setzt sich wieder.

«Also, wo willst du hin?», fragt sie nochmal.

X

Johnny sitzt am Boden, hat Kopfhörer auf und malt etwas aus, als ich ins Wohnzimmer komme. Das macht er am liebsten: Musik hören und basteln oder ausmalen. Es beruhigt ihn irgendwie, glaube ich. Er wippt hin und her und er lacht zwischendurch, was super ist, Lachen ist immer gut. Meine Mutter lacht nicht. Sie ist am Telefon, nebenbei rührt sie in der Spaghettisauce. Johnnys Lieblingsessen, Spaghetti mit Tomatensauce, dazu Chicken Nuggets und Ketchup. Das Ketchup macht er dann auch noch auf die Spaghetti, über die Tomatensauce. Er nennt es «dekorieren» und es muss auch immer die gleiche Flasche sein, die, die man zusammendrücken und gut aus dem Handgelenk schwingen kann, das macht er dann nämlich, damit das Muster genau richtig wird. Und nur wenn das Muster genau richtig wird, kann er alles mischen und anfangen zu essen. Zuerst die Spaghetti, dann die Chicken Nuggets.

Ich darf Johnny nicht erschrecken. Deswegen nehme ich einen Ball und lasse ihn langsam auf ihn zurollen. Als er vor ihm stehen bleibt, dreht er sich zu mir. Er weiß, dass ich es bin, weil ich den blauen Ball genommen habe. Er legt die Kopfhörer ab, springt auf und fällt mir in die Arme. Heute ist ein guter Tag.

X

Die Sache mit dem Bunker stimmt leider. Der Brief ist ziemlich kurz, aber was soll man da auch mehr dazu sagen. Sie schreiben nur, dass das Haus baufällig ist, obwohl ich das anders sehe, und dass es um eine Optimierung der Raumnutzung geht. Worte, die irgendwie nichts bedeuten, außer dass etwas gebaut wird, das danach mehr kostet. Hübscher ist, vielleicht. Und sicher für eine andere Kundschaft, nicht für mich und die Norwegerin, den Deutschen, die Amerikaner und so weiter. Nein, für Leute wie uns, das schreiben sie auch im Brief, soll es im Sommer eine Container-Lösung geben, temporär natürlich, sagen sie. Aber keiner von uns wird in die teuren Wohnungen einziehen, logo. Also wie temporär ist das denn wirklich?

Ich spanne den Bogen und warte. Dann höre ich etwas, ein Knacken, nichts Besonderes, aber das Knacken kommt näher. Ich halte die Spannung und warte weiter, ziele in die Richtung, aus der das Geräusch kommt. Es knackt wieder. Dann sehe ich etwas, einen Schatten, sieht aber nicht aus wie ein Tier. Der Schatten ist groß und lang, eher so wie ein Mensch. Ich lasse den Bogen etwas sinken, damit ich besser sehen kann, was da hinten los ist. Da ist er wieder. Der Schatten ist größer als ich, aber schmäler, würde ich sagen, und schnell, richtig schnell. Dann ist da noch einer und noch einer. Was soll das, denke ich. Und was soll ich jetzt tun, verdammt noch mal. Ich habe keine Angst, das würde ich nicht sagen. Aber ich muss wissen, was da los ist. Also lege ich den Bogen weg und gehe langsam in Richtung der Schatten und Geräusche. Sie werden nicht schärfer, lauter oder langsamer. Als ich fast da bin, endlich fast sehen kann, was da los ist, liege ich plötzlich am Boden. Klar, Luan, genau in diesem Moment stolperst du und jetzt sind die Schatten überall. Nur ganz kurz. Und was dann kommt, kenne ich. Die Lichter. Sie schweben direkt über mir. Ich kann sie fast anfassen, so nah sind sie. Verrückt, nein, ich bin nicht verrückt.

«Wer seid ihr?», frage ich. «Was wollt ihr?»

Die Lichter bewegen sich nicht. Da ist nur wieder dieses Geräusch und ich frage mich, ob das denn niemand sonst hören kann. Aber es ist mitten in der Nacht und ich bin allein hier draußen im Wald, wie immer. Zumindest dachte ich, dass ich allein bin, klar, das hat sich ja jetzt offensichtlich geändert. Die Lichter schweben immer noch über mir, blenden mich und ich spüre, dass sie etwas von mir wollen. Nur was? Das Geräusch wird lauter, die Lichter heller, dann wird es irgendwie warm, so wie wenn jemand eine Heizung angeworfen hätte, echt jetzt, und da weiß ich wenigstens, dass sie nichts Böses wollen. Fühlt sich wenigstens so an. Aber verschwinden tun sie trotzdem nicht und aufstehen kann ich auch nicht. Dann habe ich plötzlich so eine Art Eingebung, einen Geistesblitz, könnte man sagen. Da ist was in meiner Hosentasche, der Meteorit. Ja, ich weiß, die Astronomen und was die sonst noch alle sind haben gesagt, dass es keiner ist, aber ich habe ihn trotzdem behalten, weil ich dachte, bevor mir keiner beweisen kann, dass es keiner ist, glaube ich einfach weiter daran. Hat mir die Jahre davor auch nicht geschadet, oder? Jedenfalls denke ich jetzt an diesen Stein in meiner Hosentasche und etwas sagt mir, jetzt keine Stimme oder so, eher ein Gefühl, dass sie diesen Stein wollen. Dass sie wegen ihm hier sind, was auch immer er ist. Langsam fahre ich mit meiner Hand runter zur Hosentasche, die andere halte ich weiter hoch, wo sie schon die ganze Zeit ist, und so was wie «Ich komme in Frieden» signalisiert. Ich greife also mit meiner anderen Hand in die Hosentasche und ziehe das Stück Irgendwas raus, halte es den Lichtern entgegen. Was dann passiert, na ja, das glaubt mir ja eh keiner, aber ich sag's trotzdem: Da kommt etwas aus den Lichtern, keine Hand, so eine Art Hand, aber weniger fleischig und es ist schwarz, brandschwarz, und es greift nach dem Stein. Ganz vorsichtig, nicht hastig oder wütend oder schnell, nein, so völlig ruhig und langsam greift es nach dem Stein, wartet, bis ich ihn loslasse, dann verschwindet es zusammen mit dem Stein wieder in den Lichtern. Keiner sagt: «Danke», glaube ich wenigstens, aber es fühlt sich wie ein Danke an, also sage ich: «Bitte.» Es wird noch mal richtig warm und richtig hell und dann, tja, dann sind die Lichter weg und ich wieder allein.

Kurz bleibe ich noch liegen, dann setze ich mich hin.

«Holy Shit», ist alles, was mir dazu einfällt.

FRAU WIDMER

Wenn jemand Privatlektionen bucht, muss ich sagen, bin ich immer ein bisschen nervös. Das kann dann ein richtig entspannter Tag werden oder so was wie das schlimmste Blind Date, das man dann einfach durchziehen muss, weil wird ja bezahlt. Heute hat ein Pärchen gebucht, so viel weiß ich schon mal. Jetzt warte ich hier an der Talstation auf die beiden beim Treffpunkt. Sie sind zu spät, aber was soll's. Ich esse noch mein Croissant fertig, mache noch mal Sonnencreme auf meine Nase, die verbrennt man sich am schnellsten, garantiert. Hier sieht man viele rote Nasen.

Dann kommen sie. Er trägt ihr Snowboard und reicht es mir, als sie vor mir stehen. Beide tragen keinen Helm, das müssen wir schon mal ändern. Ich erkläre ihnen auf Englisch, dass sie einen Helm mieten müssen, aber das wollen sie nicht. Ich erkläre ihnen, dass das leider Pflicht ist, Regeln sind Regeln, allein können sie machen, was sie wollen, aber mit mir nicht, da bleibe ich hart. Das verstehen sie nicht. Sie lachen genervt. Ich zucke mit den Schultern und sage nichts. Warte mal wieder, bis die beiden merken, dass ich es ernst meine. Dann endlich, nach einer gefühlten Ewigkeit, glauben sie mir und wir können zum Shop, besorgen den beiden Helme. Trinkgeld gibt es heute wahrscheinlich keins, mal sehen.

Der Muskelkater am Anfang der Saison ist echt nicht ohne. Ich bin nicht unfit, würde ich jetzt mal so sagen, aber ich geh ja nicht einfach nur Snowboarden, ich schleppe das Zeug der anderen rum, manchmal, helfe ihnen beim wieder Aufstehen, schiebe sie an, ziehe sie hinter mir nach, halte sie in den Kurven, wenn es Anfänger sind, steige mit ihnen aus dem Bügellift, wenn es sie raushaut, muss rüber zur Piste laufen, natürlich wieder mit doppeltem Gepäck und dann das Ganze von vorne. Und wie gesagt, es ist Anfang der Saison, da muss man sich wieder an all das gewöhnen, ich zumindest. Wenigstens liegt jetzt Schnee. Mal sehen, wie lange. Das Geld reicht trotzdem nicht, nicht so, dass ich mein Erspartes liegenlassen kann, und das ist mir echt wichtig, da muss es schon ein echter Notfall sein, dass ich das riskiere.

Bei Jeremia läuft auch nur was, wenn viele Leute im Skigebiet sind. Und dann muss ich auch auf den Berg. Deswegen arbeite ich wieder beim Schreiner und jetzt manchmal auch beim Klempner. Die beiden sind Brüder, beide von hier, haben das Geschäft des Vaters und des Großvaters übernommen. Der Vater war Schreiner, der Großvater Sanitärtechniker. Praktisch, würde ich sagen, und ich glaube, ich bin auch ganz praktisch für die, da bin ich froh. Das erinnert mich, ich muss noch mit Johnny ein Snowboard bei Jeremia aussuchen gehen, wenn er hoffentlich irgendwann mal wieder hier ist.

Aber jetzt sitze ich hier im Bunker mit der lauten Norwegerin und den beiden Amis. Wir sind im Aufenthaltsraum, der ungefähr so gemütlich ist wie ein Wartesaal am Bahnhof, aber das soll wohl so sein. Sonst ist man noch zu oft hier. Die Norwegerin arbeitet in der Therme, habe ich in der Zwischenzeit herausgefunden. Ich erzähle ihr von Nellie und sie sagt, sie hat von ihr gehört, sie aber noch nicht kennengelernt, wie das halt so ist. Wir essen Butterbrote mit Schokoladenstreuseln oder so was. Die Norwegerin sagt, sie hat die Streusel von ein paar holländischen Kunden geschenkt bekommen. Die Amis erzählen, dass sie das Recyclingsystem hier in der Schweiz nicht verstehen, und fragen, warum wir keine Klimaanlagen haben. Darüber habe ich nie nachgedacht und das sage ich ihnen auch. Mir fehlen die nicht.

Ich denke über so einiges nicht zu viel nach, wie man vielleicht gemerkt hat. Das hilft, ganz ehrlich. Zum Beispiel habe ich Nature Girl gestern auf der Piste gesehen, Ludwig auch, sogar den Lungenspezialisten habe ich im Supermarkt getroffen. Aber darüber denke ich nicht nach. Oder über Dino. Ich weiß genau, dass er vergessen wird, den Eingang vor dem Hotel zu salzen, das vergisst er immer. Genauso wie das Leeren der Dachrinnen vor dem Winter, das muss man unbedingt machen. Oder das Checken der alten Leitungen, wenn die Minusgrade kommen. Aber Dino verlässt sich da ganz auf mich, hat er jedenfalls früher.

Über die Lichter denke ich ehrlich gesagt aber nach, ja, das war schon was. Aber erzählen würde ich das niemandem, immer noch nicht. Das bleibt mein Geheimnis, sonst lassen sie mich noch einliefern. Wäre sicher nicht das Ende der Welt, aber ich weiß, dass ich nicht spinne. Das würde mir nur keiner glauben, außer Johnny und vielleicht mein Vater. Über den denke ich auch nicht nach. Nicht bis Weihnachten und das ist noch eine Woche. Dann mal sehen, ob er auch da sein wird. Die Norwegerin und die Amis bleiben an Weihnachten hier, aber im Frühling gehen sie wieder nach

Hause. Und an Ostern sind sie ganz weg. Was dann mit mir ist, weiß ich nicht. Ich habe mir zwei Wohnungen angesehen, beide zu teuer. Dann hat mir noch ein Kumpel von Gian eine Kellerwohnung angeboten und die hätte ich auch genommen, wenn er nicht eine Woche später einen Wasserschaden gehabt hätte und jetzt das ganze Untergeschoss erstmal wieder instand setzen muss. Der hat den gleichen Fehler gemacht wie Dino und die Abflüsse nicht freigemacht, tja, dann passiert so was und jetzt weiß ich wieder nicht wohin. Aber wer weiß das schon wirklich, was?

«Wieso kommst du nicht mit?», fragt die Norwegerin. «Bei uns gibt es viel Arbeit im Sommer, da kann ich dir easy einen Job besorgen.»

«Nach Norwegen?»

«Ja, Dude», sagt einer der Amis. «Norwegen ist ‹rad›.» Heißt wohl so was wie «cool», nehme ich an. «Da geht die Sonne nie unter im Sommer, oder?», sagt er und fragt gleichzeitig die Norwegerin. Sie grinst ihn nur an. «Und die Partys sind der Hammer», fügt der Ami hinzu. «Die Partys und die Mädels.»

«Ich weiß nicht», sage ich.

«Was hast du denn hier vor?», fragt die Norwegerin.

Da stellt sie keine blöde Frage, das muss man sagen. Gibt es ja eh nicht, blöde Fragen, und ich habe echt keine Ahnung, was ich ihr antworten soll. Schlimmer als nicht in Waldbad zu wohnen, ist nur, in der Nähe von Waldbad zu wohnen, meine Meinung. Da ist es vielleicht besser, gleich nach Norwegen zu gehen, wenn ich hier keinen Ort für mich habe. Einen Ort, wo Johnny mich besuchen kann.

«Sieht man da auch im Sommer die Polarlichter?», frage ich.

«Manchmal», sagt sie, «wenn man Glück hat.»

X

Die Skatehalle ist fast leer um diese Zeit. Ich habe Simon hierher verfrachtet, was gar nicht so einfach war. Im Postauto ist kaum Platz für seinen Rollstuhl, weil die Leute mit ihren Boards und Skis und Kinderwagen und was hier so rumgeschleppt wird alles blockieren. Erst nachdem der Fahrer eine Durchsage macht, gehen die Leute zur Seite, mein voller Ernst. Die sind alle mit den Gedanken woanders, da könnte man schon wütend werden. Aber Simon bleibt entspannt. Er sagt nur laut, als wir endlich einsteigen können: «Zum Glück habe ich meine Skier zu Hause gelassen, das wäre richtig eng geworden.»

Unterwegs überholen wir die Kutsche. Ja, so ein Schlitten mit Pferd oder so was wär jetzt einfacher für Simon, weil die Gehwege voller Schnee und Eis sind. Es ist Samstagmorgen, am Nachmittag muss ich auf den Berg, aber Simon hat mir diese Woche geschrieben, dass er die Schnauze voll davon hat, mir zuzusehen, wie ich es einfach nicht schaffe, diesen blöden Treflip zu landen, und hat gesagt, dass er heute noch ein letztes Mal mitkommt.

«Danach kannst du das allein machen, mir reicht's», hat er gesagt und ich fand's ganz lustig, deswegen sind wir jetzt hier. Ich bin nicht gerne hier in der Halle, ist mir meistens zu voll und man kann nicht den Himmel sehen, wenn es einen auf die Fresse haut, sondern nur die dunkle Hallendecke. Ist aber der einzige Ort hier, wo man auch im Winter skaten kann, und das ist ja schon was.

Simon rollt in seinem Rollstuhl durch die Halle und über die eine oder andere Rampe, ich schiebe ihn zwischendurch mal wo hoch und er dreht sich dann um und sagt: «Halt dich fest, ich zünde gleich den Booster.» Das macht er dann auch und die wenigen Kids, die auch da sind, kriegen vor Staunen den Mund nicht zu.

Ich bin kurz davor, den Trick zu landen, das weiß ich. Kopf ausschalten, das muss man schaffen. Und wenn das jemand können sollte, dann wohl ich, nicht wahr? Einfach losfahren und nichts denken, nur den Trick im Kopf. Ich kann den Olly, ich kann den Kickflip, ich kann den Pop Shove-it. Mir fehlen nur die 360 Grad. Die ersten zehn Mal klappt es auch heute nicht. Die zweiten zehn Mal klappt es nur fast. Und ich weiß, ich habe noch zwei Versuche in mir, dann sind meine Beine fertig. Simon filmt mich wieder.

«Das Problem sind deine Schultern. Du drehst sie zu fest nach vorne», sagt Simon.

«Du meinst also, meine Füße haben damit nichts zu tun, oder wie?»

«Deine Füße zeigen in eine andere Richtung als deine Schultern, Alter», meint er. «Davon verstehe ich was, glaub mir.» Er hält mir das Handy hin. «Guck.»

«Na gut, Coach», sage ich und fahre nochmal los.

Simon fährt mir hinterher, dann fährt er auf gleicher Höhe. Viel Speed brauche ich nicht. Ich mache, was ich immer mache, nur dieses Mal drehe ich die Schultern nicht nach vorne, ich lasse sie so ausgerichtet wie meine Füße, schaue nach unten auf meine Sneaker, denke nichts, dann geht alles ganz schnell. Ich springe ab, das Board hebt sich vom Boden, dreht sich, ich ziehe meine Füße hoch, schaue immer noch nach unten, ich spüre die Drehung des

Boards, als sie fertig ist, finde es mit den Sohlen, sie halten es fest, ich schaue weiter nach unten und dann, dann landet das Board auf dem Hallenboden mit diesem herrlichen Sound und es rollt, ich stehe immer noch drauf und Simon rollt weiter neben mir her.

Er jubelt, ich juble und die drei Kids, die uns bei der ganzen Übung zugesehen haben, jubeln mit.

X

So richtig was los ist hier erst ab dem 26. Dezember, das weiß jeder. Erst dann sind überall in den Wohnungen die Lichter an, wenn auch nur für zwei Wochen, alle Parkplätze besetzt mit fetten Mercedes und Range Rovers, Porsches und was die Leute sonst noch so fahren. Nur den einen oder anderen Tesla. Man würde denken, dass hier, wo ja jeder der Natur nahe sein will, mehr Elektroautos rumkurven. Ist aber nicht so, wenn man sich so umschaut. Dino sagt, das sei wahrscheinlich für das Alpengefühl. Ihn nervt es nur, weil der Parkplatz vor dem Hotel für all die großen Vehikel zu klein ist. Sie, also all die Leute, feiern jedenfalls Weihnachten zu Hause, erst danach packen sie ihre Sachen und kommen hier hoch, wenn alle anderen auch kommen. Ist immer das Gleiche. Dann gehen wir Einheimischen auch wieder mindestens einen Ort weiter einkaufen, nicht mehr in Waldbad, ganz sicher nicht, das muss man sich nicht antun, außer man steht drauf. Aber vorher gibt's hier nur Action, wenn auch Schnee da ist und der hat sich nach zwei warmen Tagen schon wieder krass zurückgezogen, da müssen die von den Bergbahnen kreativ werden. Wenigstens ist es jetzt wieder kalt und die Beschneiungsanlagen laufen. Die Sache ist nur die: Wenn es anderswo keinen Schnee gibt, sagen wir dort, wo die Leute eigentlich wohnen, oder wenn es da nicht mindestens ein bisschen nach Winter aussieht, kommen die nicht auf die Idee hierherzukommen. Das verstehe ich schon, dann denken die da unten einfach, es ist noch Herbst, weil es da auch noch Herbst ist, klar. Aber hier warten wir dann auf die Gäste und ich auf solche, die auf die Piste wollen. Die große, dekorierte Tanne, die hier auf dem Dorfplatz steht, haben sie schon vor drei Wochen mit dem Heli eingeflogen. Dauert wohl zu lange, hier eine richtige Tanne wachsen zu lassen.

Heute ist der 24. Dezember und eigentlich sollte ich bald im Zug sitzen, unterwegs zu Little Johnny. Das mit Weihnachten versuche ich immer schnell hinter mich zu bringen. Klar finde ich es cool, Zeit mit Johnny zu haben, logo, aber alles andere sagt mir nichts. Mein Vater sollte nicht auftauchen, finde ich, ist einfacher so. Er macht Johnny nervös und dann wird meine Mutter auch nervös und ihr Mann, der eigentlich ganz cool ist, wird auch nervös oder besser gesagt sauer auf meinen Vater, weil der einfach nicht anders kann, als er selbst zu sein und Johnny nervös zu machen. Also ist es für alle besser, wenn er erst gar nicht kommt, einfach ein Paket schickt mit zwei Flaschen Cola und einem Panettone, wie jedes Jahr. Daran hat er nie was geändert und daran war auch nie was falsch, wenigstens nicht für mich.

Wahrscheinlich habe ich auch Ja zu dem Auftrag gesagt, weil es ein Auftrag bei Dino ist. Ich glaube, der weiß aber gar nicht, dass ich komme, also dass nicht einfach irgendein anderer Handwerker kommt. Ein bisschen nervös macht mich das schon. Andererseits kenne ich das Hotel und die Häuser in- und auswendig. Egal was ich da machen muss, es wird eine schnelle Sache, so viel ist sicher.

Als ich das Hotel betrete, sehe ich niemanden. Es ist still hier und die Fenster werden wohl erst morgen geputzt. Anita, die Putzfrau, feiert heute sicher mit ihrer Familie. Ich glaube, sie hat eine Familie, so ganz genau wissen tu ich das nicht. Anita und ich sprechen nicht über so was. Wir reden über die Arbeit, das Wetter, über Dino und Dinos bald Ex-Frau, über die Truppe, wenn es sein muss, über all die Macken des Gebäudes. Ich rufe: «Hallo», und höre, dass im Büro der Fernseher an ist. Aber keiner antwortet. Ich rufe noch mal: «Hallo», kann ja immer sein, dass man was überhört. Wieder nichts. Früher wäre ich jetzt einfach ins Büro gegangen, nachsehen, ob da jemand ist, aber seit diesem blöden Zufall damals und dem Rausschmiss, na ja, da halte ich mich lieber zurück. Ich weiß ja eh, warum ich hier bin, kann also auch einfach meinen Job machen und dann später schauen, ob ich jemanden finde, oder halt einfach die Rechnung schicken lassen.

Es ist seltsam, hier zu sein, ohne hierherzugehören. Mein Körper erinnert sich an alles, den Boden, die Stufen, den Geruch, wo jeder Lichtschalter ist, da muss ich nicht schauen, da mache ich einfach. Vielleicht war ich ja doch zu lange hier, wer weiß das schon? Es gibt doch so Orte im Leben, die sind wie Magnete, wollen, dass man da ist und auch da bleibt oder wenigstens wiederkommt. Und dann kommt man wieder, so wie ich jetzt, und dann gehört man doch nicht da hin. Heute wechsle ich die Verlängerungsschläuche, spüle den Siphon durch, zack, zack, ist alles erledigt. Eigentlich hat Dino Glück, dass ich noch in Waldbad bin, ein anderer hätte sicher länger gebraucht und auch länger gehabt, sich hier zurechtzufinden. So einfach ist das gar nicht, wenn man das Problem nicht genau kennt, kann man viel Zeit verlieren.

Ich gehe wieder hoch, sehe immer noch niemanden und höre immer noch den Fernseher im Büro. «Hallo», sage ich noch einmal und: «Ich bin fertig.» Aber nichts rührt sich. Jetzt find ich's doch langsam übertrieben, dass Dino nicht mal rauskommt. Ich klopfe an der Bürotür, keine Antwort. «Dino», sage ich. «Ist alles erledigt, funktioniert wieder einwandfrei.» Ich bleibe vor der Tür stehen, auch wenn Dino nichts sagt. Eigentlich ist es untypisch für Dino, dass er so gar nichts sagt, denke ich. Ich klopfe nochmal. «Alles klar, Dino? Bist du da drinnen?» Dann schiebe ich die Tür langsam auf.

Wenn man jemanden reanimiert, das habe ich als Bademeister gelernt, wie man sich denken kann, macht man das am besten im Rhythmus von «Staying alive» oder «Atemlos», obwohl man die Lieder dazu natürlich kennen muss, ein bisschen wenigstens. Ich lehne mich über Dino, er ist nur bewusstlos, atmet noch, wenn auch ziemlich flach. Ich drehe ihn in die stabile Seitenlage, dann rufe ich den Krankenwagen.

Ich schaue zum Schreibtisch, da stehen wieder jede Menge Espressotassen. Den Fernseher lasse ich laufen, vielleicht beruhigt es ihn ja. Angeblich hört man ja immer noch alles, wenn man bewusstlos ist. Deswegen rede ich jetzt auch mit ihm.

«Sie sind unterwegs», sage ich. «Wird alles gut, Dino, keine Sorge.» Die Folge, die gerade läuft, kenne ich. «Ah, das ist die mit der Yacht, die ist gut», sage ich. «Aber das weißt du ja, hast sie bestimmt schon hundert Mal gesehen. Ich weiß nicht mehr, wie's ausgeht, keine Ahnung.» Dino regt sich nicht, aber atmet immer noch. Er tut mir echt leid, wie er da liegt, und das an Weihnachten. «Hast du den Baum gesehen, den sie oben hingestellt haben? Der ist noch größer als letztes Jahr», sage ich. «Und die Lichterkette, die Lampen, Lämpchen kann man gar nicht mehr sagen, sind so groß wie mein Kopf.» Ich checke nochmal seinen Atem, dann setze ich mich auf den Boden, mit dem Rücken zur Wand. «Die seltsamsten Farben, so gar nicht weihnachtlich. Pink, blau und gelb, dann wenigstens noch grün», sage ich. «Wer das entschieden hat, würde ich auch gerne wissen.» Ich schaue nochmal auf mein Handy, wie lange mein Anruf jetzt her ist. Die müssten jeden Moment hier sein. «Ich mag Weihnachten auch nicht», sage ich noch, da höre ich endlich die Sirenen und sehe die Blaulichter.

Ich gehe aus dem Weg und lasse die Rettungssanitäter ihr Ding machen. Und als Dino endlich wieder zu sich kommt, da fallen zwei Tonnen von mir ab, wenn nicht noch mehr, und er sieht mich an, wie einen halt jemand ansieht, wenn er weg war und dann ein Gesicht sieht, das er kennt, aber nicht erwartet hat. Überhaupt ein Gesicht sieht wahrscheinlich, aus dieser Perspektive. Und von Perspektive hat Dino ja Ahnung, sagt er, mit der hier hat aber auch er nicht gerechnet.

«Gute Besserung», sage ich noch zu ihm, als er davongerollt wird.

Er hebt drei Finger.

X

Man könnte sich schon fragen, das gebe ich zu, warum ich das Bogenschießen überhaupt trainiere oder wie es dazu gekommen ist. Und sicher könnte man sich die Zeit nachts auch anders vertreiben. Mit Schlafen zum Beispiel, das wär was. Ich habe nur gemerkt, dass die Nacht oft verschwendet wird und dass ich sie eigentlich genauso mag wie den Tag. Wenn die Sterne rauskommen, wenn es still ist, wenn die Welt so komplett anders aussieht und man auch selbst irgendwie jemand anderer ist. Bogenschießen im Dunkeln macht für die meisten vielleicht keinen Sinn, aber, Mann, sich den Bogen auf den Rücken zu schnallen, durch den Wald zu ziehen und dann nach all der Zeit auf einen Baum zielen zu können und ihn dann jetzt endlich auch noch zu treffen, einfach so, das hat schon was. Außerdem habe ich nachts nicht das Risiko, jemandem weh zu tun, das ist ja das Wichtigste, und kein Publikum, das brauche ich auch nicht. Nachts gehört der Wald wieder sich selbst, da ist er wieder so, wie er sein soll. Wild und allein und voller Leben. Jetzt im Winter sieht man auch die Spuren, überall Tierspuren und dazwischen meine Schuhabdrücke.

Die Lichter machen mich nicht mehr nervös, falls sie überhaupt wiederkommen, jetzt wo sie haben, was sie wollten. Irgendwie hoffe ich, dass ich sie nochmal sehe. Irgendwann vielleicht. Oder wenn ich nochmal so einen Stein finde.

X

Dino hat es übrigens überstanden, ist seit ein paar Wochen wieder auf dem Damm. Was er genau hat oder hatte, weiß ich nicht.

Ich bin gerade bei ihm zum Kaffee. Er hat sich bedankt und er sagt, dass es auch eine seiner Lieblingsfolgen war.

«Wie geht es dir?», fragt er.

«Ganz okay», sage ich. Will ja auch nicht, dass er sich schlecht fühlt. Schließlich war es mein Fehler. Er musste mich rausschmeißen klar, meine Neugier mal wieder. Meinen alten Job würde ich trotzdem gerne zurückhaben, aber er hat schon einen neuen Luan eingestellt.

«Hast du genug Arbeit?», fragt er.

«Mal so, mal so», sage ich. «Aber es gibt immer etwas zu tun.» Dino trinkt einen Schluck Tee, dann einen Schluck Kaffee. Das mit Norwegen sage ich Dino nicht. Ich werde auch Johnny nichts von Norwegen sagen, noch nicht. Da muss ich mir noch was überlegen, weiß ja noch gar nicht, wie lange ich weg sein werde, ob nur ein paar Monate oder länger. Für Johnny spielt das keine Rolle. Weg ist weg. Für Dino spielt es sowieso keine Rolle, jetzt nicht mehr. Die Entscheidung ist mir nicht leichtgefallen. Ich wollte nie von Waldbad weg, aber wenn dich ein Ort nicht will, spuckt er dich wohl früher oder später aus. So fühlt es sich wenigstens an.

«Hält sich gut», sagt er dann. «Der Zaun. Der zweite Anstrich hat's gebracht.»

«Absolut», sage ich.

Die von der Sternwarte sind jetzt auch da. Bevor sie anfangen zu diskutieren, muss ich aber schon wieder los. Auf der Türschwelle kommt mir dafür der Parfümeur entgegen.

«Riech mal», sagt er. Und ich denke, ist das jetzt so ein alter Berufswitz von ihm, haha, oder meint er das ernst? Aber er greift tatsächlich in seine Tasche und holt ein kleines Fläschchen raus. Er nimmt den Deckel weg, ich will danach greifen, aber er sagt: «Moment», und nimmt ein Tuch raus, lässt was von dem Zeug drauf tropfen und wedelt mit dem Tuch vor mir in der Luft rum. «Na?», sagt er, «an was erinnert dich das?».

Ganz ehrlich, ich weiß es nicht. Also sage ich einfach: «Eichenmoos?»

«Und?»

«Und was?»

«Die Höhle», sagt er. «Dieser herrliche, dichte, erdige, mineralische Duft aus der Höhle.»

Ich rieche nochmal. Will ja nicht unanständig sein. Dann nicke ich.

«Jaja, genau, die Höhle. Gut getroffen», sage ich.

«Ich nenne die Kreation ‹Bain de forêt›.» So viel Französisch kann sogar ich.

X

Der Rest des Winters ist wie jedes Jahr. Im Januar gibt es viel Schnee, im Februar schmilzt er, im März gibt es nochmal Schnee, der bis Anfang April geschmolzen ist, und dann schneit es nochmal kurz vor Ostern, vor Saisonschluss, damit sich auch alle am letzten Tag, an dem die Bergbahnen offen sind, nochmal ordentlich die Knochen brechen oder sich volllaufen lassen können. Wobei, zwei Sachen sind anders: Es ist wärmer als sonst, das sieht man daran, dass die meisten beim Après-Ski nur im T-Shirt unterwegs sind, und natürlich auch daran, dass schon seit Ende

Februar nur noch ein schmaler weißer Streifen bis ins Tal führt. Aber das stört die Leute nicht, solange sie bis ganz nach unten fahren können, das ist alles, was sie wollen. Und dann ist da noch die neue Bergbahn, von der alle reden. Irgendwas Neues muss man ja immer bieten, nicht wahr?

Noch etwas ist diesen Winter anders: Ich packe meine Sachen. Das Zimmer im Bunker lasse ich leer zurück, das war die Anweisung, weil das Gebäude schon in zwei Wochen nicht mehr stehen wird. Ich bin dann in Bergen. Ich kenne Bergen nicht, aber der Name klingt schon mal nicht schlecht. Da denke ich natürlich an Berge und die brauche ich, ohne die komme ich nicht klar, das weiß ich. Auch Wälder und Seen gibt es in Norwegen, nette Menschen sicher auch. Und Touristen, hat die Norwegerin gesagt, fast wie hier. Das klingt doch auch nicht schlecht. Das schaffe ich schon, sage ich mir, als ich mir die letzte Tasche auf die Schulter lade. Heute schlafe ich mal wieder auf Jeremias Couch.

X

Nellie hat eine Abschiedsparty organisiert. Es sind dieselben Leute wie immer dabei, meine Leute. Ich sehe sie mir alle nochmal ganz genau an, bin einfach still, zumindest die meiste Zeit, trinke mein Bier und schaue in die Runde. Da kann man schon dankbar sein, wenn man solche Leute im Leben hat, richtig dankbar. Gian merkt wohl, dass ich seit einer Weile nichts gesagt habe, Gian merkt immer alles, jetzt kommt er rüber und setzt sich neben mich.

«Hey, wenn es dir nicht gefällt, kommst du einfach wieder zurück», sagt er. «Wir bleiben hier. Na ja», sagt er noch, «ich geh natürlich wieder für eine Zeit nach Südamerika, aber danach bin ich wieder hier, wie immer. Wie wir alle.»

Ich nicke und dieses Mal klopfe ich ihm auf die Schulter.

«Danke», sage ich.

«Wofür?», fragt er.

«Ihr seid mein Zuhause», sage ich. «Wart ihr immer.»

X

Ich werde am Flughafen abgeholt, aber mein Abholdienst hat Verspätung. Wenn man in Bergen landet, ist man von Wasser umzingelt, man sieht die dichten Wälder und das besondere Licht. Ich könnte drinnen warten, aber ich entscheide mich dazu rauszugehen, ein bisschen die Beine zu vertreten. Ich gehe nicht weit, nur so, dass ich etwas sehen kann, frische Luft atmen. Ich atme so tief ein, wie lange nicht mehr. Da ist so ein Druck auf meiner Brust. Ich atme nochmal, noch tiefer, aber der Druck geht nicht weg. Ich lasse die Tasche fallen, versuche weiterzuatmen, da spüre ich, wie mein Gesicht heiß wird. Es wird immer heißer, ich reibe mir die Augen. Erst da merke ich, dass ich weine. Reiß dich zusammen, Luan. Du bist in Norwegen, alles ist okay, was ist das Problem? Ich setze mich auf meine Tasche, stütze mein Gesicht in meine Hände. Ich will nicht, dass mich jemand so sieht, wer würde das schon wollen? Alles ist okay. Ich muss nur weiteratmen, Staying alive, einfach weiteratmen, wie ich das sonst auch jeden Tag den ganzen Tag mache. Das hört schon auf, irgendwann muss es aufhören.

Gib deinem neuen Leben eine Chance, Luan. Du bist jetzt hier. Ich sehe hoch, sehe mich nochmal um. Ich schaff das schon.

Da fährt das Taxi vor. Ein Mann steigt aus, ungefähr gleich alt wie ich, würde ich sagen. Er spricht Englisch mit Akzent, genau wie ich, nur anders.

«Hüpf rein», sagt er und öffnet die Beifahrertür. «Einen solchen Service biete ich nicht jedem, hopp hopp.» Ich muss lachen.

Wir fahren los und der Druck auf meiner Brust wird weniger, ein bisschen wenigstens. Ich sage mir, das ist doch das, was du wolltest, und das stimmt ja auch. Ich musste nicht hierherkommen, das habe ich selbst entschieden, keiner hat mich gezwungen. Norwegen, ein Abenteuer, weit weg von zu Hause.

«Müde?», fragt der Fahrer. Ich glaube, er hat seinen Namen gar nicht gesagt.

«Ja, müde», sage ich. «Einfach nur müde.»

Die Unterkunft ist etwas außerhalb von Bergen. Ich habe ein Zimmer mit Bad, eine kleine Küche, die ich mir mit einem anderen Arbeiter teile. Er wohnt im Zimmer nebenan. Seinen Namen weiß ich, er heißt Mirko und kommt aus Deutschland. Ich schmeiße meine Tasche aufs Bett und beginne, mein Zeug auszupacken, in den Schrank zu räumen, der hier schon bereitsteht. Aber ich habe keine Kleiderbügel, also staple ich die Sachen einfach. Ich drehe im Bad die Heizung auf, will meine Zahnbürste rausholen, da ruft mich jemand an.

Ich kenne die Nummer nicht. Und gerade ist mir so gar nicht danach, mit jemandem zu sprechen, aber irgendwie habe ich das

Gefühl, dass es wichtig ist, also gehe ich ran.

«Ist da Luan?», fragt jemand und die Stimme kommt mir bekannt vor, aber so richtig sagen, wer es ist, kann ich trotzdem nicht.

«Ja», sage ich. «Wer ist da?»

«Hier ist Anton. Störe ich gerade?»

«Hallo Anton» sage ich und Anton merkt wohl, dass ich nicht genau weiß, wer er ist.

«Von der Sternwarte», fügt er hinzu. «Toni.»

«Ach so, Toni, klar. Entschuldige, ich bin gerade dabei auszupacken und ziemlich müde. Hab dich nicht erkannt.»

«Kein Problem», sagt Toni. «Bin froh, dass ich dich endlich erwischt habe. Hatte zuerst die falsche Nummer.»

«Worum geht es denn?», frage ich.

«Es geht um die Sternwarte. Du kennst doch die Sternwarte, oder? In Waldbad?»

«Sicher.»

«Natürlich kennst du die», sagt er. «Wir suchen einen neuen Hausmeister und da hat man uns dich empfohlen.»

«Mich?», frage ich. Ich wusste gar nicht, dass da eine Stelle frei ist. «Ja, ich kenne sicher jemanden, der das machen würde.»

«Nein, nein, du verstehst falsch», sagt er. «Man hat uns dich empfohlen für die Stelle als Hausmeister.»

«Mich? Wer hat mich empfohlen?»

«Die Frage ist eher, wer nicht», lacht Toni. «Jakob von der Post, Simons Vater, ein alter Freund von mir, Herr und Frau Müller, die sind ja treue Gönner der Sternwarte, das weißt du sicher. Ach ja und Frau Widmer –»

«Frau Widmer?» frage ich.

«Ja, sie und ihr Mann.»

«Ach so, Frau Widmer.» Das ist die mit dem überfahrenen Hund.

«Jaja, die haben auch von dir gesprochen», sagt Anton. «Und natürlich Dino. Der meint, dass du perfekt wärst für den Job und wir hätten Glück, wenn wir dich für uns gewinnen können.»

«Das hat er gesagt?»

«Wort für Wort.»

Ich sage erst mal wieder nichts, muss kurz nachdenken. Hausmeister in der Sternwarte? Warum wollen die mich? Ausgerechnet mich?

«Du musst sicher erst mal darüber nachdenken», sagt Anton. «Ich kann dir ja mal die Details zuschicken, Stellenprofil, Lohn und so weiter, und dann kannst du dir das mal ansehen. Hast du eine Mail-Adresse?»

Ich sage immer noch nichts, weil ich, wie auch Anton schon bemerkt hat, immer noch nachdenke. Das Leben passiert immer plötzlich, geht mir durch den Kopf.

«Fast hätte ich's vergessen: Du könntest dann selbstverständlich auch in die Wohnung.»

«Welche Wohnung?», frage ich.

«Na die bei der Sternwarte. Die ist für den Hausmeister. Ist nur eine Dreieinhalb-Zimmer-Wohnung, eher klein geschnitten, aber der Preis ist ziemlich gut, das wird dann einfach vom Lohn abgezogen, wenn du sie willst. Also, falls du sie willst?»

5. TEIL

DA IST KEINER

Wenn ich morgens die Vorhänge öffne, sehe ich jetzt nicht nur den Wald, sondern ganz Waldbad von hier oben auf dem Hügel. Es hat wieder geregnet letzte Nacht, aber jetzt gibt die Sonne alles, scheint hier rein, als hätte sie was zu sagen.

Johnny schläft noch. Sein Zimmer ist das ganz hinten, wo es ruhiger und kühler ist, das findet er gut, da kann er richtig ausschlafen, wenn ihm danach ist, und ich gehe ihn ganz sicher nicht wecken, nein, ich mache erst mal Kaffee und setze mich an meinen Küchentisch, esse ein Madeleine, trinke noch ein Glas Milch dazu und schaue weiter aus dem Fenster.

Johnny sagt, wir haben jetzt das beste Dachfenster, einen Stock höher, und da hat er recht, ist klar. Wenn er bei mir ist, gehen wir abends rauf und dann lassen ihn die Jungs von der Warte manchmal mitgucken. Mich auch, aber natürlich erst nach der Arbeit. Jedenfalls schauen wir dann zusammen in den Sternenhimmel und ich kann Johnny ansehen, dass er das Gleiche denkt wie ich, weil seine Augen so strahlen. Noch mehr als die Sonne jetzt.

Mein Sternbild, den Pfeil, sehe ich auch immer, noch besser als vorher. Ich weiß, dass nur ich ihn so nenne, das mache ich auch nur heimlich, sonst lachen die mich noch aus, aber es tut gut, ihn zu sehen. Jedes Mal.

Von hier aus, wo ich jetzt sitze, in meiner eigenen Wohnung, und aus dem Fenster schaue, kann ich auch das Hotel sehen, die Wohnungen der Truppe, zumindest einen Teil davon. Die von Nature Girl und von Jenny sehe ich nicht. Ich habe übrigens rausgefunden, was Nature Girl da hinter dem Haus gepflanzt hat damals mit ihrem Freund: Kräuter, und nicht solche zum Rauchen. Nein, einfach ganz stinknormale Kräuter. Sie bindet sie in kleine Bündel und hängt sie auf der Terrasse zum Trocknen auf. Das erkennt man auch nachts, wenn man da hinten durchspaziert.

Die Wohnung des Lungenspezialisten sehe ich von hier aus gerade so. Den treffe ich aber ab und zu hier oben an, wenn er mit seinem Bike unterwegs ist. Die anderen Wohnungen sehe ich alle, sehe, ob die Lichter an sind oder nicht. Ich weiß ja sowieso, wann sie kommen, nach all den Jahren. Dann schaue ich da runter und, was soll ich sagen, ich glaube, ich bin irgendwie froh, dass alles so ist, wie es ist.

Aber was ganz Verrücktes, das muss ich auch noch sagen, weil ich jetzt endlich Zeit habe, manchmal wenigstens, jetzt liegt hier ein Buch. Das von Emilio, wer's glauben kann, der hat ohne Scheiß das Buch geschrieben. «Das Licht in Waldbad» heißt es immer noch und ich lese es gerade. Lese dann weiter, wenn Johnny wieder weg ist. Jedenfalls hat er aus unserer Geschichte eine Geschichte gemacht und ich muss sagen, ich find sie nicht schlecht. Die Blauenbachs sind offenbar gleicher Meinung, die haben sich nämlich die Filmrechte gesichert, hat Dino gesagt. Das weiß ich nur, weil ich jetzt immer dienstags mit den Kollegen von der Warte zu Dino zum Kaffee oder zum Bier gehe. Ich hoffe ja, dass Jenny die weibliche Hauptrolle bekommt, neben dem Schriftsteller. Die würde zu ihr passen. Eine erfolglose Schauspielerin, die versucht, in den Bergen über ihre Niederlagen hinwegzukommen, und bei einem Waldbad die große Liebe findet. So oder so ähnlich steht's hinten drauf. Na ja, die Liebe hat sie ja nicht gefunden, glaube ich, sicher nicht in Matthias, der hat da andere Absichten, aber ich finde, sonst passt das ganz gut, oder nicht? Im Buch heißt sie natürlich nicht Jenny, sondern Julia. Erfolglos ist zwar schon ziemlich hart, aber man muss wahrscheinlich so was schreiben, damit die Leute es lesen wollen.

Es gibt auch einen Typen im Buch. Einen jungen Mann, schreibt Emilio, der Livio heißt und eine Gruppe in eine Höhle entführt, wo er sie gefangen hält und dann Lösegeld fordert. Weiter bin ich noch nicht, aber gelacht habe ich schon mal, so viel ist sicher.

Meine Sachen sind jetzt wieder bei mir, nicht mehr bei Roman. Die Biene Maja, das ganze andere Zeug, die angekokelte Zeitreise-Box von meinem Vater. Flicken konnte er sie nicht, obwohl er schon hier war und er kommt wieder, weil er hier so gut denken kann, sagt er. Aber das glaube ich erst, wenn er da ist. Kann Jahre dauern oder morgen schon wieder soweit sein. Bei ihm weiß man das nie genau und das ist irgendwie auch gut so.

Die Jungs haben mir einen Grill geschenkt, damit wir auch hier öfter mal abhängen können, jetzt wo der Sommer wieder da ist. Dann gehe ich auch wieder an den See, für ein paar Schichten wenigstens. Ich habe das so lange gemacht, dass es seltsam wäre, jetzt damit aufzuhören. Die Leute, die wiederkommen, finden es gut, wenn sie jedes Jahr dieselben Gesichter sehen. Und ich finde es gut, wenn sich nicht alles ändert. Sie sehen bestimmt immer noch ernst drein, wenn sie hier ankommen, immer noch so, als würden sie zu irgendwas zu spät kommen. Zu etwas, von dem es nicht genug gibt. Habe ich ja auch immer gedacht und denke ich manchmal auch jetzt noch. Hier oben kann man übrigens auch super skaten, das habe ich vorher gar nicht gewusst. Simon und ich machen immer Rennen den Hügel runter und ich habe hier eine kleine Rampe aufgestellt, darauf üben wir unsere Tricks.

Jetzt ist Johnny aufgestanden. Ich hole schon mal die Cornflakes-Packung raus und die Schokoladenmilch.

Jedenfalls habe ich ja gesagt, wer sich erinnert, dass Glück nicht so gleichmäßig verteilt wird wie Luft. Aber die Sache ist die: Da ist keiner, der das Glück verteilt.

«Alles eine Frage der Perspektive», würde Dino sagen. Jedenfalls ist die Luft hier oben richtig gut.

Die kühle Bergluft.

Danke

Ich danke meinem Mann,
meinen Eltern,
Stine Wetzel
und meiner geschätzten Verlegerin und Freundin Katrin Sutter.

Großer Dank gilt auch Paula Fricke vom Arisverlag, Lynn Grevenitz vom Kulturkonsulat für das Coverdesign sowie Elisabeth Blüml für das Lektorat.

Bücher entstehen gemeinsam – so auch dieses.

Lea Catrina ist eine Schweizer Schriftstellerin und Lyrikerin. Sie ist die Autorin der Romane «MY BOY» und «Die Schnelligkeit der Dämmerung» sowie von «ÖPADIA – a Novella us Graubünda» (Arisverlag).
Weitere ihrer Texte wurden in der Annabelle, Terra Grischuna, im Literaturblatt und im onepage Magazin publiziert.
2023 wurde ihr aktuelles Romanprojekt «WALDBAD» mit einem literarischen Werkbeitrag des Kantons Graubünden ausgezeichnet.
Lea Catrina lebt aktuell wieder in Flims, Graubünden, wo sie geboren und aufgewachsen ist.

Lea Catrina
MY BOY

—

Roman
256 Seiten | CHF 29,90 | ISBN: 978-3-907238-24-0

—

Eine Geschichte über den einen Menschen im Leben, der alles zusammenhält und wieder zusammensetzt, was zerbricht. Eine Geschichte zwischen Kalifornien und der Schweiz, zwischen Silicon Valley und der Modewelt – und von Glitzer in der Dunkelheit.

«Die berührende Geschichte einer Kindheit auf dünnem Eis und der Freundschaft, die daraus gewachsen ist.»
Milena Moser, Autorin

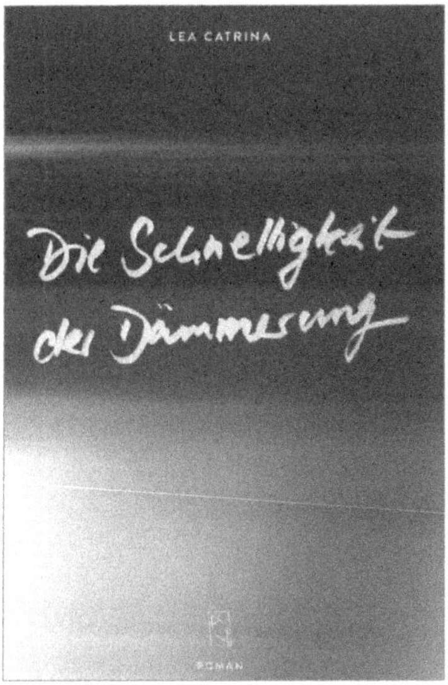

Lea Catrina

Die Schnelligkeit der Dämmerung

—

Roman

224 Seiten | CHF 27,90 | ISBN: 978-3-907238-08-0

—

Eine junge Frau, eine europäische Stadt, kurz vor der Jahrtausendwende: «Die Schnelligkeit der Dämmerung» ist der herausragende Erstling der Bündner Autorin Lea Catrina. Eine Geschichte vom zweiten Erwachsenwerden – und dem Schweigen darüber.

«Ein starkes Debüt einer vielversprechenden Autorin. Ein Roman mit bestechenden Sätzen, Sätzen, die bleiben, die sich eingraben.» (Literaturblatt)

Lea Catrina & Martina Caluori

Öpadia – a Novella us Graubünda

—

Novelle

144 Seiten | CHF 24,90 | ISBN: 978-3-907238-16-5

—

Eine ältere Dame in einem Bündner Dorf erscheint als engagiertes, angepasstes Gemeindemitglied. Doch dort, wo keiner hinsieht, entdeckt sie durch zwei freche Buben, die ihr und dem Rest des Dorfes Streiche spielen, wieder, wie viel Spaß das Leben machen kann und welche ungeahnten Abenteuer noch vor ihr liegen.